JN309787

みちのく銃後《じゅうご》の残響《ざんきょう》

無告の戦禍を記録する

野添憲治
Nozoe Kenji

社会評論社

挿画　宮腰喜久治
写真　野添　憲治

はじめに

二七歳の時から聞き書きをはじめた。ことばで表現しない人たちの記憶や体験を聞き、書き留めてきた。生活している現場も歩き、暮しを掌や目、耳で確かめることも同時にしてきた。それらが記録としてわたしの所に残されている。多くの人たちの記憶や体験が、記録として生き続けている。

わたしと同じふるさとの村に、コウという女性がいた。わたしより少し先の時代を生きた人だが、苦労して育てた長男に赤紙がきた。出征したあと、北国秋田でも珍しく、三月になっても猛吹雪の日が続いた。胸騒ぎを感じたコウは、入営した兵舎を尋ね歩き、ようやく見つけたが面会は許されず、悔し涙を流しながら帰った。その一カ月後に死亡通知が届き、白木の柩が届いた。内地で死んだのに、白紙が一枚だけ入っていた。一人生き残った長女に婿を取り、姑と夫の葬儀を出した後も黙々と働き、長男が戦死して二〇年たった時に墓を建て、白紙を納めた。七八歳で息を引き取る時に、「貧乏でも、体悪くてもおっかなぐねがったが、息子をお国に預けて死なせたのは情けない」と長女に訴えたという。二年後に長女から聞き、コウの口惜しさに涙して記録した。わたしの記録を読み、コウの訴えに涙した人たちから連絡が届いている。

ことしは日本の韓国併合から一〇二年、日本が朝鮮人強制連行を始めて七五年になる。だが、いまだに日本政府は調査さえ着手していない。わたしの住む秋田県を見ると、県では調べていないし、県に情報公開制度を利用して資料を求めたがなにも出してくれない。他県のように労働組合も調査していない。一九九六年に調査団をつくり、これまで手弁当で調査をしてきた。一七年の間に、朝鮮人の労働現場を七七事業所、朝鮮人連行者一四、三三〇人を明らかにしたものの、これで責任をとったことにはならない。敗戦後、日本は、わたしたちはどう生きてきたかも、問わなければいけない。

日本の敗戦と同時に朝鮮人は無一文でクビになり、運よく秋田県から帰国できた人が韓国に生存していることがわかり、二年前から韓国に行って聞き書きをしている。どの人も九〇歳近くになり、病気でベッドに寝たり、歩行器の人もいた。かつて連行されて働いた秋田県から来たことに驚き、話を聞いて帰る時に、「遠くから来たお客に食事もだせない」と、泣いて詫びる人もいた。

強制連行された日本からようやく故郷に帰ると、こんどは朝鮮戦争に動員された。生きて帰ったが、仕事がないので暮していけない日々が続く。生活できないので、ベトナム戦争に雇われて行った人も多かったという。先頭に立って戦い、戦死した人も沢山いたと聞いた。農山村の中にある立派な家を、「ベトナムで働いたカネで建てた」と教えてくれることもあるが、深くは語らない。日本の韓国併合から強制連行と続いた受難は、朝鮮戦争やベトナム戦争と続いたことを、日本では知る人が少ない。植民地化された現地に行くと、傷跡は深く残っている。

記録されない体験や記憶は、そのままにしておくと土に埋もれ、海に沈む。白骨のまま残り、二度と浮上することはない。長い年月の後に、砕けて消える。その多くの体験や記憶の近くで生きているわたしたちには、記録して残しておくことが求められている。かつて鶴見俊輔さんが、国家が犯した罪を国家が償わない時は、民衆が手弁当でその罪を償わないといけないと、遠い昔に言われたことがある。そのことばはいまもわたしの心の底に生き続けている。大切なことを知らせて下さったことに、感謝している。

目次

サハリンの晩秋 ～残留日本人と朝鮮人連行者を訪ねて……147

墓を掘る……158

無告の歴史 ～花岡鉱山の朝鮮人強制連行……170

中国黒竜江省方正県・満蒙開拓団慰霊碑撤去事件 ～「侵略者の一部」か「日本軍国主義の犠牲者」か……183

大陸の花嫁 ～長谷山アイさんと、いわさきちひろ……191

対談録② 記録と小説 戦後開拓の証を求めて（熊谷 達也）……201

第四章

みちのく四季だより【冬から春へ】……218

第一章　みちのく銃後の残響

コウのただ一つの後悔

わたしは三つの名前を持っている。親がつけた山田良一、曾祖父がつけた山田市右ェ門。そしてわたしがつけた野添憲治。

わたしは秋田県藤琴村（現・藤里町）の山奥にある小さな集落の小作農家に生まれた。わたしで五代目だが、初代が市右ェ門で、分家になった時は本家と等分に分けたというから、それなりの財産はあったらしい。二代目が曾祖父の儀七で、ヤマ師をやって財産をくいつぶした。少年のころはそのため貧乏で苦しい生活をしたが、儀七を恨む気にはならなかった。村からいま住む能代《のしろ》市に移るため、家を解体した時に屋根裏から、叺《かます》が三つほど見つかった。下におろしてあけると、岩石だった。どこの山から掘ってきたのかわからないが、村を去る時に曾祖父の夢を見つけて嬉しかった。

わたしが生まれたとき、両親は「良一」と役場に届けてくれと曾祖父に頼んだ。夢よもう一度と思ったのか、儀七はひ孫に「市右ェ門」とつけた。良一で育ったので、伯母たちはいまも良一と呼ぶ。市右ェ門とわかったのは国民学校の入学式の時だった。最後まで「良一」は呼ばれず、「市右ェ門」がいないので大騒ぎになった。儀七が白状してわかった。山田市右ェ門ではカッコ良くないので、二〇歳のころに野添憲治というペンネームをつけた。「君の最高傑作はペンネームだ」という人もいる。その後は野添憲治を愛用してきたが、近年は病院に行くことが多く、山田市右ェ門と呼ばれることが多い。

＊

わたしが育った村に、名前が三つある女性がいた。生まれたときにヨシと名付けられたが、二歳のときに村内のヨシという女性が、姑を叩いて大怪我をさせるという事件が起きた。親たちは「あんな娘にはしたくない」と、ユウに名前を改めた。いつの時代も、子どもを思う親心に変わりはない。一八歳の春、叔父と結婚することになったが、叔父と姪の結婚は法律上は認められていない。相談の末、コウという子と入れ代わり、入籍した。その後は、コウになったという。

コウは五人の子どもを産んだ。一番目と二番目は女の子で、五〇日と生きれないで死亡した。三番目は男の子で、三〇六日で死んだ。「なぜ子どもに縁がないのだろう」と泣いた。

そのころからコウの足がむくみ、歩くのが困難になった。しかし、医者に行くカネがなかったので我慢していたが、足のしびれもひどくなり、働けなくなってきた。見かねた夫がカネを支度してきたので、医者に診てもらったところ、脚気だとわかった。三人の子どもが早く死んだのも、脚気にかかっているのを知らずに母乳を飲ませたからだった。

ビタミンBの不足を補う薬を買えないコウに医者は、小豆、玄米、小糠などをたくさん食べるようにすすめてくれた。コウは早死した子どもに詫びながら、玄米や小糠などを食べ続けた。足のしびれも少なくなり、むくみもとれてきた。そして二年後に四番目に男の子、五番目に女の子が生まれたが、それぞれ順調に育った。

コウが嫁いだ家は、小作の水田が三〇アールの他に、自給する程度のわずかな畑より持っていなかった。夫の父は早く亡くなり、姑が家計を切り盛りしていた。夫は春の田植と秋の収穫のときは田んぼの手伝いをしたが、あとは土方に歩いていた。

コウは田んぼをつくりながら子育てをしたが、田んぼの仕事がきれると土方の日雇いに歩いた。五番目の女の子は姑に預け、四番目の男の子はおんぶして行った。現場に着くと、土手の上に杭を立て、それにムシロを吊るして日陰をつくった。その下に二メートルくらいの長さの縄で息子を縛り、遠くへ行けないようにした。仕事の合間に見ながら働いたが、子どもは一人で遊んでいた。おやつはなく、昼は梅干一つの握り飯を分け合って食べた。働いて貰ったカネはそのまま姑に渡し、コウは一銭も自分で使わなかった。二人の子どもは苦労にもめげず、元気に育った。

息子は二〇歳のときに現役徴集になった。百姓で馬の扱いに慣れていたので、軍隊では騎兵が使う馬の蹄鉄《ていてつ》をやり、その技術を得た。徴兵期間を終わって家に帰ると、喜んだコウたちは息子の嫁探しを始めた。だが、まだ嫁が見つからない前に赤紙が届き、青森県弘前の連隊に入隊した。

息子が家にいたのは一ヵ月くらいだったが、すでに日本の敗戦が色濃い一九四五年二月に、息子のような若い兵隊をなぜ家に帰したのかよくわからない。三月には再び入隊したのだ。

息子の身辺に胸騒ぎを感じたコウは、吹雪の中を汽車を乗り継ぎ、弘前に行った。人に尋ねて歩き、ようやく兵舎を見つけた。しかし、面会を申し込んでも許可にならず、家から持っていった干し餅を手拭に包み、息子に渡してほしいと頼んだが、それも押し返された。軍律で許されないのだと言われたが、コウは納得できず、悔し涙を流しながら家に帰った。

そのころの日本は南からの物資の輸送が途絶えたほか、国内では人手不足などで鉱山や炭鉱などの発掘が減少していた。物資の中でも石油不足がとくに深刻で、わたしの住む能代市にあった能代飛行場は本土決戦の時に日本へ上陸するために接近する米艦隊を迎えうつ特攻基地として温存された。そのため、敵機が襲来するとエンジンを止め、飛行場の人たちが引いたり押したりして掩体壕《えんたいごう》に収納した。やがて人手が不足すると、馬に引っ張らせて飛行機の出し入れをして、油を使わないようにした。「油の一滴は血の一滴」と叫ばれていた。これでどれだけの油が節約できたのかわからないが、とにかく涙ぐましい努力だった。

油は本土だけでなく、満州（中国東北部）でも枯渇した。軍部では油の代わりに、満州へさらに多くの馬を送る計画を立てた。このため蹄鉄の技術を持っている息子は、弘前から陸軍騎兵団所属となって移動した。コウが悔し涙で帰ったすぐ後のことだった。

近畿地方で徴発した農耕馬を広島県の呉から輸送船で送るため、各地で集めた馬は汽車で運ばれた。息子は岡山から呉に向かう汽車に、馬と一緒に乗った。汽車は岡山県境を越えて、広島県安芸郡瀬野村にさしかかった。このあたりの鉄道は、断崖に囲まれていた。突然、絶壁から大きな岩が汽車の上に転がり落ちた。汽車は転覆し、人も馬も押し潰された。

息子もこの事故に巻き込まれたが、一般には発表されなかった。この計画を知った米軍機に狙われたという説もあるが、はっきりしない。事故現場には人や馬の血が流れ、海の色が赤くなったと、現場近くの人は語っていたという。一九四五年四月のことだった。

死亡通知は五月に入って届いた。その後、白木の柩《ひつぎ》がきたので、コウが胸に抱いて家に帰った。中には白紙が一枚だけで、内地で死んだというのに遺骨も遺品も入っていなかった。

まもなく敗戦になった。

コウは田んぼに畑、日雇い仕事と働いた。五人の子どものうち、たった一人生き残った長女に婿を取ったが、その後に姑、夫と続いて病没した。二つの葬儀を出した後も、コウは黙々と働いた。息子が亡くなって二〇年になったとき、コウは苦心して貯えたカネで墓を建てると、柩に入っていた白紙を納めた。

わたしは村にいたころ、遠くからコウの姿を何度か見ている。七八歳で亡くなったことも、一カ月くらいたってから知った。彼女が三つの名前を持っていることは、死後に村へ帰ったときに、コウのことをよく知っている人から知らされた。わたしと同じに三つの名前を持ったコウは、時代の荒波に翻弄された一生をおくった。

コウは息を引き取る直前に、「貧乏でも、体悪くてもおっかなぐねがったが、息子をお国に預けて死なせたのは情けない」と娘に訴えたという。

能代飛行場へ出撃
～明らかになった新事実

秋田県能代市にはアジア・太平洋戦争の時に、三つの重要な軍事施設があった。戦闘機「ゼロ戦」や「銀河」の部品、弾丸などをつくった秋木機械。特攻隊の訓練場になったり、米軍が本土に上陸しようと押し寄せた船団などを突撃する飛行機を温存した能代飛行場。木造船の量産を図った松下造船能代工場である。いずれも規模が大きい。だが、一度も米軍の攻撃を受けていないのを不思議に思っていたが、新しい資料で「空襲を受けていたかもしれない」ことが、敗戦後六三（二〇〇九）年にしてわかったので、その前後の状況などを報告したい。

＊

日本の敗戦が濃くなった一九四五年七月以降になると、秋田県内にもＢ29がたびたび姿を見せている。七月四日は船川港沖に機雷が投下された。さらに一四日には船川港沖で商船が銃撃され、翌一五日にはグラマンが秋田駅や横手に爆弾を投下したほか、旧下井河村（現・潟上市）や八郎潟の水上機、旧金浦町が銃撃された。七月一五日にはグラマンが秋田駅と秋田市内の国民学校を銃撃したあと、一日市・後三年・刈和野で列車が襲撃された。そして八月一四日夜の土崎空襲（犠牲者九三人）と続くのだが、能代の軍事施設は安泰だった。

ここでもう少し広くアジア・太平洋戦争の状況を見ると、米軍は一九四四年夏にマリアナ諸島を占領すると、Ｂ29基地の建設をはじめた。一一月に完成した基地から飛び立って東京を初空襲したが、その後は六大都市や各地方の主要都市がＢ29によって攻撃された。翌一九四五年六月に沖縄を占領して本土の制海権、制空権を確保した米軍は、護衛航空母艦に積載した艦載機による爆弾投下や機銃掃射に作戦を転換した。米機動部隊の空母六隻が岩手県沖に集結し、毎日のように艦載機を発進させ、東北の各都市を攻撃した。このころの米軍は戦局のヤマが見えていたため、攻撃目標は日本本土へ米軍が上陸する時に備えて、航空機工業、船舶輸送、都市港湾地域を優先して攻撃するようになった。能代飛行場や松下造船能代工場などは格好の目標だったはずだが、なぜか無傷だった。

米軍は各都市を攻撃する前に、大量の空襲予告ビラ（伝単とも言った）を投下しているが、能代にも撒かれている。一九四五年七月二八日に青森市が空襲を受けたが、この時のＢ29は硫黄島から発信した。「作戦参加機は七一機、内三機は救難機、二機が風向観測機。観測機は爆撃前に目標付近の風向、風速を主力部隊に伝えた後、盛岡・弘前・能代・秋田でビラを撒くことを任務として加えられていた」（青森空襲を記録する会編『白い航跡―青函連絡船戦災史―』）という。ビラは二八日夜に能代、秋田に撒かれたが、読むと罰せられ、拾った人は警察などに届けることになっていた。かかわりあいを恐れて、破棄か焼却かしたらしく、一枚より残っていない。能代で拾われたのが、『目で見る秋田100年』（秋田魁新報社）に収録されている。

空襲前日の二七日に青森上空で撒かれたビラでは、一一の都市が空襲を予告されているが、東北では青森だけである。二八日に能代上空で撒かれたビラで、はじめて秋田が予告された。八月五日にもB29が秋田と能代にビラを撒いたというが、現物が残っていないので空襲予告の都市はわからない。しかし、予告した都市は後にほとんどが攻撃されている。

昨年（二〇〇八年）、国立国会図書館の憲政資料室に、第二次世界大戦終結後に米国による戦略爆撃の効果を検証するために設けた米国戦略爆撃調査団（USSBS）が、最終報告書をまとめるに際して収集した資料があることを知った。米国立公文書館が所蔵する「太平洋調査団報告書および作成用資料」を国立国会図書館がマイクロフィルム化したもので、その中の艦載機の活動報告書に次のような記述がある。

一九四五年八月九日午前九時四〇分に空母エセックス※から、戦闘機グラマンF6F※－5型ヘルキャット一六機からなる部隊が発進した。

「サムプソン少佐は本州北部の戦闘機掃討のため発進した。特定目標は能代離着陸場であった。雲低高度の低さと密雲のため、目標が完全に遮蔽されていたので攻撃目標を変更した。目標の一つはミズナシ方面にあるといわれていた露天掘りの鉱山であった。爆弾は、クレーン、鉄道支線、製錬炉などの施設に投下された。これらの施設は甚大な被害を被ったものと思われる。

東京の防衛研究所史料室には、１９４４年10月に作製された「陸軍航空基地資料第１」が所蔵されている。その中に（右図の上から順に）能代飛行場の「位置や形状を示す地図」「施設配置図」「飛行場の概要を示す表」があり、能代飛行場が明確にわかる。

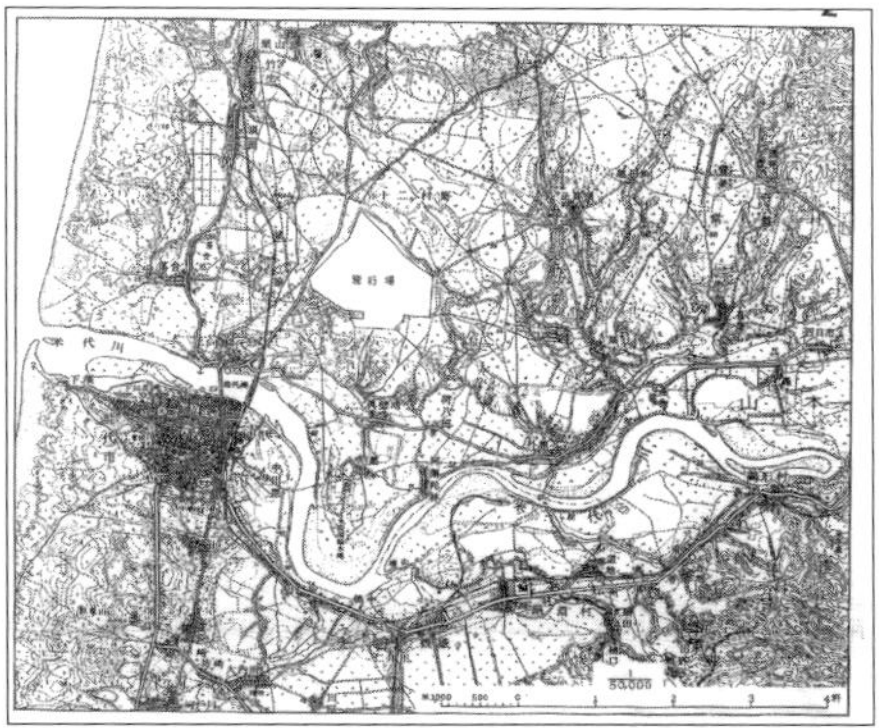

能代陸軍

第１０２號　　秋田縣能代市大字竹生

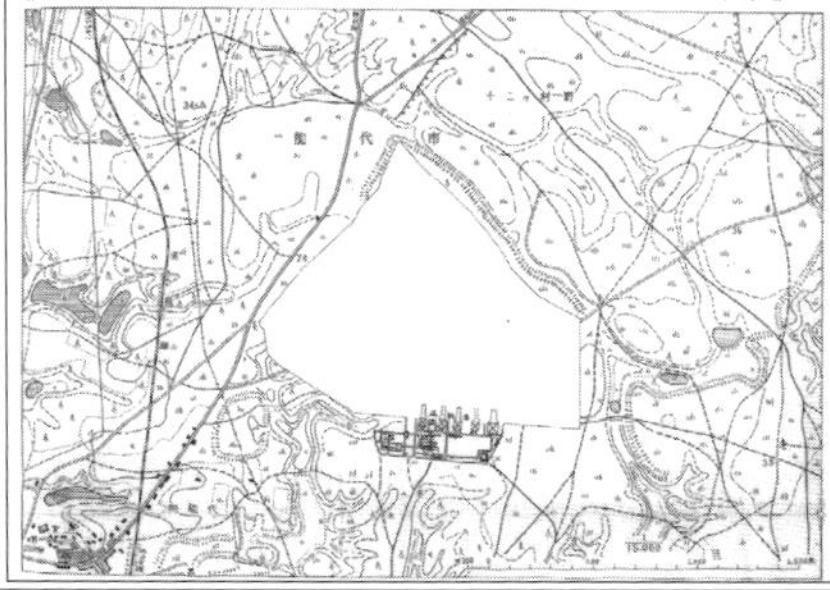

面積	東西1,500米、北東－南西1,100米 北西－南東1,200米	觀測設備	ナシ
地面ノ狀況	平坦且堅硬ニシテ植芝密生ス	給油設備	場内ニテ補給シ得
目標	米代川、能代市	修理設備	應急修理可能
障碍物		宿泊設備	學生舎アルモ能代市内ノ旅館ヲ利用スルヲ可トス
離着陸特殊操縦法		地方風	夏季ハ南東風、冬季ハ北西風多シ 冬季3乃至4日間ニ亘リ強烈ナル暴風アリ
格納設備	格納庫（50×50米）1、（40×45米）4棟アリ	地方特殊ノ氣象	冬季積雪平均68糎ニ達シ飛行不可能ナリ
照明設備		交通關係	能代驛（奥羽本線）南西方約3.5粁
通信設備		其ノ他	

（昭和18年4月調）

基地への帰途宮古湾の六隻の船舶への機銃掃射を行った。一千ポンド爆弾を残していた一機が、その爆弾を一隻に命中させ、同船を沈めた。さらに一隻沈め、そのほか一隻沈没したものと推定され、三隻を損壊し、一六機は全機一四時二分に空母へ帰還した」（翻訳・阿部豊さん）

＊

九日の能代周辺の天気を秋田地方気象台に問い合わせると、当時の秋田測候所は能代周辺で観測したデータはないと、北日本と秋田市の天候と気圧配置を送ってくださった。

「北日本は、午前から午後にかけて気圧の谷が接近し通過。一方、東日本および西日本では、高気圧に覆われている。この気圧配置から、秋田市では午前は『曇り一時晴れ』、午後は『曇り時々雨』の天気となり、また、気圧の谷の影響で正午前後（11時31分～11時32分、12時59分～13時01分）に雷鳴を観測している」

実戦報告書に記述されているように、気圧の谷が接近・通過した関係で、能代飛行場を見つけて攻撃できるような天気でなかったことがわかる。

また、攻撃目標を変更した一つに、「ミズナシ方面にあるといわれていた露天掘りの鉱山」とあるが、「ミズナシ」の地名が「水無」だとすれば、県北では旧阿仁《あに》町水無《みずなし》（当時は水無村）がいちばん大きい集落である。しかも、阿仁鉱山の入口にあった。ただ、阿仁鉱山では露天掘りをしていない。米国戦略爆撃調査団資料の中に、空襲の目標情報として使われた「日本資源参照ノート」がある。そこには阿仁鉱山の記述はない。ただ、岩手県北西部にあった松尾鉱山（当時松尾村、現八幡平市）の記述はある。

「松尾にある硫黄精錬所は、日本で最大の硫黄鉱山・精錬所であり、日本の総生産高の約二五％を生産している」とあるので、パイロットたちは知っていたのではなかろうか。

戦時中の松尾鉱山は東洋一の硫黄鉱山で、一万三〇〇〇人が住んでいた。

「この松尾鉱山が空襲を受けたのは、一九四五年八月九日だった。当時の機関誌『鉱山時報』には、「八月九日午前十一時五十分、敵グラマン艦載機十六機は、岩手西方よりしん入、前森山方面に向うが如く見せて、反転鉱山地区に重爆撃を実施した」（加藤昭雄『あなたの町にも戦争があった』熊谷印刷出版部）が、一四人の犠牲者が出ている。また、その後に宮古湾でおこなった船舶への機銃掃射も確認されている。

能代飛行場の戦闘機掃射を目的に空母エセックスを発進した戦闘機グラマンＦ６Ｆ－５型ヘルキャット一六機は、悪天候で目標を確認することができないので攻撃目標を変更したが、もし晴れていたら間違いなく空襲されていただろう。しかも、グラマンは両翼に六個のロケット砲弾が装着されているほか、この日はそれぞれ一発一〇〇〇ポンド（四五四キロ）の大型爆弾を搭載していたので、激しい爆撃がおこなわれたと想像される。山形県の真室川《まむろがわ》飛行場が攻撃された際には、戦意を喪失させるために真室川集落にもロケット弾を発射し、多くの民家が焼けている。能代飛行場が攻撃されたとしたら秋木機械や松下造船能代工場とともに、能代市街も襲撃されていただろう。

この日の攻撃は悪天候が幸いして免れたことを喜ぶとともに、紙一枚の差で、もしあの日が薄曇りか晴天だったら攻撃を受けていただろう。運がよかった訳だが、敗戦後六三年にして出てきた新しい事実に、なんとも複雑な思いで向かい合っている。

※註
・エセックス（空母）＝一九四二年に米国バージニア州で建造され、アジア・太平洋戦争の時はフィリピンや台湾、沖縄で日本海軍の通常攻撃や神風特別攻撃隊などの攻撃を受けながらも生き抜き、朝鮮戦争にも参加。一九六九年に退役。
・F6F（戦闘機）＝米国海軍が第二次世界大戦中盤以降に使用した艦上戦闘機で、設計はグラマン社。愛称はヘルキャット。一九四二〜五年まで一万二、二七二機が製造され、太平洋の空を支配し、主役となった。

破綻《はたん》への曳航《えいこう》　松下造船能代工場

◆海軍主導で急きょ建設　米代川河口に工場群

アジア・太平洋戦争の戦局が悪化してきた一九四三年六月、秋田県能代市の米代川河口で突然大規模な木造船工場の建設が始まった。前年の末ごろに海軍省から能代市役所に敷地などの打診はきていたが、市民にはまったく知らされていなかった。しかも、工場の建設と同時に、木造船の建造もはじまったのだから市民は驚いた。

この造船工場は、海軍省が大阪の松下電器（松下幸之助社長）に要請してつくらせた松下造船株式会社能代工場である。河口には三段式の造船組立工場が二棟も造られ、最盛期には約一万四〇〇〇人の作業員が動員された。しかし、造船が軌道に乗った時に工場が焼け、スパイ放火説が飛び交うなど話題も多かった。この時期に米代川河口へ、どうしてこのような大型の木造船工場が建てられたのだろうか。

資源の少ない日本が米国など資源の豊かな国と交戦しようとした時に考えたのは、南方の占領地から諸物資を日本に運び、軍需生産に向けるというものだった。そのため、本土と南方占領地を結

能代工場で造られた「戦時標準貨物船」と名づけられた250トンの木造船。
1944年6月5日に進水直前の北祐丸第2号船。

ぶ海上輸送路は、日本の戦争経済の大動脈となった。
だが、一九四一年一二月八日の真珠湾奇襲以来、勝利を重ねていた日本の戦局は、一九四二年六月のミッドウェーの敗戦後は日米の海上兵力が逆転した。南方の占領地から戦略物資を本土へ運ぶ輸送船団を敵の攻撃から守れず、次々と撃沈された。戦略物資は本土に届かなくなり、日本の戦争経済の破綻が目に見えてきた。

輸送船が不足した海軍省は造船の増強対策をたて、金属回収命令などを発令して国内の鋼材や屑鉄《くずてつ》を回収した。くろがね動員令とも呼ばれたが、国民は最大限に協力して公園の銅像からいろりの灰ならしまで供出した。しかし、建造に長時間を要する鉄鋼の船の完成を待っている余裕はなかった。

この時に海軍省は、日本に豊富にある木材で木造船を造り、急場をしのごうとした。一九四二年後半ごろの新聞に、「船を多く造れ」などの見出しが頻繁に見える。能代市にも米代川の向能代《むかいのしろ》側に秋田造船株式会社能代工場が造られた。だが、これらの工場ではせいぜい一〇〇～一五〇トンの船より造れなかった。南方の占領地から物資を運んでくるためには、もっと大きな船が必要だった。

軍部では各社に造船工場の設立を要請したが、そのなかで松下電器が引き受けた。『松下幸之助発言集』の中に、「四月、軍の要請で松下造船株式会社を設立」とある。松下電器では民需品を統制で造れなくなっていたので、この要請は好機だったのではないだろうか。

一九四三年四月一日に大阪で創業式をあげ、社長に松下電器専務の井植歳男（のち三洋電気社長）

が就任した。また株も募集したが、住友資料館（京都市）が保存している「株主名簿」には株主五八人の中に秋田市の吉田伝蔵があるだけで、能代市は一人もいない。

◆敷地五〇万、堺の三倍規模

松下造船が設立されたあと、堺工場（大阪府）と能代工場がほぼ同時に建設に着手した。能代工場は堺工場より約三倍も大きいのに、井植社長は堺工場につきっきりだった。能代工場の担当は工場長の斎藤周行（宮城県出身。当時松下電器貿易株式会社支配人）など六人だった。四月上旬に能代市に来ると市当局者の案内で現地を訪れたが、「そこは広大な原野で、その傍らを雄大な米代川が流れており、その遥か彼方には、春まだ浅い日本海の怒涛《どとう》が白く大きくうねっていた」（斎藤周行）という。

能代工場の敷地は一五万坪で、このうち本工場の敷地一〇万坪は国有地を松下造船が買収した。中島の五万坪は能代市から「無償で提供されたもので、物置きにでも使ってくれと言われた」（春海隆雄）というから、能代工場での波及効果を市役所は期待したのだろうか。

当初の施設費三〇〇〇万円は、軍需産業を拡げるために国がつくった産業設備営団から調達した。一九四〇年当時の能代の予算規模の一割近くに上る。しかし、大阪から来た六人では工場建設をすすめられないので、さっそく社員や従業員の募集を始めた。このころになると、一人前の男たちの多くは兵隊にとられた後なので、十分な労働になる人は少なかった。また、大型木造船をつくれる船大工は能代にいなかったので、井植社長の出身地の淡路島から連れて来た。

◆県北一円から工員徴用

能代市で募集を始まると、徴用工たちが応募してきた。その職業は多様で、料理人、画家、写真家、仕立屋、理髪店主、桶屋、木工などだったが、「兵隊にとられるのをのがれるために、軍需工場へ自分から進んで徴用になった人が多かった」(畠山哲也)という。

徴用工のほかには、勤労奉仕隊や学徒動員も来た。能代高女・家政・淳城学院の女生徒たちが女子挺身隊として来たがそれでも足りず、職業安定所が県北からも連れて来た。その人たちは能代公園の下にある奥羽教務所、昔の議事堂、労働会館、料亭の日の出屋などに寝泊まりした。また、現在の市営グラウンドのある南の方に、社員住宅や独身寮などが次々と建てられた。

四月中旬ごろから工場の敷地造成をはじめ、建物や船を造る資材を能代に運ぶ作業が本格的に始まった。急を要する軍需工場なので、資材の調達には秋田営林局や県製材協会が全面的に協力した。

天然秋田杉は県北の国有林で伐採したのを筏《いかだ》で能代に流してきたのを、馬車で能代工場の土場に運んだ。それでも不足し、青森営林局の岩手県からも運んできた。「四〇尺もある長材は、花輪線の大更《おおぶけ》駅から積んできた」と材料係をした小林治は語っている。秋田県北は天然秋田杉の宝庫ではあったが、短期間に大量の資材を集めてくるのは、山の働き手が不足していた時だけに、相当の苦労をした。

◆竜骨用に寺社の大木伐採

船の建造に必要な竜骨は欅《けやき》材とか松材の大木から取ったが、この材は県北の山にはそれほど多くはなかった。そのため最初は、能代市内の神社や寺院などの境内にある大木がかなり伐られた。その次は日本海側の神社や寺院の大木が狙われた。だが、いくら軍需品だとはいっても伐倒するのは気がとがめたらしく、供木とか献木という名義で伐っている。

しかし、日本海側の大木には強い風が当たるので空洞になっているのが多く、倒しても使い物にならないのが多かった。そのため、内陸部にある神社や寺院の木が伐られた。いちばん最初に進水した船の竜骨は、大館市比内《ひない》町の三獄神社から伐った松といわれている。いま、日本海側の寺院や神社などにあまり巨木がないのは、この時に伐られたからだと言われている。

太い丸太から竜骨を取るのは木挽《こび》きの仕事であった。能代工場には一〇人ほどの木挽きがおり、奥羽教務所に寝泊まりしました。

「わたしらは船をつくる材料を挽いたが、いちばん多かったのは竜骨をとる櫻と松でした。固くて太い丸太を曲がり曲がりに挽くのには、ほんとに苦労した。太くて能代に運んでこれない丸太は、山元に行って挽いた。北秋田郡内の山には太い欅や松があるので、泊まりがけで挽きに行った」（川村芳輝）という。

こうした中で五月五日に地鎮祭が行われ、工場の建設が本格的に始まった。

◆流れ作業で一日二隻を計画

能代工場の建設は斎藤工場長たち大阪から来た六人の幹部が中心になって進めたが、堺工場も能代工場も井植社長の構想と指示で実施された。井植社長は効率を上げるため、レールに船をのせ、流れ作業で製造するという、当時としては画期的な工法を生みだした。

ただ、堺と能代の造船計画には多少の違いがあった。堺工場は八工程で一日一隻を完成させるという計画に対し、能代工場では一一工程で、一日に二隻を完成させるというものだった。レールの上を流れ作業で木造船をつくる話は米国にも伝わり、ラジオで放送されたという話もあるが、真偽のほどはわからない。

能代工場の造船の最終的なノルマは一日に二隻なので、工場内スペースも大きなものになった。横三〇間（約五五メートル）、長さ一〇〇間（約一八〇メートル）、高さ八〇間（約三三メートル）という巨大な組立工場を二棟、六〇〇〇坪の大建築に取り組むことになった。

工場の建設は秋田市の栗原組が請け負った。社長の栗原源蔵は埼玉県の出身で、五能線の工事を請け負って利益をあげた人で、「社長は東能代駅から人力車で来たが、あの当時は飛ぶ鳥を落とす勢い」（細田洋子）だったという。

国有林から伐り出された天然秋田杉の丸太は毎日のように届いた。だが、鉄鋼関係資材が不足したので、五寸角材をボルトで締めるトラスを主柱とする工場となった。

◆中島の運河、人力で掘る

工場建設は昼夜兼行で進められたが、それと並行して汽缶室、金属工場、木工場、材料庫、講堂なども建てられた。また、工場内では造船設備などの工事が進められた。

木造船の建造にもようやく目鼻がついたころ、秋田の短い夏と秋が去り、冬になった。大阪から来た幹部や淡路島の船大工たちにとって、吹雪が狂ったように舞う米代川河口での日々は、どんなに大変だったことだろうか。やがて長い冬が終わり、春が訪れた。四月になると造船工場は完成に近づき、進水待ちをしているエンジン搭載済みの船が何隻もいた。

しかし、工場が完成するまでに河口を修築し、船が出航できるようにするという海軍省の約束は守られなかった。早池峯丸という老朽した浚渫《しゅんせつ》船が来たものの役に立たない。能代工場では中島の中央を掘って水路を作り、漁船に曳航させて米代川の本流から日本海に出すことになった。

それからは大隊（五〇〇人）が半日交替で掘り割りの作業をした。「機械はなく、シャベルにロープをつけて掘った。食糧不足で腹がへっている人が多く、仕事ははかどらなかった」(畠山哲也)うえに雪解け水に手足がしびれた。腰まで水につかり、砂利を集めてモッコに入れ、陸に担ぎ上げたりもした。

それから約一ヵ月後の六月初旬、ようやく水路が完成した。第一北祐丸が無事に水路を通り、米代川から海に出たとき、作業をした人たちは「万歳」と喜び合った。

◆第一、第二北祐丸が船出

一九四四年六月に難産の末に進水した第一北祐丸に続き、第二北祐丸は六月五日に進水したことが、東京で入手した写真に書かれている。これから推測すると、第一北祐丸が進水したのはその数日前ではなかったろうか。

第一北祐丸は進水のあと、海上をゆっくり一巡してから試験航海に出発した。「やがて船首を北海道の室蘭に向け滑るように遠ざかって行った」(斎藤周行)が、その後この船の消息はわからない。

ようやく第一号船を進水させたものの、一日二隻の造船というノルマ完遂という重荷を背負っていた。しかも、戦局は日ごと悪化してきていた。鉄鋼や石炭など、戦争遂行に欠かすことのできない各種資材の不足は、日を追って深刻化してきた。船にのせる二五〇馬力の焼き玉エンジンなども、注文した量が届かなくなった。

工場が完成して造船が本格的にはじまると、さらに多くの従業員を必要とした。募集をはじめたが、男はほとんど来なくなった。最も従業員が多かった一九四四年六月ころは一万四〇〇〇人といわれたが、女性が圧倒的に多かった。資材と同時に食糧不足も深刻になった。「私が管理していた倉庫から、二度も米が盗まれたが、必死に捜査しても犯人はあがらなかった。農園をはじめて野菜をつくったり、塩が不足して食堂にも支障をきたしたので、釜谷浜に自家製工場をつくった」（畠山哲也）という。

◆敗戦前、進水わずか五隻

能代工場からは第一・第二・第三北祐丸と続けて進水している。だが、能代市社会科研究会著作・能代市教育委員会発行の『中学社会・能代市』（一九九八年・八版）には、「建造をはじめた船の数は一三隻だったというが、ほとんど進水しないままに、工場火災で焼けてしまい、まもなく敗戦をむかえることになった」とあるが、そんなことはない。

『日本船名録』（財団法人船舶会館発行）には能代工場では第二・第三北祐丸が一九四四年六月に、第一三・第一五北祐丸は同年八月に建造され、所有は函館の北部機帆船運航とある。この船名録には検査に合格して安全運航が確認された船だけが収録されるので、四隻は実際に海上を走ったとみていいだろう。

（上）製材工場と土場の様子。「木造船量産」といっても機械はなく人力のみだった。（中）中島の中央を人力で水路掘りの様子。（下）第二造船工場西側ドックからの眺め。先には米代川、そして日本海が見える。

一億の
力だ撃つぞ
この船で
秋田縣
松下造船
能代工場

（上）工場建設と同時に人力のみの船の組み立て作業も始まる。（中左）クレーンで助骨組み立て作業。1943 年 10 月 12 日撮影とある。（中右）1945 年 1 月 1 日付「秋田魁新報」掲載の広告より。（下）1945 年 2 月の火災の跡。火勢のすさまじさを伝えている。

また、『戦時船名録』(戦前船舶研究会)の「北祐丸」の部にも、能代で四隻が建造したとある。なお、第二北祐丸が一九四五年七月一四日に日本近海で空爆されて沈み、二人が戦死したとあるが、詳しいことはわからない。二つの名録に進水して室蘭に向かった第一北祐丸がないのは、途中で何か事故に巻き込まれて不明になったのだろうか。

現在までに入手した資料で見るかぎりでは、敗戦前に能代工場から進水し、所在が確かめられたのはこの五隻だけである。八月に二隻が建造されたと記録されているが、このほかにも船は造られたと考えられるが、資料がないのでわからない。船は完成したがエンジンがないため、出航ができなかったのだろうか。

◆冬の惨事、一帯は火の海

能代工場が二度目の冬を迎えた一九四五年は未曾有の大雪で、田んぼに立っている電柱も埋まるほど積もった。二月三日も朝から猛吹雪で、風速二〇メートル近い烈風は能代市の家や木々を震わせていた。この日は井植社長が能代に来ていた。

午後七時ごろに能代工場の第二建造船組立工場から出火した。強風にあおられた炎は第一工場ものみ込んで燃えた。当時、川反《かわばた》町に住んでいた人は、「米代川の河口一帯が火の海でした。住宅地にも湯飲み茶碗ほどもある火ぼこりが無数に飛んできたが、街は大雪に包まれていたので火事にならなかった」と言っている。大雪が幸いして能代工場でも付属工場や貯木場の丸太は類焼を免れ、能代市内の民家に火は移らず、造船工場二棟と、建造中の船一一隻を焼いて夜明けとともに鎮火した。

火災原因の調査に県警も動いたといわれ、市民の間ではさまざまな噂がとんだ。だが、原因は漏電なのか、焚火《たきび》の不始末なのかはっきりしなかった。しかし、能代工場が加入していた木造保険法の保険金は、すぐに支払われている。

能代工場の火災は、新聞では一行も報道されていない。また、「いくら松下でも再起はムリ」という噂が流れたものの、支給額日本一といわれる保険金が出たうえ、住友銀行が資金を出したので自力再建の道は展《ひら》けた。この冬が大雪ではなく、能代市内の民家にも火が及んで火災になっていたとしたら、はたして自力再建はできたかどうか——。

◆組立式の駅舎、住宅製造

雪の降る中で焼跡の整理をおこない、七日から工事をはじめ、三月二五日に起工式をした。最初は造船工場一棟(三〇〇〇坪)を二カ月で再建する予定で、工事は昼夜兼行でおこなわれた。

五月中旬に工場が完成し、再び造船に取りかかった。しかし、戦局はいっそう悪化し、焼玉エンジンの生産は止まり、燃料も跡絶《とだ》えていた。それでも海軍省は「外側だけの船でもいいから造れ」と生産命令をしてきた。

五月下旬に斎藤工場長は運輸省に呼び出された。「米機の空襲で鉄道の駅舎が焼け、交通に支障が生じているので協力して欲しい」と要請された。さっそく三間に六間、一八坪の駅舎をつくり、能代駅から特別貨車に積んで戦災地に送った。敗戦までに約一〇〇〇棟の組立式駅舎がつくられた。

駅舎の生産と並行して、都市で戦災にあい、住む家をなくした人たちのために組立家屋もつくられた。「親子三人程度が住める六帖×三帖程度のミニ家屋」だった。

木造船造りから住宅造りに仕事がかかわったものの注文が多く、昼夜二部制の強行作業が続いた。しかし、食糧不足はいっそう深刻になり、配給も大幅に遅れるようになった。能代工場では能代営林署から二万坪の保安林を借りて従業員に蔬菜《そさい》づくりをさせたが、強風が吹くと畑は砂に埋もれるので生産はゼロに等しかった。

そして八月一五日に全従業員が白竜講堂に集まり、雑音が多く、聞き取りにくい放送を聞いて敗戦を知った。

◆軍需から平和産業に転換

敗戦後に「秋木は平和産業の転換に乗り遅れた」のにくらべて、能代工場の対応は早かった。戦時中に造っていた組立家屋を戦災応急復興用の「組立家屋」に切り替えたほか、農業用の軽車両や農機具の木製部分の生産にも着手し、平和産業へと踏み出した。また、炭鉱住宅（炭住）も引き受け、北海道や九州に出荷した。このため造船時代の職制を改正し、従業員を新規増員した。

では、本業の木造船はどうなったのだろうか。工場再建後も船は造られ、敗戦後も港には一〇隻近い船が浮かんでいた。艤装《ぎそう》はしていなかったが、船が不足していた時なので買手はついた。そのうち三隻はいまも能代市に住む米田利治たち五人が、北海道から受け取りに来た。「材料はいい物を使っていたが、船の造りはよくなかった。甲板材は乾燥しない杉を使っていた」という。能代工場の寮に泊って内艤装をし、北海道小樽市の嶋野海運と函館北部汽船に渡した。

北海道三笠市の井華鉱業奔別鉱業所にあった「炭住」。

また、残りの六隻は東京の筧という人が二〇万円で買い、運航を山下近海汽船に委託した。しかし、中島の運河は洪水で砂礫《されき》に埋まり、再浚渫《しゅんせつ》は経費の点で諦め、初冬の大洪水を利用して米代川に移そうとしたが失敗し、船は埋没した。

能代工場で完成（船として可動・不可動は別にして。火災喪失は除く）した船は戦時中に五隻、敗戦後に九隻の計一四隻が確認できる。このうち実際に運航したのは七隻と思われる。

◆戦争と同じ無駄なこと…

敗戦後の秋木が首切り争議で揺れている時に、能代工場は順調に走り出していた。一〇月には春海隆雄が「二、三年かけて清算して欲しい」という社令で赴任し、斎藤工場長は古巣の松下電器貿易に復帰した。

一九四八年に財閥同族支配力排除法が出され、松下造船もその対象となり、給料もGHQの監督下におかれた。さらに産業設備営団が解体したので設備費などを返却することになり、能代工場では全額を返済した。何しろ工場には約三万石の丸太が積まれていたというから、懐は豊かだった。

一九五〇年に企業再建整備法で新松下造船株式会社になった。一九五二年には松下木材株式会社となり、本社とは縁が切れ、製材を主体に仕事をはじめた。社長に春海が就任し、能代市の木材産業の主流をなしていたが、一九七〇年に廃業した。その後は大政木材株式会社に引き継がれたものの二〇〇八年に自主廃業した跡に、淡路島から持ってきた白竜神社が残っている。

「太平洋戦争と同じにムダなことをした」(小林治)というのが、戦争の落とし子「松下造船」への正当な評価であろう。

しかも、二五〇トンの木造船で南の占領地から日本に物資を運び、連合軍と戦おうと海軍省が本気で考えたのは、時流を知らない無謀なものだった。木造船の建造は、軍部の合理的な思考能力の欠如を示している。だが、ここで働いた人たちにとっては、情熱を傾けた青春の一時期だったのではないだろうか。

◆刻み込まれた記憶

『破綻への曳航』の連載（北羽新報）がはじまってから、沢山の読者から電話、お便りなどをいただいたほか、街で会うと「読んでいるよ」と声をかけていただいた。わざわざ資料を届けて下さった方もいる。松下造船能代工場が活発に動いたのはアジア・太平洋戦争の末期から敗戦直後にかけてであり、それから六〇数年の歳月がたっている。能代工場で働いたり、また実際に造船の様子を見た人たちの多くはもうこの世にいない。過去に埋没しても不思議ではないと思われるのに、多くの反響が届けられるのは、市民の記憶の中にさまざまな形で能代工場が残っているからだろう。改めて歴史は誰のものかを考えさせられた。

今回寄せていただいた中で、新事実もいくつかあった。筆者の目が届かないところで、そんなこともあったのかと思いを新たにした。いずれその新事実は、この連載をまとめる時に組み入れて残したいと考えている。ただ、連載を終わるにあたって一つだけ、まったく新しい事実が明らかになったので、そのことをまとめてお知らせしたい。

筆者は一九九六年に秋田県朝鮮人強制連行真相調査団を仲間と組織し、これまでまったく調査されてこなかった秋田県内に強制連行された朝鮮人の調査をはじめた（第三章参照）。資料も残されていない中で、自費で旧鉱山、ダム工事跡、土木工事跡などを探し歩いた。そして一〇年以上の年月を費やし、県内で朝鮮人が働いた七七現場と、約一万四〇〇〇人が働いたことを確かめた。だが、旧二ツ井町では三ヵ所で朝鮮人が働いた現場が確認されているのに、能代市内では一ヵ所も見つからないのだ。

アジア・太平洋戦争中の能代市には、重要な軍事施設が三ヵ所にあった。砲弾や「ゼロ戦」の部品などを作った秋木機械、特攻隊の飛行訓練や本土作戦の時に使う温存飛行場になった能代飛行場、松下造船能代工場などだった。どこの施設でも多くの労働者を必要とし、労働力不足に難儀していたというのに、これまでの筆者の調査では朝鮮人が働いたという話を聞くことはなかったし、資料も見つかっていない。労働者が不足して大変だった時に「どうして朝鮮人を使わなかったのだろう」と不思議に思っていた。それが今回、電話をいただいて話を聞きに行き、松下造船能代工場でも朝鮮人が働いていたことがわかった。

◆朝鮮人労働明らかに　支柱組み立てや砂利運搬

一つは能代工場の事務所に勤めていた清助《せいすけ》町の女性の話である。

「二棟の大きな工場は出来あがったのですが、屋根はまだ出来ていなかったのです。ある日の朝、まだ薄暗いのに、その屋根に沢山の人ががらっと上がっているんだスよ。梯子《はしご》が何本もかがっているのが見えたから、その梯子を登って行ったんでしょうね。どの人もやせているのが、遠くから見てもわかるのですから、相当やせていたんだろうと思います。皆が坊主頭で、白いのを着ている人がとくにやせておったスな。あとは黒い服を着ておったスね。この人たちはコンクリート瓦を手渡しで上にあげていき、それを屋根に葺《ふ》いているんです。ところが、命令する人もいないし、誰もまったく声を立てないのです。動く機械みたいに働いているんですが、魂の行列みたいだと思ったんでスね。見ているうちに気持が悪くなりましたが、事務所の男の人もその人たちを見ているのですが、誰もなんとも言わないのです。

その人たちは、五〇人ぐらいなんです。一日働いて夕方になると、どこかへ音もなくいなくなるのです。どこへ行ったんでしょうね。そして翌朝は、また暗いうちに来て働いているのです。飯を食べているのを、見たことないのだス。まったく不思議で、気持の悪い一団でした。一週間くらい働いて、屋根に瓦があがると来なくなりましたが、いったいどこから来たんでしょうかね。栗原組の人じゃないってことはわかりましたね。日本人離れした人たちで、何んにも証拠はないのですけどね。でも、あの一団は朝鮮人に間違いないですよ」

ここに一枚の写真がある（次頁）。二棟の造船工場の屋根は葺かれておらず、手前にコンクリート製の瓦が積まれている。彼女が見たのは、この瓦を屋根に葺く人たちの姿だったのではないだろうか。

もう一人は一九二五年生まれの能代市の男性である。彼は高等科を卒業して能代工場に就職するとトビ職の見習いとなった。トビ職の組頭は小林という朝鮮人で、材料庫のある南側に朝鮮人飯場《はんば》があった。トビ職は六～七人おり、工場のトラス（主柱）を建てる仕事をした。高さが八〇間（約三三メートル）もある大工場なので、トラスを組み立てる作業は大変だったが、身のこなしも軽く働いていた。トラスの組み立てが終わると大工の仕事になるので、小林組頭と一緒に八森の石油ヤグラを組み立てる仕事に行った。

もう一つは、能代工場で使う大量の砂利は船で運ばれて来たという。朝鮮から運んで来たのではないかというが、この点ははっきりしない。砂利舟に積んで米代川をのぼって来ると、砂利舟と陸の間に歩み板を渡した。上下に大きく揺れる板の上を、砂利の入ったパイスケ（天秤棒の両わきに大きな籠をつけ、そこに砂利を入れる）を担いだ朝鮮人が、舟から陸に運んでいた。遠くから見たが、歩み板を上手に渡っていたが、日本人に出来ることではないと思った。食事は朝鮮人飯場で食べていたが、どこに泊ったかは判らない。この仕事をしたのは七～八人で、一週間くらいで仕事が終わると、どこへ行ったのか姿が見えなくなったという。

こうして松下造船能代工場でも朝鮮人が働いたことがわかったものの、どこから来てどこへ行ったのか、また名前などを確かめる資料も見つかっていない。

第二章

みちのく銃後の残響

知られざる東北の技

講演録❶

――ただ今紹介いただきました野添です。わたしは秋田県の青森県に近い県境に生まれまして、新制中学校を出てすぐ、木を伐ったり運んだりする伐採の仕事をやり、北海道や奈良県の山奥で働きました。その後、世界を無銭旅行のように歩きまして、一番長いので南米を三ヵ月位ブラブラしておりました。最近も日本国内を歩くことが多いんですが、終わると秋田に帰ります。そういう意味では純粋な秋田県人だと思っております。

ここ山形県にも知り合いや日頃お世話になっている方など、結構たくさんおります。残念なことに全部男性です。女性が一人もいないのは寂しいですね。ただわたしの知っている男性はみんな美男子です。今日も会場には美男子の方いますね。

それで、わたしは山形に来て酒を飲むことが多いんですが、一つ非常に不思議なことがあります。山形の方とお酒を飲むと、だいたい一次会で帰るんですね。みんな奥さんの元へ。なかには変わった方もいて最後まで飲む人もいますが、少ない。ところが秋田県の人っていうのは「飲兵衛」が多いので、二次会、三次会と夜中まで飲む。次の日は財布になにも入ってない。すると懐も痛い、頭も痛いで大変なんですが、山形の男性はそういうことをなさらないんですね。どこが違うんだろうかなと思います。ただ、山形の女性の方たちは幸福だなとその度に思います。

それから山形の男性は、非常に論争が活発で元気です。ところが秋田県人は論争が実に弱い。飲んだ時は元気だけど、論争というとからっきしダメで、話を聞いてうつむいている状態なんですよ。なんでこんなに違うんだろうかということをよく考えます。

それでちょっと古い本なんですが、『県民性』という朝日新聞社から出た本がありまして、県民性の分析をやっているんですよ。ちょっと面白かったので、宮城県人と秋田県人と山形県人を拾ってきました。全部正しいという訳じゃないんですが、一つの傾向を掴むには非常に面白いと思います。

性格ですが、宮城県人は性格が弱気とあります。実際は判りません。秋田県人も弱気。ところが山形県人は強気・勝気、もう一つ括弧して「(我の強さが特別だ)」とある。わたしが書いたものじゃないから、誤解なさらないでください。なるほど、論争したときの強さといえばすごいよな、と思います。特性としては、宮城県人は悪賢い。宮城県人がこの会場にいたら怒るんじゃないかと思いますが、わたしでなく本を怒ってください。それからしつこい。理想家肌とも書いてあります。秋田県人の特性は鈍い。俺のことを言っているのかなと思って、がっかりします。それから、向う見ず。反面情熱的だと書いてあります。明治の時代に南極探検をした白瀬矗《のぶ》中尉が、秋田県生まれなんです。この人はこれに当たるなと思います。それから山形県人の特性は、忍耐強い、規則正しい。お酒は二次会、三次会に行かないで帰るのもここに当てはまるのかなと思います。また、非常に独創的だと書いてあります。

ですから山形県人は、非常に地味で目立たないけれども、非常に粘り強い、勤勉で忍耐強い上に頑張りぬくと、大変素晴しい分析になっているんですが、いかがなものでしょうか。

＊

一つ思い出すことがあるんですが、昭和二六年(一九五一)に『山びこ学校—山形県山元村中学校生徒の生活記録』(無着成恭編、箕田源二郎絵)という本が出版されました。「雪がこんこん降る。その下で人が暮らしているんです」という書き出しで始まる本ですが、大変な反響を呼んだ本です。各方面にいろんな影響を与えました。わたしはその頃出稼ぎを様々な動きと繋がって生まれてきたものだろうとわたしは考えております。

やってたんで、本買って飯場《はんば》で読んで大変感動したのを覚えております。ちょうど同じ頃、動員学徒兵の『きけわだつみのこえ—日本戦歿学生の手記』という本が出て、これも大変評判になったわけですが、『山びこ学校』は、この『きけわだつみのこえ』に劣らず非常に評判を取った本なんです。

この『山びこ学校』は、無着成恭《むちゃくせいきょう》さんがいたから生まれたと思っている方もいらっしゃるようですけれども、わたしはもっと深い意味があったと考えます。戦前の山形には、北方性教育という大変に優れた研究と実践と運動がありました。昭和一五年（一九四〇）に時の権力に弾圧されて、アジア・太平洋戦争中はこの運動がダメになったわけですが、敗戦後は個人でもこの運動を続けましたし、また山形県教育研究所がこの仕事を継続してずっと続けております。ですから、この『山びこ学校』という本は無着成恭がいたから生まれてきたというより、戦時中の北方性教育、あるいはもっと昔の藩制時代の

無着さんは『山びこ学校』のあとがきでこんなことを書いています。「教育は身近な問題を大切にすると同時にとても実態を知り、そこから教育の方法や目標を生み出してくることが大切だ」と。やはり北方性教育という非常に優れた研究と運動は言葉の中にちゃんと続いている。そして無着さんの考えていることは、今の教育にも非常に良く当てはまる大変な指摘だったと思っております。だから山形にとって、この『山びこ学校』は大きな財産で、もう一度見直してみることが大切だと思っております。

山びこ学校を出た人たちは、その『山びこ学校』の文章を書いたころの集団思考から個人の実践、あるいは個人のお仕事に移っていくわけですが、それをどう評価するかは人それぞれということになるんじゃないかと思います。

ただ、秋田にも北方性教育運動がありました。昭

和一五年にやはり大きな弾圧を受けて運動がダメになり、戦後また復活する。そして秋田県にも秋田県国民教育研究所ができまして、その運動を継続したんですが、山形のような大きな成果を全く挙げなくなりました。この違いはいったいなんだろうと今考えさせられますね。『山びこ学校』を何度も読み返しているんですが、山形県人の忍耐強さや独創性、そういうのが非常に良く出ている本です。だからこの『県民性』とい本は嘘をついていないと感心して読みました。

＊

同じような北方性教育運動の流れの中にあるものとして、昭和三二年（一九五七）に生まれた山形農民文学懇話会があります。山形県内一般の方にはあまり知られてませんが、『地下水』という機関誌を年に一冊出して、今も継続しています。創刊時に代表発行人だった真壁仁《まかべじん》さんが巻頭でこんなことを言っています。「言葉の自作農になろう。それぞれ言葉の所有者になろう」と。こういう呼びかけは今でも貴重です。それぞれ言葉の自作農になり、それぞれ自分の言葉の所有者にならなければ、新しい思想も新しい生き方も、新しい暮らしも生まれないと真壁さんは声高く叫んだんですね。真壁さんが亡くなってからだいぶなるけれども、わたしは今でもこの言葉は続いていると思います。

それから、『地下水』を発行したほかに、出版部をつくりまして、真壁さんの本を始め約一〇〇冊の本を出しているんですよ。専門の出版社じゃない一サークルの出版部が、山形県でなければ書けないような、山形県でなければ出版できないような本を約一〇〇冊。山形県の財産だと思っております。この『地下水』は、戦後日本の農政が激しく揺れ動いてきた中で、いろんなことがあったわけですが、まだ歩み続けています。日本の農民文学運動は、今ほとんど壊滅しております。続いていません。その中でこの山形での『地下水』の運動は、わたしは大変素晴しい運動だと思っています。今、第四七号が編集中と聞いておりますので、間もなく出版されると思いますが、この運動の中にも、戦前の北方性教育の流れと同時に山形県人の忍耐強さ、あるいは強気、独創性ってのが非常に地味だけれども良く出ているんじゃないかと思います。

＊

この『地下水』の運動とだいたい同じ頃から、山形県内に「もんぺの子」という童話の会があり、さまざまな創作童話が発表されております。わたしも大好きな作品の一つに鈴木実さんと植松要作さんその他が共同制作した、『山が泣いている』という本当に素晴しい童話があるんです。こういう共同制作でこんなに良いものを書いて、しかし土着性があって、今も力を持っている創作童話は、なかなか全国的に無いんです。非常に良いものを世に出したと思っております。

　こう見てくると、山形は集団でものを創り上げていく力を持っているところ、それでいて非常に長い時間まとまって続いていくという特性を持っている先祖から受け継いできた、あるいは自分たちが蒔いた種を自分たちで育てて、収穫していくという力を持っているんですね。

　ところが隣のわたしの住む秋田県では、自分で蒔いた種の収穫すらできないというふうな運動がたくさんありましてね。山形の運動を見る度に羨ましいと思います。こういうのが山形県の中でどういうふうに生かされていくのか、大変わたしは関心を持っております。それでこういう組織の仕事をしていくのが上手なのに、加えて個人的な仕事も大変また優れている。

　童話に関して言うと、鈴木実さんの『オイノコは夜明けにほえる』、良い創作童話です。それから須藤克三さんの『出かせぎ村のゾロ』は出稼ぎを童話に手がけた作品で、他に無いんです。秋田県も大変な出稼ぎ県ですが、こういう作品を生み出していないんです。そういう点で個人的に非常に優れた特性を持っているのが山形県人なんだなと思います。

これは創作ではないんですが、最上の佐藤義則さんが最上に伝わる『雪むすめのおくりもの』という本を出して四五歳の若さで亡くなったんです。あまりにも早い死で、今も生きていたらどんな仕事をされたんだろうと時々悔やまれるわけです。十数年前に彼の墓参りに行き、古びた墓を見ながらその時もそう思いました。一緒に昔話の採集もしたことがありますが、素晴しい人で、こういう方が山形にたくさんいるんですね。

＊

昔話の採集者は東北地方に非常に多いんですが、山形にもたくさんおります。真室川《まむろがわ》出身の野村敬子さんは、彼女の旦那さん、野村純一さんと一緒に山形県をはじめ東北の昔話採集をたくさんなさっております。野村純一さんも確か昭和一〇年（一九三五）生まれでわたしたちと同じなんですが、二〇〇七年に亡くなりました。残念でした。山形では武田正さんなども優れた仕事をしております。ですから東北を見渡したとき、この昔話を一番厚くたくさん収録しているのが山形なんです。財産ですよね。

わたしのいる秋田県にも昔話はたくさんあるわけですが、山形の五分の一くらいしか収録されていない。話を語る人がほとんど亡くなっているんですから、今やれったってできません。そういう点で山形県は非常に恵まれていると思うんです。古くからこの土地に伝わってきた財産を、語り手たちから聞いて残していくことを非常に丹念にやってこられた。財産を無くさないでちゃんと保存している。その中からいったい何を生み出していくのか、あるいは何を見つけ出してくるのか。それはこれからの山形の皆さんのお仕事、あるいは生き方に繋がっていくんだろうと思います。

そういう点で北方性教育運動から、『やまびこ学校』から、あるいは『地下水』から、昔話の採集から、あまり一般的でない分野の中でも、山形では歴史を非常に大切にしながら風土も大切にして、そこにあるものをたくさん残している。東北では非常に豊かな県だとわたしは思っております。

そのほか山形には、芸術とか文学とか非常に優れているものがたくさんあります。わたしは門外漢ですので今回は割愛させていただきますが、研究している方、調べている方、実際創作されている方、たくさんおりますので、皆様には大変勉強になるんじゃないかと思っております。

＊

ちょっと若い時の体験談で、二七、八の頃だったと思います。友人と山形の温泉に来まして、夕方お風呂から上がってビール飲みながら「何かちょっとでいいからつまみちょうだい」とお願いしたら、皿に山盛りにして出てきたのが青菜だったんです。その美味しいこと、美味しいこと。四人で行ってたんで、またひと皿頼んで全部食べてしまった。長野県に行くと野沢菜という有名なのがあるんですが、それに匹敵するくらい、負けないくらい美味しかったですね。

わたしは今、秋田の能代《のしろ》で暮らしてますが、ちょうど雪降る頃になると青菜の漬物が能代にも入ってきます。するとわたしが好きだと知ってるもんですから、「山形の青菜来たよ」って電話かかってくる。わたしは自転車に乗ってさっそく買いに行き、その晩は家族中で青菜を食べながら酒盛りするんです。

今朝ホテルで朝食をいただいたんですが、ちゃんと青菜が出てるんです。ほかでは名物というのはホテルなどの食卓に出ないんです。さすがと思いました。それでここへ来る前に山形駅の地下に寄ったら、ちゃんと青菜があって、目星付けて、売り場の方にも「明日、朝買いに来るからね」と約束してきました。あれは本当に美味しいですね。

秋田県も雪国で酒飲みがたくさんいるところです

ので、漬物がたくさんあったんです。ところが、今かなり無くなってきております。秋田県の代表的な漬物で、いぶりがっこがあります。いぶり大根のことです。昔は電気がなかったんで、居間に囲炉裏があって木を焚きます。それで囲炉裏《いろり》棚がありまして、秋に大根が取れると洗ったのをその上に置いて干したんで、煙で燻《いぶ》される。それを糠漬けにしてだいたい二カ月位で食べるんですが、本当に美味しい漬物になったんです。

　ところが今でもお土産品として売っていますが、だいたい九〇パーセントは、大根は霧島に頼んでいます。九州の霧島大根は有名ですね。そこに大根の作付けを頼んで、収穫したのを向こうで干しちゃう。向こうは風が強いうえに暖かいので、だいたい三日くらいで乾燥できるんです。それを木で燻さないで薬品につけて秋田の産地の名前で袋に入れて出しているのです。だからぜんぜん美味しくない。なぜ、こんなになったんだろうと思います。秋田に来た人はいぶり大根の良さを知っていますので、それを買って行くと美味しくないわけで、電話が来る。「なぜあんなに美味しくなくなったんだ。おめだちが悪いからだ」ってよく言われるんです。確かに地元の人が悪くなったからその漬物も悪くなったと、そういうことは言えるんじゃないかと思いますね。文化もそうですが、食べ物だってその地域に遠い昔からあって、その土地でなければ作れないもの、またその土地の人だからこそ上手に料理できて美味しく仕上げることのできる食品ってのは、全国にいろいろあるわけですが、山形ではそれが非常に良く残されています。

　ところが、わたしのいる秋田県ではよく残されてない。本当に残念です。そういう点では文化と一緒に秋田県もダメになっている気がします。まあ、青菜は山形の元々の特産物じゃなくって明治時代に入ってきたものだそうで、それを山形の人が青菜に合った地域を見つけて農家の人たちが丹念に長い時間をかけて育てて、食べ方の研究をして今のようなものが作られていると思います。本当に、地域の美味しいものを食べたとき、地域の歴史を感じますね。そしてそれを作ってきた、そして今も作っている人たちの顔が目の前に浮かびます。それでお酒飲むわけですから最高です。

＊

そのほか山形というとやはり佐藤錦とかラ・フランス、庄内柿。大変果樹が盛んなところです。秋田県では毎年さくらんぼ狩りを募集しています。今日あたりはバス五〜六台は山形に来ていると思います。バスで山形に来てさくらんぼを食べて秋田に帰ってだいたい一人八〇〇〇円くらい。それで温泉に泊まって行くとだいたい三万円くらい。毎年秋田県から相当の人が山形に来るんです。山形のさくらんぼが秋田に並ぶ前に、秋田の人が山形にさくらんぼを食べに来ているんですね。そういうところが、わたしは山形県の良さだろうと思うんですね。佐藤錦にしたっていろんなリスクがあったわけですが、大変有名になりました。それをただ売るだけじゃなくって、食べるために人を呼ぶというのが山形県人の持っている商いの精神だったら本当に素晴しいですね。秋田県ではなかなかできないんです。残念ですけれどもやってないんです。

山形県では果樹農家が非常に多く、それをまた特産物として生活していくうえの大きな収入にしているということなんですよね。秋田県にも果樹は結構あるんです。秋田県には千秋というりんご品種があります。これは秋田県の果樹試験場が本当に長い間かけて取り組んで創り上げた品種ですが、今、千秋を秋田産のりんごと思っている方はほとんどいないんじゃないかと思います。今一番作っているのが長野県豊野町です。ですからだいたい東京の人は、千秋は長野県のりんごだと思っている。せっかく秋田で非常に良いりんごを産みながら、それを自分たちの財産にしていけない秋田県人の弱さ。ところが山形の人たちはそこからちゃんと利益を上げている。この違いは何だろうかと思いますね。

＊

それから山形大学農学部に、山形在来作物研究会がありまして、そこで出している本をこの間読ませていただきました。『どこかの畑の片すみで』『おしゃべりな畑』の二冊。良いセンスを持っているな、と思いますが、この本を読みながらびっくりしたのは、山形県には山形在来作物が約一五〇～一六〇あるということです。驚きました。じゃ、秋田県にはどれ位あるのかというと、秋田県には在来作物を調査している人も研究している人もいませんので、実際どれ位あるのか分かりませんが、ざっと考えても二〇やそこらしか残っていないいんじゃないかと思います。それくらい山形県は素晴しいところですよね。

例を挙げてカブを見てみますと、「温海《あつみ》かぶ」は凄く有名で、電車で日本海を下って山形県に入って秋田県に帰るときは、だいたい一袋とか二袋買って帰ります。とても美味しいです。そのほかに山形県には「肘折《ひじおり》かぶ」とか「最上《もがみ》かぶ」、そういうのが約二〇ヵ所にあるんです。

わたしは四年くらい前から秋田県のカブがどれくらい残っているのか調べているんですが、三ヵ所しか残っていない。いわゆる在来のカブです。その二ヵ所は農家が自分で食べるところ、あと一ヵ所が、農協と一緒にやりながら少し多く出荷しているところです。山形にはこれが二〇ヵ所もあるんですから、大変驚きました。カブというのは、日本食の中では非常に古くからあったものです。戦時中、天然秋田杉を軍用材としてどんどん伐採し、その後、山奥の人たちに貸した。その秋田杉の枝とか雑木を切り払って火をつけて焼畑にして、そこに一番早く蒔いたのがカブです。わたしも戦時中、国民学校の四年生だったのでよく焼畑をやりました。それとソバ。生活のそばにあるから、「ソバ」なんです。

なぜカブを植えるかというと、カブは植えてからだいたい一カ月くらいですぐり菜ができる。二カ月でカブが採れるくらい成長が早いんです。わたしが調べたのでは敗戦後の昭和二五〜二六年（一九五〇〜五一）頃までは秋田県にも二五〜二六カ所あったんです。それが今みたいになぜ三カ所になったのか。それを調べていてちょっとびっくりしたんですが、日本は高度経済成長を続けるようになって以降、経済効率とか生産効率を非常に大切にしてきた。生産効率の高い作物というと、手間が掛からない、コストが非常に安い野菜なんです。今スーパーに並んでいる野菜を見ていると、日本がこんなに貧しくなったのかと思うくらい、品種が少なくなっています。

どの野菜もマヨネーズに合う野菜で、甘くて非常に瑞々しい感じはしているんですが、特性が無いんですね。個性のある在来作物はマヨネーズでは食べれないんですよ。山形の気候で育ったたくさんの在来野菜は、臭味があったり、辛くてそれで青くさかったり、形もでこぼこしていますので、料理が上手じゃないと食べられない。だから山形県の女性も男性も料理が非常に上手なんです。個性ある一五〇〜一六〇もの在来野菜を食べるには料理の腕がよくないとダメ。食べる人の味覚も肥えてないとダメなんですね。マヨネーズに馴らされて食べている今の人たちにとっては、本来の美味しさは分からない。ところが山形ではちゃんと残っていて大変素晴しいことだと思います。

山形に年に何回か来ますが、非常に古くから残っているものに「からとり芋」があります。芋茎《ずいき》とも言うんですが、乾燥したものをスーパーでも売っています。水に二日くらい浸さないと食べられないんですが、結構美味しい。わたしが行ったビルマとかミャンマーなんかでは田んぼに植えて、主食まではいかないけれど食べております。芋茎の葉っぱの上にご飯とか料理を載せて、よく持ってきてくれました。わたしが子どもの頃は秋田県の北の方でもありまして、七夕のときにあの葉っぱに溜まった朝露で墨を磨って字を書くと上手になるということで、わたしも盛んに練習しては恋人に手紙を書いたんですが、一度も戻って来なかったね。今スーパーに行っても売っていないんですね。小さい店に行くと売っているんですが。岐阜県に行った時、一回それ買ってきて、東京から新幹線に乗ったら車掌に怒られましてね。「お客さん、こんなもの持って乗られちゃ困ります」困りますったって、買ってきたんだからとやりあったことありましたが、とうとうわたしの方が勝ちまして家まで持ってきました。野菜の悪口言っているわけじゃないからね。

なかなか手に入らない野菜が山形県にはあるんです。庄内にあるだだちゃ豆。山形では大変人気があるんですが、それが仙台で売ってましたね。あんなに広がっていくとどうなっていくんだろうと思うんですが、在来作物の一つです。

山形の財産だと思います。古いものを大切にしながら、そこから利益を上げると同時に、それを自分たちの自慢のものとして売り出せる強さ。何も新しいものだけが良いわけじゃなくて、例えばさっき言ったマヨネーズにあわない野菜をつくる。そういう技術を残していくというのは、貴重だと思います。在来作物を残していく。あるいは、山形で昔話をずっと残してきた先輩たち。あるいは、日本の農政が厳しく揺れ動いた中で、農民文学を守って半世紀続けてきた『地下水』の人たち。こういう長く地味に忍耐強くやっていけるのが、山形県の持っている一つの特性だろうと思うんですね。これは秋田県にも宮城県にもない良さなんです。新しいものは突然生まれてくるものじゃない。本当に古い土壌から積み重ねて、歴史を大切にして、そういう中から生まれてくるのだと思います。そういう土壌がなければ、土台がなければ、わたしは本当に世の中を変えていく、世の中に生きている人たちを大切にしていく喜びが溢れるものにしていく新しいものはできてこないんじゃないかなと思います。こういうことを忘れないでちゃんとやっているのが山形の人たちだと、そういう風にわたしは考えております。

会場の皆さんの顔の中にも、そういう山形県人の良さが何か一杯浮かんでいるような感じがいたします。二分早く始まりましたので二分早く終わります。秋田県人らしくない律儀さを最後に残して終わります。今日は大変ありがとうございました。

（二〇一〇年六月一九日「山形学」フォーラム「地域から世界へ」の基調講演より）

青猪忌《あおじし》　真壁仁を語る

講演録❷

――秋田から来た野添です。ことしの冬は雪が多いですね。昨日の夕方、奥羽本線で新庄に出て、新幹線で山形市に着いたのですが、山形も雪が多いです。秋田の院内《いんない》から山形の及位《のぞき》の間はとくに雪が多く、電車の窓から見えるのは雪の壁だけでした。「覗き見」もできませんでした。秋田では雪おろしに屋根にあがり、雪と一緒に落ちて亡くなったり、人の住んでいない家が雪の重みで倒れたりする事故が起きています。敗戦の年の冬も雪が多かったのを思い出していました。

さきほど木村迪夫委員長も言っておりましたが、青猪忌・野の文化賞が二七回ということで、よく続かせたものだなと思い、感慨無量でした。驚きでもありました。山形県の皆さんの運動や仕事は非常に辛抱強く、普段から持続性があると思っていましたが、今回もそのことを強く感じさせられました。

真壁さんとの出会い

この会場には真壁仁さんの影響を受けた方が沢山おられると思うのですが、その方たちの努力、それから後押しが二七回も続かせる基礎になっていることは確かです。しかしその底には、社会をよくしよう、人を育てていこう、文化を高めようと生前に真壁仁さんが考え、実践していたことが、死後も生き続けているからだと思います。真壁仁さんは七六歳と八カ月の生涯でしたが、その時はもっと長く生きて仕事をして欲しいと思ったものでしたが、実は死後二七年間もちゃんと生きられて頑張られていたから、二七回になったのだと思います。ほんとに大変な人物だったのだなと頭が下がります。そして、このような人にお会いできて、教えていただいた幸せに、感謝で一杯になります。

わたしが真壁仁さんにはじめてお会いしたのは、確か一九六〇年の六月でした。原水禁の平和行進が青森から出発して秋田に入り、二ッ井町で一泊したんです。真壁仁さんはタスキをかけて先頭を歩いて来たのを、いまでもはっきり思い出します。そして泊まった宿に押しかけて行ったのです。わたしは「月刊社会教育」に連載されていた「詩の中にめざめる日本」を読んでいるくらいでしたし、真壁仁さんもわたしのことは知らなかったはずです。どんなことを聞いたのか、何を話したのかはまったく覚えていませんが、人の心を包むような風貌に圧倒されました。わたしはあの年ごろになったら、あんな風貌の人になりたいと思いながら話を聞いたことを思い出します。

秋田県にも詩を書く人は沢山おります。詩で平和とか社会の矛盾など書いていますが、真壁仁さんのようにそれを直接行動にあらわし、タスキがけで歩いたり、長い詩論も書くという人は少なかったですね。とくに、詩は書くが、詩論はまったく書かない人が大半でした。少し詩を書くと、「詩人」になっていました。山形県と秋田県には県境がありますが、とっても太い県境だなと感じました。

時間をかけて推敲

わたしは新制中学を卒業すると、すぐ出稼ぎに出ました。北海道から奈良県の吉野まで、飯場に泊まって働いたのですが、どこの飯場に行ってもわたしがいちばん年少でした。雨の日に仕事を休んだ時に本を読んでいると、「出稼ぎが本を読んでる」とバカにされたものです。その出稼ぎを七年間でやめ、こんどは村の国有林で働きましたが、それからは夜が自分の時間になり、本を読んでも文章を書いても自由でした。その時に真壁仁さんに手紙を書いたのです。おそらく大変忙しかったでしょうに、丁寧な返事をいただきましてね。その字がとてもきれいで、魅力的なんです。真壁仁さんは書も絵もとても素晴らしいんですが、高等科二年で卒業すると野良衣を着て田畑で働いたのに、いったいどこで身につけたのだろうと思いますね。

こんなこともあって、どうしても真壁仁さんにお会いしたくなり、山形市の自宅におじゃましたのは、『黒川能―農民の生活と芸術』が日本放送出版協会から出版されてまもなくでした。真壁仁さんはそれまで二回書き直して決定版を出したのですが、三三・四年の年月がかかっていることを知ったのです。どうもわたしなんか、短期間にちょこっと仕事をして一冊にまとめるという悪い癖があるものですから、一つの仕事に三三・四年もかけてじっくり仕事をするということに驚き、また非常に感激して家に帰り、家内にそのことを知らせたのです。

その後で一回、お願いして黒川能に連れて行って貰ったのです。とっても寒い日でした。あのころはあまり見に行く人がいませんで、真壁仁さんが真ん中にどかっと座わり、わたしはその脇に座ったのですが、何か誇りっぽい思いでした。酒を飲み、焼き豆腐を食べているうちに、わたしは酔って眠ったのです。はっと目を覚まして隣を見ると、真壁仁さんはリンとした顔で能を見ているのです。わたしは横になっていびきをかいていたんですね。わたしは恥ずかしくなり、これは申し訳ないことをしたと思い、そのまま離れて朝方の汽車に乗り秋田に帰ったのです。あとで真壁仁さんから便りがあり、「急に姿が見えなくなり、心配していました」という内容でした。

聞き書きの姿勢

『手職』という「上」「下」の素晴しい職人たちの聞き書きがありますが、真壁仁さんの聞き書きの姿勢は、黒川能を見ている態度とよく似ているんです。秋田県のマタギ集落へ取材に来た時に、案内したことがあります。ことしみたいに雪の降る真冬に、東北出版企画の田村茂廣さんの運転する車で阿仁町を

阿仁町根子を取材する真壁仁
（1975 年 12 月　著者撮影）

歩いたのですが、最初に行くのが市町村の図書館とか郷土史家のところではなく、実際にマタギをやっている人とかその家族たちでした。丹念に話を聞いて、あまり大きくないメモ帳に丹念に書き込んでいました。それからよく聞き返していましたが、話をしている相手もその度に、「そう言われるとどうだっけ?」と考えるので、話がより正確になるんですね。それから話をする側にも余裕を与えますので、話が豊かになります。わたしは一緒に歩いたことはないのですが、『忘れられた日本人』という名著を残された宮本常一さんとよく似ているんじゃないかと思います。話を聞く人を非常に大切にしているんですね。そのことは話をする人にもわかるものですから、質の濃い話をしてくれるんです。

　ところがいまの学生とか、若い研究者を見ておりますと、車でさあっと来ると話を聞く人の家にまとまって入って行き、録音機のマイクをいくつも並べて「さあ、話をして下さい」ですよね。わたしの所にもそういう若い人が参ります。時間がくるとマイクをカバンに収め、「有り難うございました」と帰って行きます。これでも話は聞けますが、その人が話をしたいと考えていることや、目には見えないけれどもその地域の深いところで動いているものは見えませんね。そういう点でわたしは、若い時に真壁仁さんと一緒に黒川能を見て失敗したり、雪のマタギ村を取材する後をついて歩きながら、仕事をする姿を見て覚えたことや感じたことが、宝となって残っているのだなと思います。

『民衆史としての東北』のこと

真壁さんとの仕事では、日本放送出版協会から出ました『民衆史としての東北』がもっとも思い出深いものであると同時に、さらに続けたかったものでしたが、一冊で終わったのをいまも残念に思っています。この本を編集したきっかけですが、大館出身の狩野亨吉《かのうこうきち》が発見した安藤昌益の生涯は、沢山の研究者や学者たちが長年調べても分からなかったのが、一七〇三年に大館市に生まれ、青森県八戸市に行って医者をやり、晩年に生まれた地に帰って百姓をやったことがわかったのです。温泉寺の過去帳にも記入され、墓も見つかったものですから、わたしなんかもショックを受けました。

このころ、NHKテレビに教養特集というのがあって、午後八時から九時まで放送されていました。その番組で「安藤昌益」が放送された時に真壁仁さんやわたしも出演したのです。その当時は、NHKで放送されたものだけが、日本放送出版協会から出版されていました。この放送があったとき、出版協会の若い二人の編集者から「二人で安藤昌益のことを書かないか」という話があったのです。でも、二人とも安藤昌益の研究者ではないので、これから勉強では何十年も後のことになりますというので、広い意味で安藤昌益の考えを含んだ東北民衆史のようなのはどうかということになったのです。真壁仁さんの家に四人で集まって何度も相談し、二人の著書にしないで、その当時東北の各地にいろいろなサークルがあって活動していました。少し名が知れているとか、知られていないとかはまったく関係がなく、これから東北で伸びて欲しいと考えているテーマで書いている人に参加をお願いしようということになったのです。

最初に民衆史を唱えたのは色川大吉さんだったと思いますが、色川大吉さんは自分で買ったキャンピングカーを運転して日本全国をまわってました。宮本常一さんは全国を歩いたのですが、色川大吉さんはキャンピングカーを運転したのです。移動する方法は違ってますが、目的はほとんど同じだったと思います。色川大吉さんの車は秋田のわたしの所にも来ましたが、夜になるとその地域の人たちが色川大吉さんの所に集まり、はじめは議論をしていますが、夜が更けると酒宴になって朝まで続くこともあり、次の日にまた移動して行きました。それぞれの地域で独自に活動している人たちが、色川大吉さんの車で結びつくということもあって、北海道から沖縄までつながっていました。

東北を見ますと、農民の書き手たちが集っている『地下水』、秋田では県南の教師たちの集団である『文学の村』、県北に行くと若い労働者が集まっている『秋田のこだま』、自分が暮らしている足元を掘ろうと頑張っている『山脈《やまなみ》』。岩手に行くと、かってアテルイが闘った北上には『化外《けがい》』に集まる同人たち、さらに青森へ行くとマサカリの形をした下北半島の人たちと北海道のつながりを丹念に調べて、海とともに生きた北上の人たちを明らかにしています。また、五所川原市の青森文芸協会に集う人たちは、青森の昔話や伝説を採集するなかで、いかに東北の人たちは中央から差別され、蔑視されたかを浮き彫りにしています。

こうした東北のサークルや研究集団の研究や創作は、これまではあまり中央では発表されることはなかったのです。そういう意味では、中央に対しては無名だった訳ですが、作品の質は高く、研究は独創的で高かった訳です。

一例をあげますと、能代や青森・弘前などに残っている七夕は、町内を引きまわした後に川に持って行き、城郭に火をつけます。これは飛鳥時代に飛石的に日本海を北に向けて原住民を征服してきた阿《あ》倍比羅夫《べのひらふ》の軍は、勇猛な抵抗にあって進めないため、立派な城郭をつくって火をつけ、それを見に来た原住民を背後から襲って全滅させるという話が残っています。原住民というのがわたしたちの先祖ですね。中央政権に服従しない原住民を滅ぼした阿倍比羅夫を誉めたたえる「征服史観」に立った記述をしているのが、「小・中校の副読本」や部厚い市町村史です。「それぞれの地域の民衆を主体として、民衆の視点から歴史」を書いていないのです。独自な生活を征服していった中央の政権が残した資料で、自分たちの歴史を書いている人がいまだに多いのです。戦後の大学で歴史を勉強してきた先生方でさえ、こうした書き方をする人がいるのです。

自分の暮らしている地域のことを自分の目で書ける人を東北から探し、真壁仁さんかわたしが訪ねて行き、わたしたちの意図を説明し、書いていただいたのです。二度も三度も行った場合もあります。従来の歴史学者といわれる人からは文句がきた原稿もありましたが、全体として非常にいい原稿が集まりました。その中でも真壁仁さんの「序　化外の風土・東北」が最高の作品でしたけれどもね。

出版になりましたらわりに評判がよく、若い二人の編集者と四人が集まった時の反省会では、こういうのを五巻くらいまとめて出そうということになったのです。その後も準備は進めたのですが、真壁仁さんが忙しくなったりしているうちに、病気で体の調子が悪くなり、とうとう一冊で終わったのは残念でした。

沢山の後継者

でも、こうした仕事を一緒にさせていただき、学んだことはいまでも深く深く残っています。一緒に仕事をして感じさせるのは、真壁仁さんは非常に厳しい人なんですがそんなことは表面にださず、非常にやさしく親切な人なんですね。間違いや批判はあっても絶対にその場では言わないんです。何日もたってから、「あの時はこうだったんじゃないかな野添君」というんです。それはまだいい方で、一週間も、ときには一カ月もたってから手紙で、批判なり、注意なりを書いてよこしたりするんです。こっちは忘れているころにくるので、そんなことがあったなと思うこともたびたびでした。おそらく時間をかけて、あの人はどういうとちゃんと受け取ってくれるのかな、この人はどう指導すると伸びていくか真壁仁さんなりに考えて考えて、答えが出た時に便りを下さるんだろうなと思います。大変なことですよ。

斎藤たきちさんが『真壁仁研究』に寄せている真壁仁さんの「年譜」は、大変な労作です。時間をかけてつくられた労作ですが、これを読んでおりますと真壁仁さんはご自分の仕事にも力を入れてますけれども、人を育てる仕事も、社会をよくしていく仕事も、平和な社会をつくる仕事にも非常に力を熱心に入れています。隣で見ていると、もうちょっと自分の仕事をしてもいいのになと思ったものでした。社会運動でも平和運動でもうーんと時間を喰う仕事なんですが、その割には効果が出てこないのです。それでもせっせと力を注ぎ込んでいることが、「年譜」を見るとよくわかります。それから小さな展示会にもよく足を運んでいますし、講演会にも出ています。いつだか、秋田県の男鹿市で、二つの会場を午前と午後をべつべつに講演を担当し、昼と夜に一緒になるというのを真壁仁さんとしましたが、あの時は楽しかったですね。

『年譜』を見ておりますと、目まいするように忙しい毎日をおくり、それで四〇冊近い著書を上梓し、沢山の後継者を育てました。こんな人はもう東北には出ないんじゃないかと思います。今後も青猪忌を二八回、二九回と続けて下さいと山形県を代表する皆様にお願いするとともに、今回受賞された大原螢先生におめでとうございましたと言わせていただき、失礼いたします。

（二〇一二年一月二二日山形市大手門パルズでの「第二七回青猪忌」にて）

わが「聞き書き」四〇年

対談録❶

赤坂憲雄　一九五三年生。民俗学者。学習院大学教授、福島県立博物館館長。東北芸術工科大学東北文化研究センター設立後、一九九九年『東北学』創刊。『岡本太郎の見た日本』は二〇〇七年にドゥマゴ文学賞、〇八年に芸術選奨文部科学大臣賞を受賞。（ウィキペディアより抜粋）

「聞き書き」の魅力

赤坂　「思想の科学社」発行の『思想の科学』誌が、一九七九年一〇月臨時増刊号で「方法としての聞き書き」という特集を組みました。この中で、野添さんは「聞き書きと取材」と題されたエッセイを書かれています。これを読ませて頂いたときに、聞き書きが持つ可能性、あるいは聞き書きに向かう心構えとでもいうべきものが、大変凝縮されて論じられていることに、すごく興奮しました。二二年も前の文章ですから、ご自分でも書かれた内容を恐らくはお忘れになっているかと思うのですけども、今日はこの文章を手掛かりにお話をさせて頂きたいとやってきました。

野添　ホントに忘れてた。こんなの書いてたんだ（笑）。

赤坂　まず、このエッセイの冒頭で、野添さんは「聞き書きの魅力ってなんですか」と聞かれて「自分は人間が好きだからだ」とお答えになったと書かれています。

野添　そうですか。いや、あまり好きではないんですが。

赤坂　それもすごくよくわかります。聞き書きって疲れる作業ですよ。ぼく自身も最近聞き書きをしていますが、やっぱりしんどいですよ。相手の人生をじっと聞くうちに、なんともいえない疲れがたまってくる。家に帰るともうくたくた。だからこそ「逆に人間が好きじゃないとやってられない」というのが実感できるんです。

野添　おっしゃる通り、くたびれることはしょっちゅうありますよ。嫌になりますよね。だけど、まあ、それはこっちが悪いんだ。相手の話が聞きたくて勝手に行ってるんだから。あっちは悪くない。ただ、あの、聞き書きの相手を決めるときにですね、どうしても気が合うか合わないかを見てしまうところはありますね。例えば酒の席で相手を見る。嫌いなやつとめちゃめちゃ好きなやつと中くらい好きなやつがいる。だれに話を聞こうかとすると、頭では嫌いなやつに聞くのが一番いいと分かっていても、やっぱりめちゃめちゃ好きなやつのところに行ってしまうんですよ。ぼくの場合、聞き書きをやるときは同じ相手のところに最低三回は通うんですよ。だから、嫌いな人のところに三回も行くのはね、つらいんだ。だけど、好きな相手のところに行くのにも苦労があるんですよ。気が合う相手でしょう。ついつい酒になっちゃうんだな。お金を持っていたりするとたいへん。帰りの電車賃も何もかも、みんな飲んじまう。一番ひどかったのはね、網走に行ってそんな調子で酒を飲んでお金がなくなった。困ってしまって秋田の自宅に電話したんだけど、女房も金がない。女房が職場の互助会でお金を借りてきて銀行から送る、届くのは明日になるというんです。ところがそれが二日も届かなかったの。電話する金もない。結局、最後にはお金届きましたけど。待っているうちにまた飲んんだ。やっと届いたお金で飲み代を払って、残りで札幌まで出た。やめとけばいいのに札幌で友達呼び出して、また飲んだんだ。なんとか帰ってこれたけど、まあ、ひどかったね（笑）。

赤坂　野添さんはもう四〇年くらい聞き書きの仕事をなさってますよね。

野添　四〇年やったから進歩したかといえば、そんなこともないですね。聞き出してからまとめるのまで相手のところに最低三回は通うのから、全く変わらない。

赤坂　ご自分の聞き書きのスタイルは、どのように作ってこられたんですか。

野添　それはぼくの生い立ちから話さないと……。白神山地の山奥、秋田県の藤里村に一九三五年に生まれました。小学校、当時は国民学校だったけど、それも小さな分校しかなかった。国民学校に入ったのはアジア・太平洋戦争が始まった年です。翌年に親父が兵隊に取られたんですよ。うちに母がいて、弟と妹がいて、あと、病気で寝たきりのじいさんがいてだもの。食うために働かなくてはならなかった。全然、学校行けなくなったの。学校にたまに行っても今度はお弁当を持って行けなくてね。みんな食べているときにこっちは食べ物がなくて、妹たち連れて川で水を飲ませてた。水を飲むとすぐに腹いっぱいになる。だけど、これまたすぐに空腹になるんだよな。そんなんで小学校にはほとんど行ってない。中学校に入ったと思ったら、親父が傷痍軍人になって帰ってきた。働けない。結局、中学校もほとんど行かずにもうすぐに北海道に出稼ぎです。だから、学校に行ってちゃんと勉強したって経験がないんですよ。机に座って勉強してる人の姿なんか、窓越しに見るとうらやましくてねえ。いやあ、あんな暮らししてみたいと思ってた。本を読むのは好きでした。やっぱり読むの好きだと書くのも好きになるのかね。ノートに日記みたいなのずっと書いてた。出稼ぎに行っても書き続けていた。だけど、結局、自分のことばかりそんなに書けないでしょう。だから、出稼ぎ仲間のしゃべってるのを書いてみたりするようになったんです。あれをもう少し丹念にやっていれば、いまごろ、昭和二四年ごろの北海道の山奥の飯場での聞き書き大全集なんて出せたかもしれない。もったいないことしたな。

赤坂　当時のノートはもうないんですか。

野添　ほとんどなくしてしまいました。というのは、中学校を出てから三度くらい家出しているんですよ。こんな山の中にいるのは嫌だと思ってね。家出先で食えなくなるとまた帰るってのを繰り返していた。その度に日記とか身の回りのものを持ち出してたものだから、どさくさまぎれにみんななくしてしまったんです。かろうじて残っていたのが、ぼくの一番最初の本『出稼ぎ──少年伐採夫の記録』の元になっているんですよ。

「あ、分かった！」という瞬間

赤坂　ぼくは聞き書きを始めたころからマニュアルは持たない。人の紹介も受けない。アポなしでいきなり相手の家に行っちゃうんですよ。見知らぬ人の家のドアをたたく瞬間のひりひりした緊張感が好きなんです。もちろんうさんくさい目で見られます。だけど、家の中に入れてくれればこちらの勝ちです。聞き書き全体がうまくいったようなものです。「なにを聞こうか。断られたらどうしよう」とかいろいろ考えて行ったらつらくなる。だから、何も考えないで、とにかく入って行っちゃう。そこからなにか始まればいい。そのほうがいい聞き書きができる。相手が突然の訪問者を「なんだこいつは。怪しいやつだ」って見る。「おっ、面白そうだな。話してやろうか」と思う。語り手と聞き手が出会った瞬間から聞き書きって始まっていると思うんです。これはもう、相撲の取り組みみたいなもので（笑）。

野添　そうそう。なにも「まずは親しくなって、これ聞いてあれ聞いて」なんて考えなくていい。人間同士、普通に話していればみんな共通点あるんだもの。マニュアルなんかいらない。大体、そんなものないですよ。世間話しているうちに聞きたいことに自然と話題がいくんだ。聞き書きにしても何にしても、においとか気配とか例えば雰囲気やしぐさ一つで、ああ、この人はこんな人なんだなとか、いまこんな気持で話をしているんだな、と分かる瞬間がある。面と向かって会うだけで、相手の何かが見えてくる。やっぱり人によって語り口も違うし体のにおいだって違う。においがしたり呼吸が聞こえたり、ときどきおならしたり、腹減ったらぐーっと鳴ったり。そんな気配を感じながらいろんな話を聞く。それこそが歴史を深く感じる基本なんじゃないかな。

赤坂　ぼくは聞き書きを始めるときに目的を持つのはやめようと思ったんです。だから、いきなり訪ねて行って、おばあちゃんと玄関先で立ち話する。やがて「なんだか分かんないけど、上がってお茶飲め」ってことになる。茶の間で向かい合って「で、お前は何を聞きに来たんだ」と尋ねられる。「おばあちゃんの人生を聞かせてください」って答えると、本当に不思議そうに「なんでそんなこと聞きたいんだ。つまんねえぞ」といわれますね。ぼくの聞き書きはそこから始まるんです。だって、初対面のおばあちゃん、その日初めて存在を知ったおばあちゃんでしょう。準備のしようもなければ、特に聞きたいこともない。まずは世間話からスタートします。そこから始めると、いくらでも話題が広がっていく。こちらの思い込みや思惑で相手の人生を切り取ろうとして聞き書きなんかしたら、ちっとも面白くない。

野添　話が広がったほうが、はるかに面白いんですよ。こっちで聞こうと思って用意していた質問なんか、吹っ飛ぶ。あれは、やっぱり聞き書きの楽しみです。もっとも話が広がりすぎて収拾がつかなくなることもあるけどね。そうなったときに話を元に戻すやりかたとか、それは多少慣れてくれば、みんな分かってくることでね。

赤坂　話が自分の思いもしなかったところにまで広がっていく。あれは本当に聞き書きのだいご味ですよ。快感といってもいい。同時に、語り手と聞き手、お互いの共同作業なんですよね。

野添　そう、共同作業！　絶対にそうですよ。だから編集者に聞き書きの相手と連名で本を出させてくれないかってなんども頼んだんだけどね。だめでした。

赤坂　多分、無名の庶民の名前を著者として出したところで売れないよという判断なんでしょうね。だけど、ぼくは書き手にとっては、柳田國男のいう常民、つまり普通のありふれた人々の人生の中から歴史が浮かび上がってくる瞬間に立ち会うことこそが、本当のだいご味、最高の快楽なんだっていう気がしますね。

野添　相手の話を聞いていて「あ、分かった！　そうだったのか」とぱっと理解できた瞬間がたまりませんね。戦後の農地解放の聞き書きをしたことがあるんですよ。自分で田んぼ持てるなんて考えたこともなかった、ずっとそれまで小作してきた人がいるわけだね。それが、地主にお金を払って自分の土地を手に入れた。いまから考えれば金額もたいしたことない。もっとも当時として結構高い金額だったんだけれどもね。聞き書きのときに「お金を払ってきた次の朝、あんた何したの」って聞いてみた。そうしたら「太陽が上がってくる前に田んぼに行ったんだ」という。太陽が出てきたら周りがぱーっと明るくなった。自分の田んぼだと思うと、小作しているときと全然違う田んぼに見えた。「いやあ、田んぼって、こんなにきれいでめんこいもんだったかと初めて思った」っていうんだ。そして、地面をなめってみたんだと。「どんな味がした」って聞いたら「甘かった」だって（笑）。この話を聞いたとき、農地解放の持つ意味がぱーっと実感として理解できた。農地解放の歴史を資料や文献から知るのは難しいことではない。だけど、農地解放があの当時の小作人にとってどんな喜びだったのかはね、体験者の生の声からしか分からないんですよ。こんな証言があってこそ、歴史が生き生きとしてくる。資料や文献に血肉がついて眼前に躍り上がってくる。

赤坂　そんな言葉に触れていれば文献の読みや文章の書きかたが膨らんできますよね。それだけでいいんじゃないでしょうか。聞いたからって書くときには出さなくてもいい。読む人が読めば背景に広がる膨大な言葉の存在を感じ取ってくれるはずです。優れた歴史書って、みんなそれを感じさせてくれますよ。

野添　歴史家であればあるほど、その感性の豊かさが必要だと思うんだけどな。

聞き手の人生

赤坂　目的とすることを聞きたくても、なかなか話してくれない。二時間のうち一時間五〇分は世間話で、重要な話は最後の一〇分。それでも構わないんです。聞きたいことは一〇分だけど、そこに至るまでの一時間五〇分は決して無駄ではない。目的意識を捨て去ってしまえば、余計な話ってないんじゃないでしょうか。

野添　そうですね。ちょっとかっこよくいえば相手がしゃべるまで付き合うっていうのかな。私が何を聞きたいと思って来てるのか相手が分からないっていう場合もある。「なんだそんなことが聞きたかったのか。さっさとそれだけしゃべればよかった」っていわれたこともあります。だけど、そうではないんだな。こっちで「ああ、聞きたい」と思っていることは、二〜三回行くと必ず出てきます。だから最低三回、ひどいときは四回も五回も行くことあるけど、それはそれでいいんですよ。いつも同じ話になることだってある。だけどやっぱり、相手の生活にふんわりと抱かれて出てくる話には、その人の人生がそのまま絡んでいる。だから聞きたいことばっかり聞き出すんじゃなくて、無駄話もちゃんと聞かないとだめなんですよ。余分をどれくらいため込めるか、聞いた量の中からどれくらい書けるのかが問題なんです。書き残したものが多ければ多いほど、いいものが書ける。無駄に思えるようなものが実は無駄じゃない。やっぱりたくさん触れて、たくさん聞いて。そういうものから一章だって一節だって成り立ってくるんですから。

赤坂　ある村で聞き書きしていて、一人のおばあちゃんに出会った。訪ねて行ったら、一人暮らしで暇を持て余していたんですね。愚痴ばっかり一時間も聞かされたんです。他人にはどうでもいい、おばあちゃんの暮らしの周りに転がっている愚痴にしか聞こえなかった。まいったなと思っておばあちゃんの家を出て、その村で聞き書きを続けました。そのうちに「あれ、あのおばあちゃん、このことをいってたんだ」とふっと気が付いたんです。さっきは愚痴にしか聞こえなかったことが、実は村の生活の氷山の一角だった。おばあちゃんの愚痴と、ほかの村人の話を照らし合わせると、その村の人間関係や社会構造がものすごくよく分かる。愚痴めいたとんでもない脈絡の中で、すごい大切なことをポツリポツリと語ってくれていたことに気が付いて「おばあちゃん、ごめん」と心の中で謝りました。民衆の語りって、物語に整えられていないじゃないですか。ぽっと突然に大切なものが出てくるんですよ。

野添　みんな順序立ててしゃべるわけではないもの。逆に「何年に生まれて、おやじは誰で」なんて順序よく聞いていくのはダメですね。あちこちに寄り道しながら、それでも最後には全部聞いている。そういう聞き書きが結局は一番よくなる。それから聞き手の側が自分をさらけだす必要もありますよ。話を聞き出すのって女性を口説くのに似ているじゃないですか。相手を口説こうと思ったら、こっちもなんぼか口説かれないとね。

赤坂　そうですね。こっちがよろいに身を固めたまま、ちょっとあんた裸になってくれといっても、それは無理ですよ。だから聞き書きって聞き手のキャラクターや人間性などがすべて問われる。野添さんのエッセーの中に「相手がどんなに豊かなものを持っていても、聞き書きするその人の持っているものより聞き出してこれない」あるいは「聞き書きの中には、聞く人の人生が濃く投影されている」とありますが、その通りですよ。聞き手の人生経験によって聞き書きも変わってきます。例えば、あるおじいちゃんに人生を聞く。ぼくが行くのと、学生が行くのと、野添さんが行くのと、全く違った語りになる。だけど、ぼくはそれでいいんじゃないかと思うんです。事実ってきっと一つじゃない。聞き手が変われば違って見える。やっぱり「聞き書きの中には聞く人の人生が濃く投影されている」んですよ。聞き書きの現場に立つと、聞き手自身の人生も問われざるを得ないんです。

歴史の中へ

野添　聞き書きに行くときは、年表くらいは持っていけばいいんだけど、目の前にそんなもの並べていれば、相手が警戒しちゃって話にも何もならなくなる。だから、何も持っていかないんです。それで、年代とか地名とか、三回行って三回とも相手に確認するんだけれども、それでも本人が完全に間違って覚えている場合がある。何度聞いても変わらないんだ。そんなときは、ぼく、そのまま書きます。聞き書きの場合、地名や人名をきちんと確認しなければならないのは当然なんだけれど、間違えて覚えていたとしてもそれはその人の歴史なんだもの。あるとき、そのまま発表したら評論家に「こんなところを間違っちゃだめだ」と指摘された。そりゃあ間違ってるさ（笑）。

赤坂　個人の記憶の中で時間経過が混乱しているというのは、別に珍しくない。勘違いしているわけじゃないですか。わざと記憶の中で自分の都合のいいように作り替えることだってある。その人はそう思いたがっているという証拠のようなケースだってあるんですから。ぼくたちだって、そういうことはごく普通にやっていますよ。だから、間違いをそのまま引き受けるしかない場合もありますよね。

野添　だけど、聞き書きは本当に軽んじられていますよ。ぼくのやった聞き書きが教科書に載ったんだ。そうしたら歴史学者から「聞き書きなんて、聞書き違いや誇張してる部分があるはずだ。そんなものを教科書に載せるとはなにごとだ。けしからん」という手紙がぼくのところと教科書会社に届いた。ごく最近の出来事です。やはり歴史学者に「君は聞き書きばっかりやっているけども、あれは歴史とはいえない」って面と向かっていわれたこともありますよ。

赤坂　野添さん、二二年前にもエッセーに、聞き書きは「まだ日本の学問の世界では、その地位が与えられていない。よそ者扱いにされている。なぜなのか。日本の学問は人間を柱に据えようとせず、何よりもまず文献を重んずるという偏った視角を内蔵しているためであるし、もう一つは聞き書きは表現する方法を知らない人の代弁をするのだとする、聞き書きをする人たちの誤った考え方からきている」と書かれています。二四年経っても状況は変わってないんですよ。依然として聞き書きは学問の世界では、きちんとした地位が与えられていない。

野添　花岡事件（一九四五年六月三〇日、秋田県花岡鉱山で中国から強制連行されていた中国人労働者が蜂起した事件）がいつ起きたかという議論があったんです。昭和二〇年六月三〇日の晩に起きた。いまでも六月三〇日に慰霊祭やっています。ぼくも事件に関係した十数人の中国人に話を聞いていますが、全部六月三〇日なんです。ところがあるとき、秋田の裁判所の記録が出てきた。これが七月一日になってたの。そしたら、学者連中が事件発生を七月一日にしてしまった。裁判所の記録が間違うはずない。役所の記録が正しい。だから七月一日だというわけだ。ぼくは「冗談じゃない」ってものすごく反発した。大館市民がね、いまでも、六月三〇日の晩だったといってるんだ。この証言をどうするんだってね。ひところひどかったんですよ。学者の一人なんて「野添くん、そろそろあなたも七月一日にしなさいよ」なんて電話までかけてきた。おもしろいことにこれが最近また六月三〇日に戻ったんです。最初の計画では七月一日にやろうとしたんですね。ところが彼ら、時計を持っていたわけじゃないからね。決行時間が計画よりも早まった。これが真相らしいんです。ぼくはもう驚いちゃいましたよ。数万人の市民がいた。その言葉を信じないで、裁判所の記録を信じるんだからね。公式の役場の文書に載っていれば、そっちが正しいっていうんだから。本当に記録っていうのは独り歩きするんですね。

赤坂　新聞記事であったり官庁記録であったり、文献資料としてきちんと残っているものが一級史料なんだという思い込みがいまだに溶けずにいるんでしょう。けれども、そういう史料というのは、例えば行政資料だって極めて片寄ったある視線から切り取られた現実にしかすぎないわけですよ。一つの事件のプロセス全体に、いろんなかたちでかかわった人たちの、語りや証言を軽視している。だけどぼくはそんな言葉も一級史料だと思うんです。もちろんぼくは文献を一級史料として扱う歴史家たちの仕事はあるべきだと思っています。同時に聞き書きのような手法も大切にしなければならない。この二つが浮き彫りにする歴史を大切にしなかったら、二つを重ね合わせる動きが出てこなかったら、本当に生きられた歴史っていうのが見えてこないんじゃないか。そんなのはもう当たり前のことだと思うんですけれど。

野添　学者がやってきた研究がないと歴史が成り立たないのは分かります。だけど、やっぱり実際に生きた人間の声をどんどん歴史の中に織り合わせていく必要がある。その果てに本当の生きた歴史として読めるものが出てくるんじゃないでしょうか。

（『別冊東北学』第一号より）

多喜二の母　小林セキの思い出

◆釈迦内の生家　生活支えるソバ挽き

北海道の旭川市に、三浦綾子記念文学館がある。この文学館の第四展示室で、小林多喜二の母、セキの一生に焦点をあてた特別展「セキは現代《いま》に何を語るか」が、ことし（二〇一〇年）六月一三日から一〇月二四日まで開かれた。

晩年のセキ

セキは一八七三（明治六）年に北秋田郡釈迦内《しゃかない》村（現・大館市）で生まれた。一八八六（明治一九）年に同郡下川沿《しもかわぞい》村（現・大館市）の小林家に嫁いだが、多喜二が四歳のときに一家は北海道小樽市に移住した。のちにプロレタリア作家となった多喜二は『蟹工船』や『不在地主』などを書くが、一九三三（昭和八）年に特高の拷問で死亡した。

三浦綾子は夫光世さん（三浦綾子記念文学館館長）の勧めで、セキを主人公にした小説『母』を一九九二年に発表。貧しいながらも人にやさしく、前向きに生きるセキ、多喜二の死、晩年の暮らしを生き生きと描いている。

特別展はセキの生涯を写真や書籍、セキ自筆の短冊、生家跡の「小林多喜二の母セキ誕生地」の碑の写真などで構成されていた。

大館市釈迦内には、多喜二より一回り下の従兄弟の木村勇二さん（九五）が健在で、「セキ婆っちゃ」と呼んでなつかしんでいる。勇二さんの生きた九五年間の激動の時代と合わせながら、セキはどのように生きたかを聞いた。

＊

わたしが生まれた家は古かったが構えは大きく、居間の真ん中にあるいろりのわきに、チョンナ削りの跡がはっきり残っている大黒柱が一本、じょんと立っていた。明治の戦争（戊辰戦争）の時に近くの古い家を買って運んでくると、そのまま立てたのだそうだ。よその人が家に来ると「ええ柱だこと」と言いながらなでるので、ピカピカと黒光りしていた。昔の農家はどこの家もそうでしたが、のし板のすき間から外が見える荒い（粗末な）造りだった。家の中に雨や風が入ってくるし、冬になると家の中へ雪も飛んできたから、そりゃ寒かったもんだ。屋根は柾板《まきいた》で葺《ふ》き、その上に風に飛ばされぬように石をのせていた。街道に添ってそんな家が何十軒も並んでいるのが、釈迦内村であった。

わたしの家は小作農家だったがそれだけでは食べていけないので、祖父の木村伊八の時からソバの注文があると引き臼《うす》でソバを挽《ひ》いていたが、引き臼の音が遠くの松峰村にも聞こえたそうだ。引き臼の音がすると、「ソバ屋でソバづくりがはじまったな」と、松峰の人たちは言ったという。わたしも子どものころ、松峰村の方へ遊びに行った時にちょうど家でソバ挽きをはじめた。引き臼の音がよく聞こえてきた。「あっ、ほんとにソバ挽きの音が聞える」と、びっくりした。街道を往復する人たちが食べていたが、繁盛しているというほどではなかったが、そこそこに売れていたようだ。

◆小樽へ　塩っぱい河を渡る

木村の家がいつごろから北秋田郡釈迦内村にあったかは、知らない。わたしの祖父は木村伊八で、日景家から嫁になってきたフリとの間に、三人の子どもが生まれた。長女がセキ婆っちゃで一八七三（明治六）年の生まれだが、一三歳で隣村の北秋田郡下川沿村川口の小林末松のところへ嫁になっていった。いま思うと一三歳で嫁になるのは早いと考えるども、あの当時は一三歳とか一四歳でたいてい嫁になってあった。セキ婆っちゃは一九〇七（明治四〇）年に四歳になった多喜二など一家五人で、北海道の小樽市に移住して行った。

長男の勇八がわたしの父で、一八七五（明治八）年の生まれだが、父のことは後で述べる。次男の勇吉は一八八〇（明治一三）年の生まれで、のちに青森市で鉄道員になり、下宿もやったそうだ。伊藤ハルと結婚して子どもは上の三人は男、四番目が娘でアイといった。アイは生まれながらに体が弱かったうえに、まだ幼い時に母のハルが三八歳で亡くなった。葬式に来たセキ婆っちゃは、男では体の弱いアイを育てるのは難しいだろうと心配し、小樽の自分の家に連れて行った。自分の家族だけで暮していくのも大変だったところにアイを連れて行ったものだから、おそらく難儀をしたんではないですかね。セキ婆っちゃの家では、三間《みま》ある家の一間を店に改造し、ガラスの戸棚の中にパンとか煎餅《せんべい》だのを並べて売っていた。アイはその店の手伝いをしながら大きくなったそうだ。長女のチマや多喜二たち兄弟とはなんのへだてもなく育ったようだ。学校にも行って高等科を終っている。セキ婆っちゃは困っている人や弱い人を見ると黙っておれなくて、すぐ手をのべて助ける人であった。このアイとわたしはのちに一緒になるんだが、それはまた後で話をする。

父の勇八は小作の田んぼと畑を耕し、ソバ屋で暮らしていた。勇八は同じ釈迦内村の伊藤イチと一緒になった。イチの実家はその後、一家をあげて北海道の釧路に行くと、開拓者になって入植した。あの当時は生活に困ると北海道に行って漁場で働いたり、開拓者になって農業をする人が多く、釈迦内村からも何軒も行った。北海道へ行くのを、「塩っぱい河を渡る」と言ったものだ。借金などを踏み倒して行くものだから、夜中にこっそり夜逃げする人が多かった。

勇八とイチの間には、最初に長女のカツが生まれた。それから七年ほどして、次女のタミが生まれた。それからまた七年ばかりたった一九一五（大正四）年に、わたしと勇一郎の男の双子が生まれた。わたしら兄弟と姉たちとはだいぶん年が離れているので、あまり兄弟という気がしなかった。双子だったが勇一郎が兄になり、わたしが次男になった。

◆貧困と教育　忘れられぬ親の恩

わたしらが二歳の時に、父の勇八が病気で急死した。二人の娘とまだ幼ない双子の男の幼児を手元に残された母は、大変だったと思うね。一人で田や畑をつくり、ソバ屋の客があると家に戻ってソバを出したから、朝の暗いうちから夜になるまで働きどうしの毎日だったらしい。しかも勇八が死んでからは、母は田畑に出ているのでソバ屋の戸が閉じられていることが多いため、客足もだんだん遠のいた。ソバの売り上げが落ちると日銭が入らなくなるので、いっそう家計を苦しめたみたいだ。

母も大変だったが、わたしら子どもも苦労をした。食べる物がなかったり、学校に履いていく下駄がなくて、母が編んだワラ草履《ぞうり》をひっかけて行ったりした。着物だって切れるとツギをあて、切れるとツギをあてていたので、ツギだらけの着物を着ていた。あのころは百姓の子どもは、みんな似たようなものであった。わたしたち双子は小さい時から、田んぼとか畑でよく働いた。夜は母の帰りが遅いものだから、二人で飯の支度もした。飯の支度といっても銭がないので、飯と味噌汁のほかに野菜の煮物か漬物の食事が毎日で、魚なんかは忘れたころに干物を食べるくらいだった。

わたしらが釈迦内小学校に入ったのは一九二一（大正一〇）年だが、あのころは家が貧乏で学校に入れない人もおった。母も二人が一緒に入学というのは大変だったと思うが、よく入れてくれたものだと思う。学校に入ってからもわたしらは働いたが、子どもの働きだからたいした稼ぎにはならなかった。

わたしらが小学校を卒業するころには、それで学校を終わる人が多かった。同級生は一〇〇人ほどだったが、そのなかで高等科に進むのはだいたい半分の五〇人くらいであった。小学校と高等科と合わせて八年。こんなに長く子どもを学校に入れる余裕がなかったからだ。

わたしの家の場合もそうだったが、母は頑張って行かせてくれた。それでまた、どんなに苦労をしたかわからない。ありがたいことだといまでも思っている。親の恩って、いつまでたっても忘れられない。

小学校と違って高等科になるとなにかにとカネがかかるが、どこから入ってくることもないから、こんど兄弟二人で新聞配達をはじめた。あの当時は釈迦内あたりで新聞を取っている人といえば、よっぽど余裕のある家であった。

◆プロレタリア作家　何度も読んだ『蟹工船』

高等科を卒業してからも、朝早く起きて一〇年ばかり新聞配りを続けた。ここらだと秋田魁新報がいちばん多く、あとは東京からくる朝日とか、いろいろな新聞がきていた。わたしらは新聞が手元にあるので、開けば読むにえがったがら新聞はまて（丁寧）に読んだので、世の中の動きがよくわかった。その新聞に多喜二の書いたものがのったり、多喜二のことが書かれたりしていた。多喜二がわたしらと関係があるのは知っていたから、多喜二ののると二人で読んだものだ。

わたしらが高等科を終わるころから、多喜二のことがああだのこうだのとさわがれるようになり、新聞にものっていた。そのあたりまでは共産党だからって、あんまり苛《いじ》めたりしなかった。多喜二の『蟹工船』は何度も読んだが、蟹の仕事にはこのあたりからも随分と行ったものだ。あの当時はカムチャツカ行きと言っていた。一度行けば半年くらいも帰らない人が、村から何百人も蟹の仕事に行っていた。わたしは行ったことはないが、食う物も十分に食わないで、漁があれば夜中でも起こして働かせるのだそうだ。「そら起ぎろ」「そら起ぎろ」って起こされて、夜も寝ないで働かされたというから、ほんとに無理して稼がせられたと聞いている。

勇一郎とわたしは一九二七（昭和二）年に高等科を終わったが、世の中は不景気で、仕事がまったくながった。それでも勇一郎は運よく小学校の小使いになったが、わたしは仕事がないので田んぼとか畑仕事の手伝いをした。

わたしの家はそのころはもうソバ屋を止めていたので、その跡を使って十文店コをはじめた。一個一〇文の安い物ばかりを並べて売った。子どもが相手なので駄菓子が多かった。釈迦内には十文店コが一軒だけだったから、それなりに子どもが集まって売れた。十文銭が一〇枚で一銭だから、売れても儲《もう》けはわずかなものだった。

冬になると、母がつくった焼き餅を売った。この焼き餅は安いうえにうまいものだから、ソバ屋の焼き餅といえば名物になり、地元だけではなくあっちからもこっちから買いに来てくれた。焼き餅が売れたおかげで、何とか食っていくだけの稼ぎになった。

十文店コをやりながらも新聞配達をしていたから、新聞はよく読んでいた。このころになると軍部とか警察は、共産党を弾圧するにかがった。毎日そのことを新聞で読んでいた。こんど、多喜二の書くものはみんな気にいらないと警戒をはじめた。そして逮捕すると拷問し、気絶すると水をかけては生き返らせ、また拷問をやってとうとう殺したんだそうだ。あの当時の警察はやばんであった。いま思えばほんとに横暴だった。警察はなんたこと（どんなこと）をしてもええという時代になっていた。

◆拷問死　配達した新聞で知る

多喜二が死んだのは、朝に配達している新聞にのっているのを見て知ったが、あの時はまずどでんした（びっくりした）。死んだ多喜二がごろっと横になり、孫をおぶったセキ婆っちがじょきっと立っている写真が、新聞にのっていた。あれはいまでもはっきり覚えている。あの新聞は切り抜いてときどき見ていたが、いまはどこにやってしまったかな。

それから何日かして、セキ婆っちゃから家に電報がきた。「タキジ　キュウシス」ってあった。だが、多喜二の葬式には誰も行けなかった。あの当時は大館から東京まで汽車に乗ると、片道七円くらいかかった。釈迦内あたりでは大の男が一日稼いで六〇銭ぐらいより取れない時であったから、東京に行くカネが家にはなかったので行けなかったのだ。

わたしの家の道路向かいに、駐在所があった。それまではなんのこともなく近所付き合いで暮してきたが、多喜二が殺されてからおがしくなってきた。巡査の娘がこっそり家に来ると戸を少しあけ、家の中を覗《のぞ》いたりするようになった。また巡査も無断で家に入って来ると、手紙を入れておく所をさがしたりした。そのせいかどうかわからないが、多喜二から来た手紙は家に一枚もない。わたしの母は字が読めないことを多喜二は知っていたと思うから、手紙をよごさねがったのかもしれない。まず一枚もないんだ。多喜二はそんな訳で手紙をよごさなかったのか、もしかすると巡査が来た手紙を持っていったのかは、はっきりしない。

多喜二がこんな殺され方をしたことは、釈迦内村の人たちはみんな知っていたが、表面にはほとんど出さなかった。そのかわりわたしの家の人たちを、特別な目で見るということもなかった。その後も普通の付き合いをした。

多喜二が死んでからだな、セキ婆っちゃはよく家に来ていた。セキ婆ちゃは冬は東京の三吾（注・三男）のところに行って暮し、春になると小樽市の朝里にいる長女のチマの家で暮らしていた。その往復には必ずといっていいほど、釈迦内の家に寄っていた。自分が生まれて育った家だからね。それからわたしの母が、まだ一人立ちしないわたしらを抱えて苦労をしていることも知っているものだから、それも心配で寄っていたのではなかったかと思っている。

セキ婆っちゃは家に来ると、休む間もなく働いていた。家の中を隅から隅まで拭き掃除したり、片付けものをするので、家の中がどんどんきれいになった。それから洗濯もしてくれたし、食事の支度もやってくれた。

◆里帰り　愛息の死に口つぐむ

あのころは飯のほかは、畑から取ってきた物に味をつけて食べるのが精一杯の時だから、料理なんかつくれなかった。銭もないから、魚とか肉なんかを食べることはほとんどなかった。田畑から取れる物を食べて、なんとか生きてきた時代だった。

ところがセキ婆っちゃは、どうやって銭をさいく（支度）するものだか、よぐ小樽と東京を行き来してあった。まあ、娘たちがみんなええどこへ嫁になっていたから、子どもたちが助けてくれたのかもしれない。

セキ婆っちゃは家に来ると、まず一週間くらいは泊まった。なんの連絡もなく、ぼんと来るもんであった。ときどきわたしの十文店コの手伝いもしてくれたが、まず一生懸命に働いてくれていた。セキ婆っちゃが来ると家の中がきれいになるので、子どもながらありがたいと思ったものだ。ところがセキ婆っちゃがいなくなると、またすぐ家の中はつらばって汚れるんだ。母は外にでて朝から晩まで働いているので、家のことまで手がまわらないし、わたしらもなんにも手伝ってやれなかった。セキ婆っちゃにはほんとに世話になった。

セキ婆っちゃは何度か、子どもとか孫を連れて来たこともあった。セキ婆っちゃは家に来ても、多喜二のことはひと言も言わなかった。多喜二の書いた本を持ってきて、家に置いていくこともなかった。

わたしは十文店コを何年やったかな。一〇年くらいはやったと思う。こんど世話してくれる人があって、大館木材で働くことになった。わたしは生まれつき視力が弱いのであまり難儀な仕事はやれないため、雑夫として働いた。それからしばらくたってからの話だが、アイとわたしの結婚話がでた。

セキ婆っちゃが小樽で育てたアイが成人になった。セキ婆っちゃはアイの嫁入り先のことを、いろいろと考えたのじゃないかな。体があまり丈夫ではないので、寒い北海道におくのも心配だ。それより故郷の秋田は、北海道より寒さは厳しくない。しかも生まれた家には勇八の双子の一人、つまりわたしがまだ独りでいるので、それと一緒にさせたらどうかと思ったのではないのかな。親との間でどんな話があったのかはわからないが、あるとき母から、小樽のアイをお前の嫁にすることになったと言われた。あの当時は親にそう言われると、はいはいと従ったものだ。

それから何ヵ月かしてから、アイは嫁入りして来た。

◆悪化する戦況　生死の境を漂う

祝言も形ばかりのものであった。セキ婆っちゃが一緒に来て、しばらくいて小樽へ帰って行った。アイは気持のいい、おとなしい人であったが、体はあんまり丈夫ではなかった。三年ばかり一緒に暮したが、二四歳の時に病気で亡くなった。子どもがいなかったのがアイには寂しかったべが、いま思うとそれでよかったかもしれないと思っている。短かい一生だったが、葬儀に来た時にセキ婆っちゃは、わが子を失ったように悲しんでいた。

そんなことがあったあとにわたしにも兵隊検査の通知が来たので、横須賀まで行って検査を受けたが、視力が弱いので不合格になった。合格になった人たちは兵隊に行ったが、戦死した人が多い。

家に帰ってまた大館木材で働いていると、今度は徴用になった。行ったところは北海道の果てといってもいいような所で、標津《しべつ》線の中標津駅に降りると計根別《けねべつ》飛行場を建設する現場に行って働いた。ここでは日本人よりも朝鮮人がはるかに多く、約三〇〇〇人の朝鮮人が働いていた。山を崩して平らにするのは、大変な仕事だった。毎日トロッコに大量の土砂を積んでは、運んでいた。冬は秋田とは比べものにならないほど寒く、凍って死んじゃうような日々だった。楽しみは酒で、たまに博打《ばくち》もやった。

敗戦が近くなると、米軍の飛行機が何回も爆撃に来た。その度に逃げたが、青い火の玉がババババーと飛んできた。隠れる場所がなく、これで終わりだと何回も思ったが生きのびた。宮城県から徴用されて来ていた親と子が一緒に爆死した時は、なんとも悲しかった。やっぱり戦争はやるべきでないと思った。

兄の勇一郎はわたしと違って体も丈夫で頭もえがったから兵隊に行き、ニューギニアで戦死している。白木の骨箱には、名前を書いた紙が一枚だけ入っていたそうだ。死んで紙が一枚とは、ひどいもんだね。日本が戦争に負けると工事は中止になり、すぐ北海道から釈迦内の家に帰ったが、あの当時は働く先がなかった。やっと藤田木材で働くことになったが、ここでも目が悪いので雑夫にまわされたものの、仕事先を見つけた時はほっとした。

わたしはアイと死別してから一人でいたが、敗戦になった年の秋に、いつまでも一人ではいられないだろうと親戚の人たちが心配してくれた。兄の勇一郎の嫁になっているタケの妹の日景テツがまだ独りだったので、一緒になった。テツも釈迦内村の生まれで、家もそんなに離れていなかった。男の兄弟のところに、母の姉妹が嫁に来たのだ。テツと一緒になってからも実家にしばらくいたので、テツもセキ婆っちゃが家に来たのはよく知っている。その時はすぐ上の姉が家にいたので、よく三人で話をしていた。東京から来たとか、弟の三吾のところに行っていたといった話ばかりで、多喜二のことはほとんどしゃべらなかったそうだ。

◆下川沿の「生誕の碑」に安堵の表情

（勇二さんの妻テツさんの話）小樽のセキ婆っちゃのところに、妹の子と一緒に行ったことがある。セキ婆っちゃは長女のチマの家にいたので、チマさんたちとも会ってきた。セキ婆っちゃは人っこのいい、人によく声をかけてくれる、心のやわらかい人でした。多喜二が殺されたころは、共産党が嫌われていた時だったが、なんであんな殺され方されねばならなかったのかね。セキ婆っちゃは多喜二のことを頼りにしてあったべから、殺された時はなんぼ泣いても、大変であったべね。でもそのことで人前では泣いたりしないで、しゃきっとしてあったな。

＊

わたしたちは分家になると、獅子ケ森に小さい家を建てて住んだ。それからも製材所で働いていた。四九歳の時に体を悪くして倒れ、一週間も意識不明になったが、やっと助かった。それで会社も長く休んだので辞めた。こんどはどうやって食べていけばいいだろうと考えたが、いい案はうかんでこなかった。

そのころは養豚をやる人が少なかったので、農協で養豚をやる人を募集しているという話を聞いた。さっそく農協に行って話を聞くと、わたしでもやれそうなので養豚をはじめることにした。養豚をやると匂いがするというので、いま住んでいる土地を買って移ってきた。いまは周囲に沢山家が建っているが、その当時はわたしの家だけでした。豚小屋は林を少し買ってあったのでその木を伐り、自分で建てた。釘《くぎ》は一本も使わなかった。農協では仔豚を貸してくれたうえに、飼料も続けてくれるのでわたしでもやれたのだ。いちばん多い時は四〇頭もやった。大きくなったのを農協に出荷すると、いい豚だってほめてくれた。一生懸命になって育てたからね。生き物は手を抜かないで頑張って育てると、ちゃんと応えてくれるんだ。厚生年金をもらえるようになった六〇歳の時に養豚をやめたが、豚に助けられて生きられたのだな。

一九五七（昭和三二）年に「小林多喜二生誕の地」という碑が奥羽本線の下川沿駅前に建った時に、セキ婆っちゃは来てあった。この時は子どもや孫たちまで、小樽や東京から来て賑《にぎ》やかだった。あの時のセキ婆っちゃは安心したような、ほっとしたような顔をしていたのが、いまでも忘れられない。

セキ婆っちゃは一九六一（昭和三六）年五月一〇日に亡くなったと知らせが来たので、わたしが小樽に行った。一三日に小樽シオン教会堂で葬儀をやったが、多喜二の母が亡くなったといって、沢山の人が来てあった。

いまでも多喜二の本が送られてきたり、息子が買ってきたりするが、もう目が弱くなっているので手にとることはあっても、読むことはできない。昔は多喜二の書いたものを読んだが、なるほど

（上）1957年6月「小林多喜二誕生の碑」除幕式に集う遺族。
（右）取材の様子。中央に木村勇二さん、右は長男の洋一さん。

なと思ったものだ。多喜二はほんとのことを、ほんとに書いたのだべしゃな。だからいまも、うんと読まれているのじゃないのかな。読んで昔のことを覚えておくのは、悪いことではないと思うけどもな。

セキ婆っちゃが生まれたソバ屋の家は、わたしの長男の洋一（一九四八年生まれ）が中学生の時に壊した。その跡に新しい家を建てたが、その家も昨年（二〇〇九年）解体した。いまはさら地になり、屋敷のわきにセキ婆っちゃの碑が建っている。

正月が消える

昔、わたしが子どもだったころ、生まれ育った秋田県北の山村では、正月もお盆も旧暦で祝っていた。正月やお盆が新暦となったのは一九五五（昭和三〇）年ごろからで、当時は新暦の正月は「新正月」、旧暦の正月を「旧正月」と呼んだ。

旧暦の正月は元旦を中心とする大正月と一五日を中心とした小正月とに分かれ、煤掃《すすは》き、餅搗《もちつ》き、若水汲《わかみずく》みなど一連の行事が、どこの家でもちゃんと守られていた。大正月は家を中心とした行事が続いたが、小正月は「女の年取り」とか「花の正月」といって、どちらかといえば厳粛な大正月にくらべて、のんびりしていて楽しかった。

わたしは小作農家の跡取りだったので、学校にあがる前から正月行事に参加した。正月を迎える飾りに必要な門松の松を採りに山へも行ったし、煤掃きもわたしたち子どもが頑張った。そのため子どものころから正月は訪れるのではなく、自分たちが頑張って迎えるものだという思いがあった。

大正月のなかで、いまでも脳裡に鮮やかに残っている行事がある。元旦はまだ暗いうちに、父に呼ばれて起きた。居間の囲炉裏に火は燃えておらず、身震いするほど寒い。暗いなかを台所に行き、井戸の水を汲み上げると、大きな水瓶に入れた。水瓶が一杯になると水汲みをやめて靴をはき、戸をあけて外に出る。そして、七〇〇メートルほど離れた小高い山の中腹にある神社に新鮮な水を運んだ。このころ、ようやく朝が訪れる。家に帰ると、囲炉裏で暖かい火が燃えていた。

小正月行事のなかにも、忘れられずにくっきりと記憶に残っているものがいくつかある。なかでも餅花づくりはなつかしい。一五日の朝、鉈《なた》を腰にくくりつけると深い雪を両手で漕ぐようにして山に行き、小豆色をしたミズキの枝を切って家に持ち帰った。囲炉裏のそばに家中の人が集まり、搗いたばかりのやわらかい餅をちぎってピンポン玉くらいの大きさに丸め、ミズキにつけて餅花を咲かせた。食紅を使った赤い餅もつけた。

餅つけが終わった枝は、座敷の神棚近くの天井に吊したが、雪に埋もれて薄暗くなっていた座敷に、ぱっと花が咲いたようになった。これを稲の花と呼んだので、小正月のことを「花の正月」といったのだが、深い雪に埋もれた雪国の暮らしのなかに稲の花を咲かせて楽しんだ昔の人たちの生活の工夫には、いまさらのように驚かされる。

田畑で春の農作業がはじまる前に、今年も豊作でありますようにと、稲の花をいっぱいつけた豊作の形をつくって飾り、祈る。白一色の冬の生活に彩りを添えて、遊びと祈りがうまく解け合い、小正月のなかでも心にしみる行事となって伝えられてきたのだろう。

豊作に対する農民たちの気持がこれほど強かったのは、それだけ凶作が多かったからでもあった。自然を相手とする農業はいつの時代も厳しいが、技術の進んでいない昔ほど難しかった。そのためもあって、願いは祈りとなり、長い時間のなかで小正月行事に定着したのではないだろうか。

わたしが育った村では、正月行事と餅は切っても切れない縁があった。大正月にはお供えや鏡餅などに沢山の餅を使うが、餅搗きは煤掃きが終わってから行われていた。煤掃きに使う煤掃き棒は、長い木の棒の先に藁を束ねて作った。煤掃きは二七日までに終える。作業が終わると雪の田んぼに使い終わった棒を逆にして立てた。田んぼに黒い煤掃き棒が見えるようになると正月が近いことを感じて、わたしたち子どもは胸をわくわくさせた。

餅搗きは二九日はクモチ（苦餅）になるので避け、二八日にやった。早朝から夕方まで、ほとんど一日一杯餅搗きをした。お供え餅や鏡餅のほかに、マユダマ餅というのがあった。新藁を一二本束ね、上の方を丸形の餅で固め、一二本の藁にそれぞれ五個の餅をつけた。稲穂の形にしたものといわれ、神棚の両側に吊した。このほかにツカダノ餅というのがあった。餅を小判形に取り、真ん中に指で穴をあけると藁を通し、農具に一つ一つ吊した。座敷にひろげている餅板には、正月に食べる切餅が並んでいるというように、家の中はどこに行っても餅があった。餅を搗く米は自分の家の田んぼからとれたもので、一年の終わりにこれほど多くの餅をつけるのは豊作の裏付けがないとできない。豊作という農民たちの喜びが餅になり、その感謝として正月の神様をはじめ、農具にも餅を供えてお礼をしたのだった。正月という年中行事のなかで、素朴であるが深い祈りに参加した子どもは、生き生きと故郷を感じ取っていたのではなかったろうか。

正月に供えられた沢山の餅は、藁ツトに入れて寒気にさらしたあと、軒下に吊した。春が訪れて山へ山菜を取りに行く時に、母はその餅を背負いかごに入れてくれた。この餅を食べると山で迷ったり、怪我をしたりしないといわれていた。

かつて年中行事のなかでもっとも重要だった正月行事が消えたのは、単に行事がなくなったのではなく、農村から「農民」がいなくなっている兆しなのではないか……。そんな心まで冷えてくるような思いを抱きながら、正月の農村と漁村を歩いてきた。

いま、秋田県内の農村から、こうした正月行事が消えてしまった。今年の正月も男鹿半島の農村と漁村を歩いたが、煤掃き棒や門松がない。家に入っても供え餅やしめ飾りがなかった。そのかわりに、見せることを目的とした正月の庭田植があちこちで行われていた。正月の風物詩として、テレビで放映され、新聞に載る。だが、庭田植の中心となる煤掃き棒が見えない。

にかほのカナカブ

秋田県南の日本海に面した由利郡仁賀保町（現・にかほ市）は人口一万二〇〇〇人の小さな町だが、TDKの工場のある町としてよく知られている。第一次産業の農漁業はかつては盛んだったものの、最近はとくに漁業が衰弱している。近海漁業の不振とともに、漁民の高齢化が進んで海に出る人も少なくなり、地元で消費する魚貝類さえも獲れなくなっている。一方の農業はといえば、コメの単作地帯であり、減反の強化で専業農家はわずかとなった。兼業としてTDKで働いている人が多いが、好不況の波が大きく、そのたびに生活の基盤が大きく揺れ動いている。

この仁賀保町（にかほ市）で、秋田県内ではただ一カ所といわれる焼畑が今も行なわれている。仁賀保町の古老たちは「焼畑農業は縄文時代から連綿として続いてきた」といっているが、資料などは残っていない。ただ、一九四四（昭和一九）年に出版された山口彌一郎『東北の焼畑慣行』（恒春閣書房）には、子吉《こよし》川上流や森吉《もりよし》山麓の阿仁《あに》部の村々では焼畑に「カナカブ」が作付されていると書かれている。当時は山奥にあったその村々に、わたしは電話などで問い合わせてみたものの、どの村でも今ではつくっていないといっていた。現在は焼畑そのものが見られないうえ、焼畑農業を体験したことのある人さえも少ないのではないだろうか。

一九三五（昭和一〇）年に秋田県北の山村に生まれ、アジア・太平洋戦争が始まった一九四一（昭和一六）年に国民学校に入学したわたしは、焼畑（わたしたちは「カノ」と呼んでいた）で働いた経験がある。戦争末期になると山村でも食糧が不足し、道路の両端や田んぼの畔にも大豆を蒔いた。わたしが育った村は天然秋田杉の宝庫であり、天然秋田杉は軍用材（船や飛行機の部材）として大量に伐採された。しかし、その跡地に植林する人手がないため、国有林は近くの人たちにカノとして貸し付けられることになった。

カナカブを播くための野焼き（秋田県にかほ市）

　父が兵隊にとられて家にいなかったので、わたしは母と二人でカノづくりに参加した。希望者は同じ広さの土地を貸してもらったが、最初の年は地ごしらえをすると薪がたくさん支度できた。地ごしらえの後は参加者全員が集まって火を入れ、翌日から種蒔きをした。大豆などは最初の年は伸びすぎて豆をつけないので、大根、カブ、ソバなどをつくった。どれもよく育った。カノを三年間つくると国有林に返した。カノに植林するときは地ごしらえの作業などをしなくてもよく、またカノに植えた杉は成長が早いといわれていた。戦時中から敗戦後にかけて四年ほどカノづくりをしたが、食料難の時代だったので、カブだけではなく、なんでも蒔いていた。だが、カノを焼くと煙が山一面に広がって胸が苦しいほどだった。また、焼け残った木などから炭がつくので、カノで働くと手や顔が黒くなったのも忘れられない。あの時代にカノをつくったところは今、立派な杉林になっている。

　少年時代にこんな体験をしているので、五年ほど前に仁賀保町で焼畑でカブを栽培していると知った時は驚いた。焼畑でつくるカブそのものにも興味があったのでさっそく連絡をとり、それから毎年のように火入れの日と収穫の日には仁賀保町に行っている。

仁賀保町でも焼畑のことを「カノ」というが、カノでつくるカブは「カナカブ」といい、カブの種を蒔く場所の木や草を刈るのは「カナ刈り」、そうして乾燥させた草木を焼くことは「カナ焼き」と呼んでいる。この「カナ」は「カノ」から転じたものだと地元の人はいっている。

＊

仁賀保町でカナカブを栽培している人たちで「フードカナカブクラブ」という会をつくっている。会員は約二〇人で、会長は元農協組合長の佐藤喜作さん。佐藤さんの話では「仁賀保町でカナカブをつくっているのは両前寺、琴浦、室沢の三集落だけ。両前寺と琴浦は海岸に面しているが、室沢は少し海から離れている。以前は三集落約五〇戸ほどでカナカブをつくっていたが、今は一五〜一六戸。昔からカナカブの味に親しんできた年代の年配者だけで、若い人はやっていない。各戸の栽培面積は一〇〇平米から三〇〇平米くらいだろう。多い人でも一五〇坪（五〇〇平米）ぐらいかな。一カ所で無理な場合は、二〜三カ所に分けてつくっている人もいる」という。規模は比較的小さいのだ。

焼畑は昔から国有林か牧野組合の山で行なわれてきた。適地は陽が直接強く当たらない、西南向きの傾斜地といわれている。ことにカナカブをつくる焼畑は平らなところではなくて、ほとんどが傾斜地だ。傾斜地は水はけも通気性もよく、カナカブの生育に適した地力を持っているからだ。また、焼いた後に灰がたくさんできるところが適地である。笹や雑木などの低落葉樹や、ミヨサクなどの草がびっしり茂っている場所がよく、逆に藤蔓の多いところは根はりが深いので焼畑には適していない。また、新地ではよいカナカブが収穫できるという。焼畑のカナカブは連作すると品質の低下や減収のほかに根こぶ病の発生も招くので、一度作付けをした場所は五〜六年休耕しないといけない。

室沢集落は五〇戸ほどあるが、戦前は「七月二五日がカナ刈りの日と決まっており、どこの家でも参加することができた。当日は前もって決めていた適地に集まり、それぞれの焼畑の場所を決め、そこに行って鎌入れをした」と古老は語っていた。昔は集落がまとまってカナカブづくりをしたのである。ちょうど土用に入って暑くなった頃にカナ刈りをするので、刈り倒した草や木の乾燥は速い。しかし、暑い時にカナ刈りをするのは難儀な作業なので、昔も今も早朝にカナ刈りをする人が多い。「カナ刈りは大変な仕事なので、年寄りにはとてもできない。わたしはだいぶん前から、息子に頼んでやってもらっている」と、両前寺の安信信男さんはいう。他にも若い人にカナ刈りを頼んでいる人が多いようだ。

現在は戦前のように七月二五日にカナ刈りをすると決まってはいないが、全員が七月下旬にカナ刈りをしている。刈り倒した草木はそのままにして乾燥させる。乾かす日数はだいたい一週間から二週間ほどだ。かつては八月七日をカナ焼き日と決めていたものの、乾燥が十分でなかったり雨が降ったりすることもあるので、実際のカナ焼き日はその年によって変更になっていた。

カナ焼きは今、お盆前の八月一〇日前後に行なっている。しかし、いちばん暑い時期なので、これもまた大変な作業である。そのため早朝にカナ焼きをする人もいるが、できるだけ完全に焼いて多くの灰を残すとなれば、やはり暑い日中に火入れするのがよいのである。だが、真夏の暑い盛りの時とあって猛烈に火が燃えるので、「火に巻かれて何人も死んでいる。そんなに危険なことまでしてカナカブをつくらなくともいいと考えて、若い人たちはつくらなくなっている」と佐藤会長はいう。

焼畑は上から焼いていく。下から火をつけると勢いよく燃え上がる割には燃え残りが出るうえ、刈っていない草や木に燃え移り、森林火災になることもあった。よそに燃え広がるのを恐れて、カナカブづくりをやめた人もいるという。以前は燃え残ったのを一カ所に集めて寄せ焼きをする人もいたが、今はやっていない。

カナ焼きが終わると残りの火のあるうちに、鍬《くわ》でザクザクと耕起する。だが、暑い時だけにこれも大変な仕事なので、今ではカナ焼きをした翌日に鍬打ちをしている。カナ焼きをして数日もすると土が固くなるので、焼いた土のほとぼりが冷める前に鍬打ちするのがいいといわれている。

鍬打ちをした数日後に、種をばらまく。ばらまいたところを柴などではたいて覆土《ふくど》とする。その後は一回間引きをする程度で、手をかけることはない。

＊

カナカブは播種《はしゅ》から収穫まで、七〇日から八〇日くらいかかる。わたしが仁賀保町に行くようになってからは、だいたい一〇月下旬に初取りをしている。最初に大きいのをしぐり取りした後、成長を見ながら二番取り、三番取りをし、一二月になって雪が降り積もるまで収穫する。「多くつくっている人は、自家用を残して店に持っていく。店に持っていく量はそれほど多くないが、町民のなかにもカナカブの好きな人がいるので、一～二時間もすると売れてしまうようだ。わざわざつくっている家に買いに行く人もある」と佐藤会長はいっていた。

色は大根と同じ白色が主で、分類上は白長カブに属しているという。しかし、たまに青頸《あおくび》大根のように上部が緑がかったものや赤紫がかったものが混ざっている。また、形は根細りもあるが、だいたい丸尻太りのものが多い。丸尻太りは傾斜地に食い込んでいる。根が浅く、抜き取りやすいものは牛の角状にやや湾曲しており、この形は好まれるようだ。長さも短太から長形まであるが、だいたい直径は一～三センチ、長さは一〇～二〇センチくらいである。なかには小指ほどの小さいのもあるが、味に変わりはない。大きさは収穫の時期のほか、焼畑の土質、栄養の多寡《たか》、日当たりや傾斜地の具合などによって異なるので、形状の揃ったカナカブを収穫するのは無理である。

　カナカブの魅力は、パリパリした歯ごたえと、辛味の強い食感にある。この味を引き出すには「水洗いして水を用いることなく、入れ物八升に対して塩は汁碗一杯の割合で漬ける」。それが昔からのカナカブ漬けであった。塩分を多くすると苦味が出る。この他に糀《こうじ》漬け、酒粕《さけかす》漬け、豆腐粕漬けがあり、柿の皮を入れる人もいる。これらは漬けてから二〜三日から七日くらいで食べる浅漬けだが、じっくりと乳酸発酵させて冬に食べる置き漬けも古くから伝わっていた。包丁（鉄分）を入れると味が違ってくるので、切らずに一本のままかじった方が味を増すといわれている。

　このほかに、蛸煮という食べ方もある。葉が付いたまま切らずに一本のまま味噌で煮ると、甘みが多くなってうまい。煮た形が蛸に煮ているのでこのような名前になったのだろう。辛味が甘味に変わるので味噌汁の具にしてもうまいという人もいる。また、秋に収穫しないでそのまま焼畑に残しておくと、翌春雪が消えた頃に黄色の若芽が出てくる。それを摘んで味噌汁の具にしたり、油いためにして食べると味がいいという人もいた。

　畑で越冬した野菜はおいしいうえに、ちょうど青物の少ない季節でもあるので、上手な食べ方であろう。「最近は化学調味料などをごっそり漬物に入れる人もいるが、これではカナカブの味がなくなってしまう。味覚は自分の体を守る大切な役目をしているのだから、化学調味料に依存しない食べ方をしてほしい」と佐藤会長は訴えている。

　これまで連綿と栽培され続けてきたカナカブは、自家採種が原則である。他の地区で採種した種子を持って来て蒔いても、当地で採種した種子のようには生育しないという。仁賀保町のカナカブ栽培が広域的に広がることがないのは、そこにも原因があるのではないだろうか。

　採種の仕方はこうだ。秋の収穫が始まると、その中で最もカナカブの特徴を残している大きいものを畑に移植する。春になって越冬したカナカブが発育を始め、茎葉が出て開花し、菜の花と同じような黄色い色で彩られる。そして結実した種子を採種するのだ。

だが、そう順調にはいかないこともある。佐藤会長の場合を聞くと、「昨年はカナ刈りをして準備をしていたが、カナ焼きの時に雨が降り続き、とうとう焼けなかった。そのままだと種子を取れないので、仕方なく普通の畑に蒔いた。でっかく育ってしまった。畑とか減反した田んぼでつくったカナカブは、その味がまったく違うので食べない。ただ、種子を取るために蒔くのだ」。継続して種子を取るにも、それなりの工夫と努力を必要とするようだ。

昔、カナカブは単なる副食品としてだけではなく、コメが不足した時にカテ（糧）飯の材料として重要だったと伝わっている。戦中戦後に秋田県北の山村で少年時代を生きたわたしも、大根やカブの間にコメ粒が見えるという食事をとっている。空腹だったので何を食べてもうまかったが、それでも大根よりはカブのカテ飯の方が甘い味がした。このときのはカナカブでなかったとはいえ、そんな経験があるだけに今でもカブには愛着がある。

仁賀保町のカナカブは、歯ごたえと辛味を忘れることのできない人たちが、自家用のためにつくっている。しかし、その大半は年配者で、若い人でつくっている人はいない。いったいカナカブは今後、どうなっていくのだろうか。

「能代市」の地名を守る　「白神市」の波紋

講演録❸

秋田県の能代《のしろ》市から来た野添です。秋田はソメイヨシノの季節が終わり、新緑のなかにヤマザクラが咲きはじめ、春真っ盛りというところから来ました。わたしの住む土地には「能代市」という古くて親しみやすい地名があるのに、能代山本市町村合併協議会は「白神市」という地名をつけてしまったのです。白神は世界遺産に登録されて世界的に知られているので、観光客が続々と来るなど経済効率が大きいというのです。その合併協議会と約七カ月にわたって闘い、白神市を撤回させ、能代市にした話です。

＊

青森との県界にある能代市・山本郡の八市町村は、国や秋田県の強引な合併指導で任意協議会を発足させたが、リーダー役の能代市長の力不足で解散した。その後に当選した新しい市長が、再び合併に道筋をつける役目を負い、「対等合併なのでお互いにいまの名前を捨て、新しいまちづくりをしよう」と呼びかけ、能代山本市町村合併協議会を発足させた。この時に現在の市町村名を使わないとしたことが間違いであり、のちに大きな問題になっていく。この再出発の時に、藤里《ふじさと》町は自立をめざし、合併協議会に参加をしなかった。

　合併後の新市名にいま使っている市町村名を使わないことにしたので、新しい市名を募集した。七つの市町村から九六一の市名が集まり、市町村長と委員だけで三回にわたって選考をおこない、「白神市」など一〇の候補名に絞り込んだ。さらにこれを会長および委員三六人が投票し、三分の二以上の得票を得たのを新しい市名にすることにした。

　だが、既存名を排除した時から住民の不満が高まりはじめ、委員だけの投票で市名を決めようとしたことで、批判はさらに大きくなった。このままでいくと白神市になりかねないので、全住民の投票で決めるべきだという声が多く出た。しかし、合併協議会では異を唱える住民たちと真正面から論議をしようとせず、委員の投票での選考は「民主的で正規の手順」だとした。町村長たちの言動には、「俺たちが決めようとするのに、雑音をたてても聞く耳はない」という態度が出ていた。例外を除くと、最近の町村長の素養はまったく地に落ちているといっていい。ただ、会長の市長は何度も、「そんなに急がなくとも、地名に詳しい人の意見を聞いたらどうか」と提案したが、副会長になっている町村長は取り上げようとしなかった。

　二〇〇四年八月三〇日に開かれた合併協議会の投票では三分の二以上の得票を取った市名がなく、上位二つの候補名で再投票となり、白神市二七票、米代市九票で、白神市が新市名に決まった。その利点を、「白神山地は世界的に知名度が高く、新しい市に『白神』を冠することで、地域ブランドとしての利活用等による経済の波及効果は極めて大きい」と、観光や地場製品の売り込みに活用できるとした。

だが、新市名は世界遺産に登録されている白神山地から取っているのに、四分の三は青森県にあり、残りの四分の一は自立をめざして合併協議会に参加しない藤里町が持っており、合併する七市町村は白神山地にはまったく土地を持っていない。「県界の美しい白神山地を、子どものころから見て育ったので、この地名には愛着がある」と言った町長もいたが、白神山地と言われるようになったのは世界遺産の登録問題が起きた一九八二年からで、その以前に秋田県の人たちは出羽丘陵と呼んでいた。

しかも、手つかずのブナの広大な純林が高く評価され、世界遺産に指定されたのだ。だが、三〇年ほど前にこの原始林の真ん中を通る青秋林道が計画されたが、ここは積雪の多いところで、年間に五カ月くらいより車が通れないのに、土建業者は仕事を得るために、国有林で伐採したブナ材を運搬するためにこの工事は立案された。この工事の計画から着工まで、白神市を名乗ろうとしている自治体の首長や住民は、推進する立場で活躍した。だが、全国的な住民運動の高まりのなかで、すでにブナ林の近くまで進んでいたにもかかわらず工事は中止となり、白神山地は破壊から守られたために世界遺産に登録されたのである。この時に青秋林道が通っていると、世界遺産の登録はなかったのである。白神山地の破壊に手を貸しながら、今度は世界遺産として広く名を知られるようになったので新しい市名にしようというのを、泥棒みたいじゃないかというのは少し厳しいだろうか。

合併協議会が投票で白神市と決めたその日から、能代市内ではどこに行っても新市名の話で沸騰した。

＊

その晩に日本地名研究所・所長の谷川健一さんから、

「能代という由緒ある地名があるのに、白神とはいかがなものか。僕と同じに君もいい年になっているはずだから、赤恥をかいたってどうということはないよ。運動して白神にはしないでくれ」

と電話がきた。

わたしも白神市の問題が起きてから忸怩《じくじ》たる思いでいたが、谷川健一さんの電話でやる気になり、その晩から電話をかけまくり、三日後には「白神市を考える会」準備会を発足させた。準備会を三回開いたが、会を重ねるごとに参加者が多くなり、一ヵ月後に「白神市の市名に反対する会」の設立総会を開いた。能代市民は圧倒的に「能代市にして欲しい」と思っているが、郡部は必ずしもそうでもないため、一緒に運動を進めるためにこのような会の名前にした。市民からは「まわりくどい」と文句を言われたが、郡部の人たちは好意を持ってくれた。

会では、合併協議会に「新市名の撤回要望書」を提出するため、各戸をまわったり、十数回も街頭に立って署名集めをした。電話で署名用紙を要望されたり、わざわざ拙宅へ署名に来る人もい

反対する会
「白神市」の撤回申し入れ
3005人分の署名簿も
豊沢会長「協議の場設置に努力」
市町村合併
白神市の撤回を求める申し入れ書と署名簿を提出する野添会長（中央）

「北羽新報」2004年12月1日付より転載。写真の説明文は「白神市の撤回を求める申し入れ書と署名簿を提出する野添会長」とある。

た。また、各町村で座談会を開いたり、地元紙に投稿したりと忙しい日が続いた。

わたしたちの会と同じに青森県の「白神山地を守る会」が合併協議会に白神市の再考を求める運動をはじめたほか、能代市にはその後に三つの会が発足し、白神市の撤回を求めて運動をはじめた。このうち二つの会は、選挙の時に現市長と争って負けた前市長候補の後援会が母体になった一種の選挙運動であり、これが撤回運動を複雑にした。だが、これほどの動きが起きても合併協議会では、「民主主義のルールに添って決めたものであり、住民が異を唱えても撤回できない」と、まったく民意を汲み取ろうとしなかった。

しかし、能代市では大きなうねりとなった撤回運動を無視することができなくなり、市民意向調査を実施した。その結果、白神市支持が一六・六パーセント、能代市支持は四八・六パーセントと大きく差が開き、能代市は一二月一〇日に合併協議会から離脱した。しかし、残った六町村はあくまでも白神（町）でいくと表明したものの、柱になる能代市がなくなっては結束力を失い、二ツ井《ふたつい》町は能代市と合併した。

郡南部の八竜町、山本町、琴丘町が合併して三種町《みたね》となった。郡北部の二町村は八森町峰浜村合併協議会をつくり、失敗に学ぶことなくまた新町名候補を公募し、数の多い上位五点を選び、住民意向調査をおこなって新町名を決めることにした。五点の中に「白神」の付いた名称が三点も含まれていた。なるほど、白神の名前がつくように工夫したなと思った。

これに対しても「白神市の市名に反対する会」では、反対運動を起こした。選挙の後援会を母体にした二つの会はまったく動かないのは当然だとしても、もう一つの古い地名「能代市を愛する会」も、自分のところが片付けば後はいいのだと、眠ったままだった。愛する会には郷土史家や地名研究者も入っているのに、ぜんぜん動かないのだ。その程度の会なのだと諦めて、わたしたちの会では八森町と峰浜村の町村長あてに、新町名に「白神」を使わないように求める要望書を郵送したり、地元新聞に「八森町・峰浜村の皆さんへ」の広告を載せたり、電話で町村の住民にお願いの声を送った。町村長は「俺たちの問題に口を入れて欲しくない」と新聞でコメントをしていたが、電話での住民の反応はよかった。

二〇〇五年三月一九日の合併協議会で住民意向調査の結果を発表したが、一位の「八峰町《はっぽう》」を新町名と決めた。合併協議会が強く望んでいた「白神」は三点で三四・三パーセントに留まり、住民の考え方が健全だったことを知らされた。

*

もはや、白神が地名になる心配がなくなったので、「白神市の市名に反対する会」は三月三〇日に解散総会を開き、七ヵ月の活動に終止符を打った。この日のビールはうまかった。

わたしたちの運動は幸いにも、「白神市」という歴史的にも地域性からしてもまったく関係のない地名をはねのけ、住民が望んでいた「能代市」を残すことができた。しかし、この七ヵ月の運動を通して知らされたことは、町村長とか市町村会議員は問題になっている「地名」をまったく考えようとせず、白神という世界的に知名度の高い地名をつけることによって、経済的な波及効果が出るということより考えていないことだった。しかも、発言も対応も、まったく品性がない。こうした首長たちは今でも住民を頭から押さえ、発言さえも自由にさせない態度に出たことを、決して忘れないようにしなければいけない。

また、ふるさと自慢の郷土史をいくらやっても意味のないことで、地名も含めた郷土学を学び合う場が必要である。その準備をはじめ、来年あたりから発足させたいと考えている。

最後に、わたしたちの運動を支えてくれた日本地名研究所は、その運動の過程を発表する場を用意してくれた。心からお礼を申し上げます。

（※二〇〇五年五月二一～二二日、川崎市国際交流センターで開かれた第二四回全国地名研究者大会での報告概要）

みちのく四季だより

夏から秋へ

山菜取り

山村の初夏は、木々の葉の色から始まる。春に木々が芽吹いた時は、葉の色はそれぞれ個性が豊かだ。うぶ毛を光らせたさみどりだったり、あるいは鮮やかな黄色だったりと、多様な色が山々を染めている。春に咲く山の花もみごとだが、自分の色で芽吹く木々の葉も美しい。

しかし、長い梅雨が終わって初夏になると、個性的に色付いた木々の葉が、濃い緑に統一されてゆく。春の葉の色は鮮やかだが、どこか弱い感じのする緑から、暑い陽がさんさんと照りつけても負けない、濃い緑に変化する。山の木々の色は秋になると、また個性的な色になるが、その移り変わりは人間の一生に似ている。「子どもの時は個性的だが、中年になると働きバチ一色になり、晩年はそれぞれ個性的に枯れてゆく」。

みちのく四季だより

初夏のさわやかな風が吹きはじめると、梅雨の中で育った山菜採りに、山村の人たちは出かけて行く。

春のカタクリ、シドケ、木の芽などのふくよかな山菜にくらべて、初夏に採れる野菜は大きいうえに量もあり、人びとの生活を支えているという感じのものになる。その代わり、山菜の育っている場所も里の山ではなく、岳（奥山）の山々だ。里では田んぼの耕起が始まり、畑では早蒔きの大根や大豆などが青々と芽を出しているのに、岳の山にはまだ深く雪が残っている。初夏の山菜で代表的なのは、ワラビ、ゼンマイ、フキなどだが、いまでも干したり塩蔵にしたりして貯え、冬期間に食べている。山から採ってくる人も難儀をするが、山菜を受け取って家で処理する人たちも大変だ。煮たり、水にひたしてアクを抜いたあと、天日で何日も乾燥させる。食べた時にふっくらとやわらかくするために、干しながら何度も手でもむ。初夏の山村を歩くと庭狭しと山菜がひろげている。最近はスーパーなどの野菜売り場では旬が消えて、いつでも四季の野菜が並んでいる。だが、山村ではまだ、四季の恵みを受けた生活をしている人たちが多い。

初夏からお盆にかけてが、夏の季節である。夏は野山が一番元気のあるときだ。木や草が威勢よくのび、鳥や虫たちも活発に躍動する。昔にくらべると日本の山々で働く人は少なくなったが、それでも夏は多くの人たちが木を伐ったり、林道をつくったりして働いている。やはり、山々には、人がいてこそ活気がある。

南の国ではお盆がすぎても暑い日が続くが、北国ではお盆が終わるとススキが波を打って、初秋の訪れを知らせる。

夏から秋へ

お盆のあとさき

農山村の夏の大きな行事は、なんといってもお盆である。これは昔もいまも変わらない。わたしがまだ少年だったころは、八月一三日の夕方に玄関へ灯をともして祖先の霊を迎えた。仏壇や墓に供物をそなえて供養し、二〇日の送り盆まで続いた。この間に盆踊りや鎮守の祭りなどもおこなわれ、忙しい中にも楽しい日々がかさなっていた。

だが、それは昔のことで、いまは違う。農山村の人たちは誘致工場に働く通勤労働者になっているし、わずかに残る専業農家は、目に見えて成長するキュウリやメロンを収穫し、出荷しなければならない。お金になる仕事に追われ、昔のようにお盆休みをゆっくりとってはおれないのだ。

一方では、ふるさとを離れている息子や娘たちが、連れ合いや孫を伴って帰って来る。そのため、自動車道・新幹線・飛行機が連日満員になり、東京などの大都市は人影がまばらになるという民族の大移動がお盆におきる。最近は冬に帰る人が少なくなり、お盆に集中しているのは、大企業が休日をお盆に集中させているからだ。仕事をこなしたうえに、娘や孫たちの食事の世話などに明け暮れ、孫の顔をしみじみと見ないうちに帰っていく。農山村ではこのごろ、お盆が過ぎると急に病人が多くなり、病院の窓口が混むという。

農山村の人たちの生活が大きく変わったので、年中行事もすっかり様変わりした。鎮守の祭りはなくなったのもあるほか、土・日に変更したのも多い。八朔《はっさく》といって、昔は九月一日に農家は休み、八朔餅をつき、田の神様や庚申様などに供えた。八朔の餅を食べると、病気をせずに元気に生きられると伝わっているが、いまは「そんな迷信を守るために仕事を休めるかい」と、誰もがやらなくなっている。

わたしが少年だったころは、お盆が終わると稲は穂をたれ、田んぼは黄金の波が打つ。農家の娘たちは田んぼに建てたやぐらに入り、日中はそこで雀追いをした。雀が群れて飛んでくると、田んぼに張りめぐらされた鳴り物の縄を引いた。「カランカラン」と音がすると、雀はいっせいに群れて飛び去った。なつかしい晩夏の風物詩だったが、いま、その雀を見られなくなった。

萱屋根葺き

北国の秋は、空からはじまる。入道雲が消えた空は碧色がやわらくなり、日ごとに深みをましてゆく。たそがれが長くなった夕空を、山から帰ったばかりのアキアカネが羽根を光らせて飛ぶ。昔も今もかわらない、秋の訪れだ。最近は山村や農村から萱屋根の家がほとんど消えて、トタン屋根の家になった。いまから三〇年ほど前は、福島県会津の大内宿のように、農山村の集落には萱屋根の家が並んでいたものだが、見ることができなくなった。しかし、全部がなくなったのではなく、ところどころに昔のままの萱屋根の家が残っている。そして秋になると、萱手職人たちが屋根葺きをしている風景に出合うことがある。

萱屋根は葺き替えると、三〇年は保つといわれている。雪の重みや台風などで傷んだ所を手まめに修理していくと、四〇年は大丈夫というから結構寿命は長い。昔から一代に一回は屋根葺きをすると伝わっており、自分がいつの年に屋根葺きをしたかを、家のカマドを渡した時に父親は長男に伝えた。それほど萱屋根葺きは、大きな仕事の一つだった。

萱手職人は師匠に六〜七年ついて一人前になったが、屋根を葺く時はゴミの中にいるような毎日だったという。晩に仕事が終わると、鼻穴も口の中も、真っ黒いゴミがつまっていた。若い労働者が金の卵ともてはやされた時代には、萱手職人の弟子になる人がおらず、いま屋根にのぼって働いている萱手たちは大半が七〇歳の後半だ。「いつまで屋根にのぼって働けるかわからねェ」と、萱手職人たちは言っている。萱屋根よりも先に、萱手職人がいなくなるだろう。

萱屋根葺きが終わると、屋根に酒を供えて拝んだあとで、餅まきがおこなわれた。餅の中には小銭を入れたのもあり、子どもだけでなく年寄りや女たちも集まった。「それ!」という掛け声とともに餅がまかれると、歓声をあげて拾い合った。拾った餅は家に持ち帰り、砂糖や醤油などをつけて食べた。こうして一軒の家が萱屋根葺きを終わったのを皆で祝った。

どこの集落でも、萱山を持っていた。秋が終わるころに集落の人が山に行って萱刈りをすると、囲い干しにした。こうして二年も三年もかけて萱をたくわえ、次に萱屋根葺きをする家に渡した。いまも里山を歩いていくと、萱を囲い干ししている風景を見ることがある。この萱も少なくなり、いま残っている萱屋根を葺けるほど、量が集まらなくなっているという話も聞く――。

収穫

九月に移ると里山は、花の季節になる。どこの家の庭先もまた道端も、花々でいっぱいになるのだ。田んぼでは黄金に稔った稲穂が揺れ、畑では秋ソバが白い花を咲かせ、傾面を明るくしている。雪国の人たちは白い雪の中での生活が長いので、春から夏にかけて沢山の花の苗を植えて秋に花を咲かせ、さまざまな花を見て、胸の中にしまいこむのだ。やがて雪に埋もれた日々になると、胸の中からその花を引き出しては思い出し、春が訪れるのを待つ。

山里が花々で彩られるころになると、農家ではもっとも忙しい稲刈がはじまる。平野部の水田ではコンバインでさっさと脱穀していくが、山里の田んぼは山に囲まれて日当たりが悪いので、刈り取った稲をハサ（稲架）にかける。じゅうたんのように吊した稲が乾燥してくると甘く匂い、何んとも豊かな気持になる。一年間の努力が結晶した匂いだが、コンバインで収穫していたのでは、この喜びは味わえない。

いまは山里の人たちも働きに出ているので、家族全員が揃うのは土曜か日曜よりない。晴れた日が何日も続いたあとの土・日曜は、脱穀の日である。前の日にハサの稲にビニールをかけて夜露をふせぐので、まだ暗い早朝から仕事ができるのだ。ハサからはずした稲を脱穀機のわきに山積みにすると、いよいよ脱穀がはじまる。吊した袋に、籾が音をたてて溜っていく。機械の音に消されないように、大声で用事を伝えている声も、いつもより元気がある。山里の田んぼの脱穀はどこの家でもいっせいにやるので、この日は雷が三つくらいもまとめて落ちたように賑やかだ。普段は田んぼに行かない子どもたちも、この日は手伝いに行く。子どもの声がこだまする田んぼは、一年のうちでもっとも活気がある。夕方、袋に詰められた籾は、小型トラックで家に運ばれる。袋の籾は積み上げるたびにぎゅっと音をたて、農民たちの喜びをいっそう大きくする。この夜はどこの家の食卓にも、ご馳走が並ぶ。

農作業の忙しい秋はまた、野山も稔りの秋に包まれる。アケビやブナの実が熟する時であり、キノコが生える季節である。秋のキノコのはしりは、スギヒラタケだ。スギの木を伐って五、六年すると、伐根に白いキノコが生える。味噌汁や煮付けにして食べ、秋の味を堪能した。しかし、数年前からスギヒラタケを食べると中毒になるというので、食べるのが禁止になった。山育ちの筆者などは、子どものころから何十年も食べてきたのに、なんともないから不思議だ。いまスギノヒラタケは店頭に並ばず、秋の山にはこんもりと生えている。

夏から秋へ

忙しい野良仕事がひと段落すると、山里の人たちは隣近所がさそい合って遊山《ゆさん》に行く。ことし収穫したコメや畑の作物でご馳走をつくり、酒も背負って見晴らしのいい所で宴を張る。焚火をして鍋をかけ、魚も焼く。紅葉で色付いた山々を眺め、大人たちは一献をかたむける。

遊山が終わると、もう晩秋である。

みちのく銃後の残響

第三章

花岡事件・中国を訪れて

ことし（二〇一〇年）の九月初旬に成田空港から中国に行った二日目の午後、アジア・太平洋戦争の時に秋田県大館市で起きた花岡事件の指導者耿諄《こうじゅん》さんを尋ねるため、河南省の鄭州空港から車に乗った。いまから二〇年ほど前にはじめて耿諄さんの住む襄城県に行った時は、バスで七時間もかかった。しかもひどい悪路で、バスの天井に頭がつくほど揺れた。座席に大きな穴があり、その上に板を敷いていたが、長時間乗っていると尻が痛かった。この時は渇水期で沼からポンプで水を引き揚げ、畑に散水している農村風景がどこでも見られた。ところが、小型のポンプが何かの拍子で転んだらしく、娘が一人でポンプをおこそうと必死になっているのが見えた。バスが停まると乗客たちが降りて手伝い、ポンプが動いて水を引き揚げると、大声で喜び合うのを見ることができて嬉しかった。

それがいまは高速道路になっていた。車は山林の中を軽快に走った。襄城県が近くなると畑が見えた。昔から襄城県はたばこの産地だったが、いまはたばこ畑は少し見えるだけで、広い畑はトウモロコシで埋め尽くされていた。日本では飼料用のトウモロコシが不足しているうえに価格が上昇して畜産農家は困っているが、このトウモロコシを日本に持っていけたら助かるだろうと思っているうちに、車は襄城賓館に着いた。鄭州空港から約二時間三〇分である。中国の発展ぶりに、いまさらのように驚いた。

前に来た時は襄城賓館から耿諄さんの住む老干部休養所（退職した県の幹部たちが暮している所）までは、歩いて三〇分くらいだった。砂利道の両側に小さな店が並んでいる所を過ぎると農村だった。子どもたちやニワトリが、元気に道を走っていた。

だがいまは、舗装した道の両側に二階建ての商店が並び、人通りも多く賑やかな商店街になっていた。老干部休養所に入ると、広場で老人たちが大声をあげて、ゲートボールに興じていた。前に来た時は休養所はひっそりして、いかにも老人たちの住む所といった感じだった。滞在が長くなって知り合いになるとよく呼ばれたが、所蔵している書画を見せていただいた。また囲碁にも誘われたが、わたしはできないので辞退した。それがいまは老人たちが外で遊ぶ声が、休養所全体に響いている。これもまた中国の変化なのだろうと思いながら、耿諄さんのところに歩いた。

＊

わたしは二七歳の時から花岡事件の取材をはじめた。当時は資料などはほとんど入手できなかったので、関係者からの聞き書きを中心にやっていた。だが、花岡鉱山の人たちの口は固く、聞き取りは難儀した。しかも、頻繁に花岡鉱山へ行くようになると警戒されるようになり、わたしが行くと警察や鉱山の用心棒がうしろにつくようになった。聞き取りはいっそう難しくなった。それでも時間をかけると、花岡事件の全貌が少しずつ明らかになってきた。それと同時に、少しの資料や聞き書きではどうしてもわからない部分がいくつも出てきた。

その一つが、花岡鉱山の鹿島組花岡出張所に連行された約一〇〇〇人の中国人強制連行者の大隊長で、花岡蜂起を指導した耿諄さんが、横浜裁判がはじまる前に中国へ帰ったまま消息がわからなくなっていることだった。直接耿諄さんに会って聞くことができれば、解消すると思われる疑問がいくつもあった。しかし、「耿諄は死んだのではないだろうか」「いや、国民党について台湾に行ったのではないか」という噂が流れたりして行方はわからなかった。

一九八五年にその耿諄さんが中国で元気にいることがわかり、一九八七年六月に「日中復興一五周年にあたり耿諄先生を日本にお迎えする会」の招待状で四六年ぶりに来日した。二八日に東京ではじめて会い、翌日に東京から秋田県の大館市まで案内した。耿諄さんは市主催の中国人殉難慰霊式に参加して帰ったが、この時の印象は「古武士のような好好爺」だった。

その後、中国や日本で何度も会い、疑問点などを短い時間に聞いた。そんなことを重ねているうちに、耿諄さんの伝記を書きたいと考えるようになり、許しを得ると河北大学の張友棟教授に通訳をお願いし、一九九二年にはじめて襄城県に行って予備調査をした。一九九五年に行った時は一四日間滞在して聞き取りのほか、日本から帰国後に三〇年間も農民として生きた北霊村や、日本軍と

中国で翻訳・出版された３冊。（中央）白若愚・張友棟訳『耿諄伝』（2000 年、保定市 河北大学出版社）（右）張友棟・白若愚訳『劉連仁一穴居十三年』（1997 年、石家庄市 河北教育出版社）（左）張友棟・劉宝辰・郭献庭訳『花岡事件記聞』（1992 年、保定市 河北大学出版社）

戦って捕虜になった洛陽にも行った。さらに一九九六年には七日間滞在して、補足の取材をした。

日本語版の『花岡事件と中国人─大隊長耿諄の蜂起』（三一書房）は一九九六年に出版になり、白若愚・張友棟訳の『耿諄伝─一位中国労工隊長的苦難経緯』は河北大学出版会から二〇〇〇年一月に出た。五月に襄城県主催の出版記念会があり、家族とともに襄城県に行った。二日がかりの盛大なもてなしを受け、耿諄さんとの友好はいっそう深まった。

しかし、耿諄さんを代表とする原告一一人は一九九五年に鹿島に損害賠償請求訴訟を提起した。東京高裁から和解による解決が提案されていたが、二〇〇〇年一一月二九日に和解が発表された。だが、「和解条項」の内容と鹿島のコメントを知った耿諄さんは、その場に昏倒して入院した。弁護団から受けていた「口頭説明」と、あまりにも違っていたからだった。そして賠償金の受け取りを拒絶し、「私は花岡と縁をきったのです」「耿諄はもう死んだと伝えて下さい」（晏子『尊厳』日本僑報社）と言い、その後は沈黙を守った。

「日本人には会わないそうだ」という風評が聞こえたが、その後も年賀状は毎年のように届いた。わたしも新しく花岡事件関係の本が出版されると送った。こんな関係が長くつづいた。ところが、昨年のはじめごろから、「耿諄さんが君に会いたがっている」という伝言が数人から届いた。わたしも耿諄さんに会い、和解前後のことを聞きたいと考えていた。そして年末に尋ねることに話がまとまったが、わたしの急な入院で計画は潰れた。

訪問できなくなったことを伝えると、耿諄さんから掛図が送られてきた。唐代の著名な詩人・王維の「山居秋暝」を書いたもので、中国の広東省湛江市にある湛江師範学院日本語科三年の李艶嬋《りえんぜん》さんは、次のように解説してくれた。

「この詩は、秋の夕暮れの景色の静かさ、優しさ、美しさを描いています。当時、詩人は山の中に隠居していました。

前半の四句は秋の山の夕暮れの景色を褒め、五、六句は浣女たちが船に乗る賑やかさを描いています。

詩人はこのような隠居の穏やかで、静かで質素な生活の描写を借りて、当時の社会の官吏の欲深さを皮肉っています。と同時に、自分の高尚な精神、他人と一緒になって悪事を働かない精神を褒めています」

耿諄さんは弁護団や鹿島のコメントから受けた怒りを、王維の情景描写を借りてわたしに伝えてきたのだと思った。花岡事件の解決のために闘いながら、最後は裏切られた九五歳の耿諄さんの思いが読み取れて、心が痛んでならなかった。

ことしの二月に耿諄さんは脳梗塞で倒れ、四月まで入院した。すぐに行きたいと思ったが、わたしの体の回復が遅れたうえに、ことしの中国の夏の暑さは日本と同じに厳しかったのでのばし、九月一日にようやく成田空港から飛び立った。そして十数年ぶりに会うことになったが、その前に耿諄さんの略歴を簡単に紹介したい。

*

耿諄さんは一九一四年に、襄城県でお茶の販売をする裕福な家に生まれた。耿諄さんが一一歳の時に匪賊に襲われ、すべてを奪われて没落した。塾をやめた耿諄さんは古本屋を開き、店番をやりながら沢山の本を読んだ。

その当時、襄城県に駐在する国民党軍は、兵士を募集していた。一九三一年に起きた満州事変に憤慨した中国の青年たちは、続々と兵士に応募していた。そのころ中国の景気は非常に悪く、兵士になって名を上げたいと望む青年が多かった。一八歳になった耿諄さんも国民党軍の兵士になった。読み書きのできる耿諄さんの出世は早く、二〇歳で准尉になった。家に帰ると家族は喜び、親のすすめで李恵民と結婚した。

その後上尉連長に昇格して洛陽に駐在した。一九四四年五月に洛陽戦役がはじまり、指揮官として戦った耿諄さんは深い傷を負った。戦地医療所に運ばれて治療を受けたが、一二日目にまだ痛む体を押して戦場に復帰し、五連隊の指揮をとった。だが、設備も武装も何十倍も優れた日本軍の総攻撃を受け、耿諄さんは再び負傷し、洛陽が陥落した日に捕虜となった。捕虜営に入れられたあと、石家庄俘虜収容所に収容された。二〇日くらいしてから有蓋貨車で北京俘虜収容所に移された。また二〇日ほどして今度は青島俘虜収容所に着いた。翌日、青島から日本の貨物船に乗せられた。船の中で士官だった人が集められると、耿諄さんが中国人三〇〇人の大隊長に指名され、「食事の時に混乱が起きないようにしろ」と命令された。

貨物船は下関に着き、有蓋貨車に三日間も乗せられ、秋田県の大館駅に下車したのが一九四四年八月八日だった。それから花岡鉱山の下請けをしている鹿島組（現・鹿島）花岡出張所が所有する、薄暗い林の中にある中山寮に入れられた。耿諄さんは大隊長を続けさせられた。はじめは滝の沢第一ダムの造成作業を日本人と一緒にやったので、とくに虐待されることもなかった。

晩秋のころから中国人は、花岡川の水路変更をする仕事に変わった。ダム工事は県の仕事だったが、花岡川を付け替えるのは鹿島組の仕事であった。この時から中国人の待遇は大きく変った。朝は五時に起こされ、六時には現場に行って働いた。晩に中山寮へ帰るのは七時ころと長くなった。

平地に幅三メートル、深さ二メートルの川を、スコップとツルハシ、なわで編んだモッコだけで掘るのは大変な仕事だった。また食糧の質も悪くなり、主にドングリの渋い粉でつくった人の握り拳ほどの饅頭二つが、一回の食事だった。中国人は骨と皮ばかりにやせていった。寒くなっても夏シャツだけのほか、補導員は注意をする代わりに棍棒で殴りつけた。耿諄さんは何度も鹿島組の幹部に、食事の改善や冬服の支給などを求めたが、逆に怒鳴って帰された。

冬を越して春になると約八〇人が死亡し、病室に四〇人が入っていた。仕事が捗らないので、鹿島組では二回に分けて六八三人の中国人を連れて来た。新人は仕事に馴れていないうえに、鹿島組の扱いはますます悪くなり、死者が増加した。「死守」よりないと考えた耿諄さんは数人の幹部と蜂起を計画し、六月三〇日の夜に決行した。だが蜂起は失敗し、耿諄さんは自殺を図ったが、生きて捕えられた。

大館警察署の花岡派出所や秋田刑務所で、「お前が暴動を起こしたのは、中国の政府によるものだろう」と尋問され、「違う」と答えると殴る蹴るの暴行をうけ、二回も脳震盪《のうしんとう》を起こした。日本の敗戦後に秋田地方裁判所で死刑の判決を受けたが、一九四六年に東京の中野刑務所に移され、横浜裁判での花岡事件の証人として残った。しかし、秋田刑務所の尋問で受けた頭の傷が痛み、日本の病院でも治らないので、「裁判がはじまったら日本に来る」という約束で中国に帰った。

耿諄さんは中国に帰り、襄城県に行って家族たちと会った。しかし、家では商売をしていないので生活に困り、妻の李恵民の実家のある北霊村に一家を連れて行くと古い家に住み、畑を少し借りて耕した。あまった時間で親類の畑へ手伝いに行き、食糧を分けて貰って生活した。

耿諄さんが農村に入ったあとに人民公社の運動がはじまり、北霊村の人民公社で働いた。さらに一九六六年からはじまった文化大革命では、国民党の士官だったのが批判され、一〇年間反革命の烙印を押され、義務労働をさせられた。文化大革命が終わった後も耿諄さんは、農村で畑づくりをした。

一九八四年に耿諄さんは中国政治協商会議襄城県委員会の常任委員となり、妻と孫の三人で県に戻った。その後は副主席や河南省委員会委員や、河南省文史研究館館員にもなった。そして日本とも連絡がつき、四六年ぶりに日本に行った。日本から帰ると耿諄さんは公務のかたわら、花岡鉱山に連行された生存者や遺族を探して花岡受難者聯誼会をつくり、鹿島との裁判に没頭したが、和解は耿諄さんが望んだようにならなかった。

*

十数年ぶりに耿諄さんの家を尋ねると、二階にある書斎の机はきれいに整理されていた。最近は使っていないらしい。隣室のベッドに、耿諄さんは横になっていた。体に薄い布をかけていたが、元気な時よりも小柄になったように見えた。

わたしを前にした耿諄さんは、「おーう」と言って起き上がろうとしたが、起き上がれなかった。

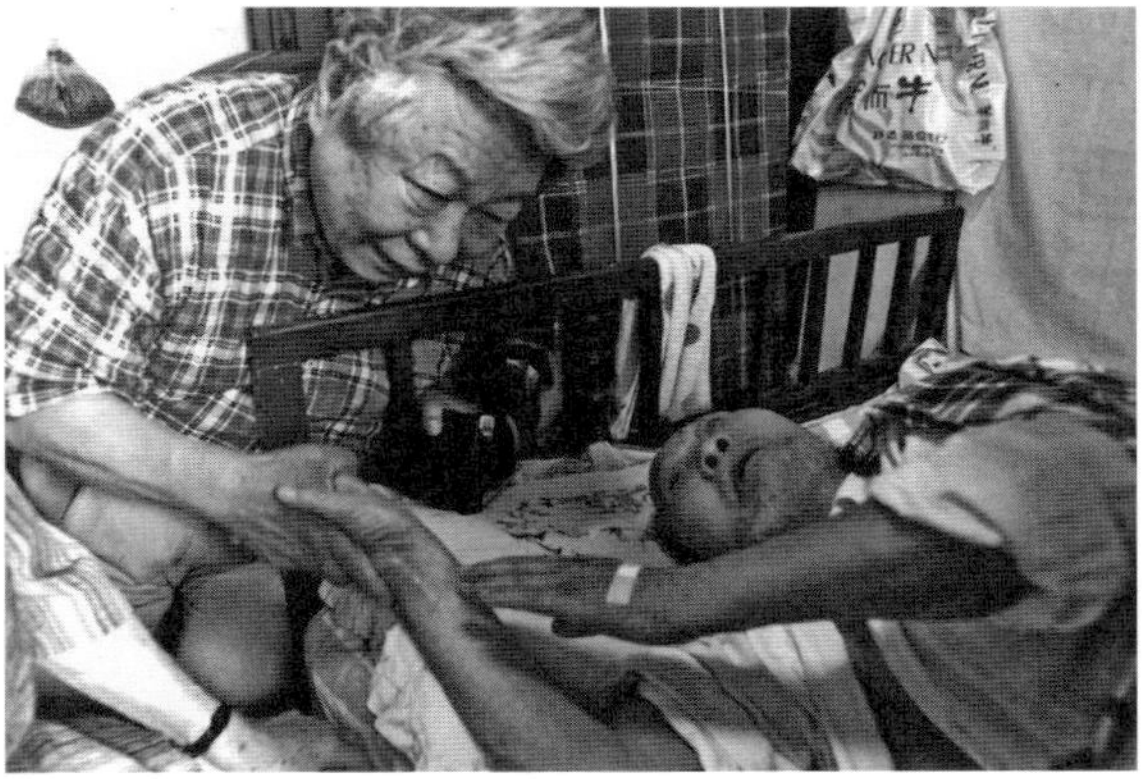
ベットへ横になっている耿諄さん。

枕元の椅子に座って手を握ると、温かかった。わたしは涙がでたが、耿諄さんの目も光っていた。涙をふいてから、日本から持参した『耿諄伝』など九冊を枕元に並べると、手にとってなつかしそうに見ていたが、「あなたの本は中日の掛橋です。わたしは過去のその歴史はもう言いません」

と言ったまま目を瞑った。

裏城県には四日間滞在して耿諄さんの所に通ったが、話を聞けないまま帰国した。また元気になり、再会できることを祈りながら——。

中国人強制連行の現場へ　慰霊と取材の旅から

室蘭駅（室蘭本線）に下車したのは、北海道にもようやく春の訪れが感じられる二〇〇九年五月下旬の小雨の日だった。アジア・太平洋戦争の時は北海道でも屈指の軍需工業と重要港湾都市であった室蘭市は、敗戦後も石炭と港を中心に栄えた。しかし現在は、北海道全体が不況の底冷えする中で、室蘭市も元気が見えないなと駅前を見まわしながら思った。

駅前に並んでいるタクシーの中から、年配の運転手を探して乗った。戦時中のことを調べる時は、若い人よりは年配者の方がよく知っている。走りだしてから行き先を聞くので、

「五〇年ほど前に、中国人の遺体が沢山掘り出された所があるでしょう。そこに行って下さい」

「えッ、そんなことあったんですか。沢山って、どれくらい……」

「一二五体だそうです。病気とか事故で亡くなった中国人を、土の中に放棄してたんですよ。一〇年間も……」

「そんなことないと思うがなあ」

と言いながら運転手は、無線で本社と連絡をとった。よくわからないらしく、何人とも話をしていた。

「お客さん、イタンキ浜のことですか？」

「ええ、そこです」

小雨のイタンキ浜に下車した。吹きつけてくる風が寒い。

アジア・太平洋戦争の時に室蘭市の五事業場へ、一、八六一人の中国人が強制連行された。このうち五六四人が死亡したが、死体の処理がずさんだった。一九五四年に市民の証言で、イタンキ浜で遺体発掘がおこなわれた。三〇体ぐらいといわれたが、「遺体の数は多く、雑然と折り重なって埋められており、いまだに頭髪が頭蓋骨に付着しているのも

あった。立合の医師が、〝まだ呼吸のあるうちに放りこまれたもの〟と認定したもの、まさに土中からはい上がらんと、必死にもがいている形のままで埋没している遺体、頭蓋骨に弾丸のあるもの、鋭い傷とヒビのある遺体、作業地下足袋をはいたままの遺体」（『中国人強制連行事件に関する報告書』）が、二日間で一二五体も発見された。だが、これほど残虐に扱われながら中国人は、日本の敗戦後に食料などの改善を要求したが受け入れられず、三人の日本人を軟禁した。これを助けようと収容所に突入した警官隊と衝突して双方に死傷者がでるなど、中国人強制連行の苦難は続いた。室蘭市はこのほかに約三〇〇〇人の朝鮮人が強制連行され、そのうち一〇〇〇人が逃亡したというが、死者などはよくわかっていない。

翌日、室蘭市役所や市立図書館に行ったが、強制連行の資料はなかった。再びイタンキ浜に行き、発掘跡に花束を供えた。夏は海水浴客で賑わうというが、春先の海岸には人の影がない。昨日からのことを思いながら渚を歩き、わたしの「慰霊と取材の旅」も回を重ねるごとに背負う荷が重くなっていくのを感じた。

＊

日本国内に強制連行された中国人が強制労働をした**一三五事業場**を、「慰霊と取材の旅」として歩きはじめた動機と、中国人強制連行のことを簡単に紹介しておきたい。

日中戦争以来、日本は働き手を兵士に取られて深刻な労働力不足に陥った。そこで労働力確保のため、一九四二年に中国人を内地移入させることを東条内閣は閣議決定をした。試験移入をへて一九四四年に「華人労務者内地移入促進ニ関スル件」を次官会議で決定した。日本軍の捕虜であったり、労工狩りと呼ばれる非人道的な方法で集めた約四万人の中国人を日本へ強制連行し、日本国内の一三五（外務省報告書）の事業所で働かせた。

「花岡事件」はそうした中国人によっておこされ

た、抵抗による蜂起だった。現在の秋田県大館市の鹿島組（現・鹿島）花岡出張所は、花岡鉱山から請け負った水路変更工事に九八六人を使役したが、重労働と食料不足、鹿島組補導員らの暴行や虐待に抗議して中国人はいっせいに蜂起した。

この中国人二人が、三日後の七月三日に山を越えてわたしの村に逃げて来て捕まえられた。国民学校の四年生だったわたしたちは先生に引率され、役場前へ見に行った。背中合わせに縛られて地べたに坐っている中国人のまわりを、先生の号令で「チャンコロのバカヤロー」と何度も叫んだ。砂やツバを顔に吐きかけ、村人から元気がいいとほめられ、一九四一年に少国民になったわたしは、軍国少年に育っていた。

二七歳の時に花岡鉱山に行き、はじめて花岡事件を知ったわたしは、村に逃げて来た中国人も花岡事件の人たちなのを知った。軍国少年ではあったが、戦争の加害者ではないと思っていたのが崩れた。わたしも戦争の加害者だったことを知り、それから花岡事件や中国人連行者への聞き書きなどをはじめた。のちに花岡事件の生存者・遺族たちが花岡受難者聯誼会を結成して鹿島に⑴謝罪、⑵記念館の設置、⑶補償などを求めた行動にも参加した。

二〇〇〇年に東京高裁で和解が成立したものの、鹿島は謝罪はせず、記念館は建てず、五億円は出して中国紅十字会に信託したものの「補償や賠償などの性格を含むものではない」（『毎日新聞』二〇〇〇年一一月三〇日付）と鹿島はコメントを発表している。被害者が選んだ和解ではなかったし、花岡事件にかかわって四一年になるわたしが望んだ解決ではなかった。

この時に思い出したのが、鶴見俊輔さんが言ったことばだった。国家が犯した罪を国家が償わない時は、民衆が手弁当でその罪を償わないといけないと、遠い昔に言ったのを覚えていた。花岡事件は被害者が望まない和解をしたが、他の一三四事業所の現場はどうなっているだろうか。その現場に自分の足で行き、現在の姿を直視しながら日本の国家と日本人が犯した罪の重さを考えてみようと思い、「中国人強制連行の現場へ・慰霊と取材の旅」をやることにした。この時すでに六六歳になっていたので、日本国内の一三五カ所を歩ける自信はなかったが、「このため秋田県内の朝鮮人強制連行の調査以外は不義理をすることもあるだろうが、お許しをいただきたい」という文を知人たちに届けた。

＊

中国人が強制連行された一三五事業所を地域別に見ると、北海道地方が五八事業所ともっとも多く、東北地方は九事業所、関東・中部・近畿地方が三九事業所、中国・四国・九州地方が二九事業所となっている。最初から遠い所に行かず、手ごろな所に行って現場はどうなっているのか、一カ所にどれくらいの期間や費用がかかるかを、試算してみなければいけない。支援してくれるところはないのだから、辛抱強くケチに歩かないといけないのだ。いろいろ考えて第一回目の「慰霊と取材の旅」の場所は岩手県釜石市の**日鉄鉱業釜石鉱業所**にした。

二〇〇一年一二月下旬に山田線釜石駅に下車した。東北地方はすっぽりと寒気におおわれていたが、駅前に出ると明るい日射しなのに驚いた。日本ではじめて洋式高炉による出銑《しゅっせん》に成功し、近代製鉄発生の地として栄えた鉄のまちも、鉄鋼不況の中で底冷えしていた。釜石には何度か来ているが、駅前の新日鉄釜石の工場がひっそりしている姿ははじめて見た。

最初に市役所、教育委員会、市立図書館などに行き、強制連行された中国人たちが住んだ跡や関係者を聞き、資料を探した。二日目から現地を歩き、中国人を知っている人を探したが、亡くなったり、移転している人が多く、敗戦後五〇年の長さを知らされた。釜石市は敗戦直前に二度の艦砲射撃を受けており、その記録は『釜石艦砲射撃戦災史』として発行しているが、二八四人の中国人連行者、約一〇〇〇人の朝鮮人連行者のことを記録したものはなかった。中国人は帰国するまでに死者一二三人、罹《り》病二七九人、負傷二九人、不具癈疾《はいしつ》一人という大きな犠牲を出している。とくに死亡率は四二・七パーセントと高く、一三五事業所の中で第四位だった。罹病者はほぼ全員といっていい九六・九パーセントである。何故こんなに高い被害が出たのだろうか。資料がないうえに、中国人のことを語ってくれる人にも会えなかった。若干の手持ちの資料があったのでいくらか解明できたものの、そうでなければ難しいと思った。この後に歩きはじめてから、地元に資料がなく、またわたしも資料を持っていなかったので、二回行ってもまとめる資料が集まらない事業所がいくつも出た。

日鉄鉱業釜石鉱業所の建物は、釜石駅前から約一五キロ離れた山間部に残っていた。すでに廃鉱になっており、鉱区内から湧く水をボトルに詰め、名水として売り出していた。鉱山の建物の中では名水と一緒に、かつて産出した鉱石などを売っていた。廃鉱から流出する水を管理する人もいたが、全員が敗戦後の生まれだった。アジア・太平洋戦争の時に沢山の朝鮮人や中国人が海を渡って釜石鉱業所に連れて来られ、働いたのだと言っても、信じられないという顔をした。資料は廃鉱になった時に処理したといい、一枚も見ることが出来なかった。

釜石市には二泊三日滞在した。意外に出費が多かったのがタクシー代だった。わたしは二九歳で車の運転免許をとったが、満六〇歳になった時に更新しなかった。運動神経が鈍いうえに、年を重ねてからは危険だと思ったからだ。しかし、本数が少なくなった山村のバスは、頼れる交通ではなくなっていた。のちに北海道の閉山した炭鉱跡を歩くようになると、そのことを痛切に知らされた。留萌《るもい》市近くの**空知《そらち》鉱業天塩鉱跡**に行った時は、廃鉱したあとで道路が崩れ、行けないのではないかと言われたが、タクシーに乗った。札幌での生活が長かったという運転手はよく知らないという悪路を走り、道を迂回したり、間違って逆戻りするなどしてようやく廃鉱跡を見つけた。ところが料金は七万円近くで、手持ちが不足した。後で送金すると言っても、受け付けない。家に電話をして不足分を銀行送金して貰ったが、確認されるまで事務所に「人質」になるということもあった。

＊

一三五事業所を歩いたが、中国人の施設跡を見せて欲しいと要望したものの、入構を拒否されたことがいくつかある。岡山県玉野市の**三井鉱山（現・三井金属鉱業）日比《ひび》製煉所**では、二六人が死亡した日華寮跡を見せて欲しいと何度も頼んだが、守衛が首を横にふった。事務所に電話もつないでくれなかった。

茨城県日立市の**日立鉱山**には、駅前からタクシーで行った。門前の駐車場に車を停めて下車し、写真をとろうとした。守衛が走ってくると、「停車違反だ」「写真をとるな」と大声で叫ぶ。「日立はいつもこうだからな」と運転手は言って、小高い山に車を走らせた。鉱山の全景や大煙突がよく見えるので、そこで写真をとった。

さらに中国人犠牲者の碑が建っている本山寺に行き、碑の写真を撮らせて欲しいと頼んだ。若い住職が「曹洞宗では墓や碑を撮るのを禁じている」と言い張った。タクシーで引き返し、本山に公衆電話をした。何に使う写真かと聞くので、長々と説明した後で「慰霊と取材の旅」を続けていると答えた。寺に電話をしておくというのでまた本山寺に行くと、住職は何も言わずに碑の前までついて来た。写真を撮って帰ろうとすると、「礼は？」と手を出した。わたしは黙ってタクシーに乗り、力を入れてドアを引いた。日立鉱山には九〇八人が連行され、一〇七人が死んでいる。

長崎港の沖合いに浮かぶ端島《はしま》では、かつて**三菱高島鉱業所端島坑**が石炭を掘っていた。最盛期には五、三〇〇人も住み、島をコンクリートの防波堤で囲み、所狭しと高低のビルを建てた。遠くから見ると軍艦に似ているので、「軍艦島」とか「監獄島」と呼んだという。戦時中に朝鮮人約五〇〇人、中国人二〇四人が連行され、敗戦までに朝鮮人一三七人、中国人一四人が死亡した。軍艦島は立ち入り禁止になっていたので長崎市役所に上陸を申請したが断られ、軍艦島クルーズに乗って一周した。ガイドは連行者たちの説明をひと言もしなかった。供えた花束は島に届かず、海に落ちた。いまこの島を、世界遺産にしようと地元では頑張っている。

また、中国人や朝鮮人を連行した事業所跡に人を近付かせないようにと、災害が起きたことを理由に道を閉鎖しているのが七カ所もあった。北海道の**小《お》車《ぐるま》水銀鉱山**（中川郡美深《びふか》町）では、採鉱などを土屋組が下請けをした。一九四四年の初冬に三〇〇人の中国人を連行したが、寒さと飢えで四七人が死亡した。その中に老衰で亡くなった人が三人もいる。火葬して小車共同墓地に埋めたが、敗戦後に生存者が帰国する時に持ち帰ったという。だが、処理が悪かったので雪解けや雨のあとには残骨で白くなった。近くの小車小学校の教師や児童たちが何日もかかってその骨を拾い集めて一カ所に埋め、「無名華人の墓」と書いた墓標を建てた。のちにこの遺骨は四七の骨箱に納められ、中国に送られたというから、相当の量だったのだろう。

小車小学校の教師や児童の行動は、この旅をはじめてから最初に出会った心温まる話だった。宗谷《そうや》本線恩根内《おんねない》駅に下車し、遠くからタクシーを呼んで小車水銀鉱山と共同墓地に向かったが、美深中川線は二年前から通行止めになっていた。道を塞いでいる鉄の柵から現場までは、一〇キロも遠くにあると運転手から聞いて引き返した。その現場に行けなかったのを、いまも残念に思っている。

現在は北海道釧路《くしろ》市に編入されている**雄別《ゆうべつ》炭鉱**は、阿寒《あかん》川支流の舌辛《したから》川上流にあり、釧路市街から約四〇キロと遠い。一九七〇年に閉山したものの、いまでも鉱山と鉱山町がそのまま残っているといわれている。日本人のほか、多くの中国人や朝鮮人が連行されて働いた所だが、その資料がほとんど残されていない。二〇〇八年九月に同鉱山跡に向かったが、通行止めの柵が道路を塞いでいた。炭鉱跡を見せたくないという意図が汲み取れた。見せないことで、忘れさせようとしているのだ。

＊

わたしが中国人強制連行を調べるようになった動機は、花岡鉱山（秋田県）の下請けをしていた**鹿島組（現・鹿島）花岡出張所**が九八六人の中国人を強制連行して働かせた。しかし、花岡出張所の幹部や補導員たちのピンハネによる食料不足、長時間の重労働補導員の暴行などに「このままでは全員が殺される」と危機感をだき、抗議したのが「花岡事件」である。「慰霊と取材の旅」をはじめても、原点は花岡事件だった。

戦時中に鹿島組は、次の五事業所で強制連行した中国人を使役している。

	連行者	死亡者
玉川出張所（北海道）	二〇〇人	二一人
花岡出張所（秋田）	九八六人	四一八人
藪塚出張所（群馬）	二八〇人	五〇人
御岳作業所（長野）	七〇五人	五〇人
各務原作業所（岐阜）	三七〇人	三人
計	二、五四一人	五四二人

連行者も多いが、沢山の犠牲者が出ている。できることなら鹿島組の五事業所を、間をおかずに順ぐりに歩きたいと思った。しかし、一回旅に出ると二カ所の事業所跡を歩くようにしていたが、鹿島組の事業所はそれぞれ離れているので、費用や日程の点からして無理だった。結局五事業所をバラバラに廻ったが、花岡出張所と同じに中国人が激しく虐待を受けていたが、とくにひどいのが御岳《おんたけ》作業所だった。

国策会社の日本発送電株式会社は長野県の木曽川水系に、御岳発電所の建設を計画した。軍需省が「戦力増強工事」に指定した緊急工事で、鹿島組など三請負業者がおこなった。

鹿島組御岳作業所では七〇五人の中国人を連行して来ると、ダムから水を引く隧道《ずいどう》掘りや発電所工事で働かせた。飯場はバラック建てで、床板に敷物はなく、冬でも空き間風が吹いた。この地帯は寒く、冬は平均で零下一二度、ときには二〇度に下がることもあるというから、膝まで切れたズボンをはき、寒中に裸足で働いた中国人は生きれなかった。食料が少ないのでやせ細り、作業は一日の割当量が終わらないと一二時間でも一三時間でも働かせた。全員が栄養失調なので、負傷者や病人が多くでた。

御岳作業所の罹病者は八二一人で、この中に両眼失明が二三人もいた。失明した人たちはのちに中国へ帰ってから、どんな人生をおくったのだろうか。

このため、中国人はよく逃げたが、食料を持たないうえに地理がわからないので、地元の警防団員につかまり、殴り殺された。その人たちは隧道や発電所のコンクリートの中に固められたが、いまもその隧道を流れてきた水が発電をしている。

「木曽谷事件」はこうした中で起きた。御岳作業所の中国人は鹿島組の倉庫を襲って食料を奪い、発電所の爆破を計画するが発覚した。長野県特高が一五人を検挙するが、日本の敗戦で釈放になった。だが、五〇人の死者が出ている。

生き残った中から三一三人が、群馬県強戸《ごうど》村(現・太田市)に移された。中島飛行機太田製作所が米軍の空撃で飛行機の生産に支障をきたしたので、八王子山に**藪塚地下工場**の建設をはじめた。一九四四年一二月に御岳作業所から三一三人と、それまでに死亡した三三人の遺骨を持って移動した。この地でも半年間に五〇人が死亡した。敗戦後に帰国を前にして中国人は慰霊式をおこない、鹿島組と交渉して長岡寺に碑を建てさせ、殉難者の名前と左

記のような碑文（日本語にした要旨）を刻んだ。（長岡寺のパンフレットから引用）

ああ、いたましいかな／年若くしてはやくも命を失う／君たちの霊は既に昇天した／私たちはみな深く悲しんでいる／中華に生まれ海外に死す／人これ聞けば心動かざるなし／ああ、祖国のために犠牲となりて奮闘し、光栄にも命を失った／私たちはみな感服している／君たちの遺骨は帰途はるかに遠いので、一部だけもち帰るが、残余はここに葬り、碑を立てて記念とする／君たちの英霊は心安らかに昇天されるように望む／ああ、いたましいかな。

思いを留めつつ華僑全体

＊

多くの朝鮮人や中国人が強制連行され、苛酷な重労働の日々をおくり、多数の怪我人や罹病者、そして死者を出した鉱山が、まったく姿を代えて観光地になっている所がある。そこでは連行の事実を語るのは禁句となり、遺跡も片付けられている。その代表的なものを北海道、本州、四国から紹介したい。

かつて石狩炭田《いしかりたんでん》の中で夕張《ゆうばり》炭鉱に次ぐ第二の炭鉱だった**三菱美唄《びばい》炭鉱**（美唄市）は、ＪＲ函館本線美唄駅から車で三〇分の所にあった。いま、三菱美唄炭鉱の心臓部は「炭鉱メモリアル森林公園」となり、立て坑巻き揚げやぐら、原炭ポケット、開閉所の主要三施設が見学できる。立て杭巻き揚げやぐらは朱色が鮮やかで、一九七二年に閉山したようには見えない。休日には多くの人出があるという。

美唄の石炭が知られたのは一八七四年で、多くの中小炭鉱が開鉱をはじめた。良質炭に目をつけた九州の三井、三菱、住友の財閥系炭鉱資本が開発に乗り出して、次々と開鉱した。労働力が不足したので早くから朝鮮人を使用したが、一九四五年には美唄の四炭鉱で約五〇〇〇人を使役した。しかもその九割が坑内で働かされ、死亡確認人員は五五九人と記録されている。また、中国人は三事業所で一、二九六人を連行し、死者は二九〇人も出ている。

だが、公園内には朝鮮人・中国人を悼む記念物はないし、近くにある三菱美唄記念館には強制連行を記録したものはまったくない。約六、三〇〇人の連行者と八九四人の死者たちは消され、かつて強制労働をした所は見物人で賑わっている。

秋田県の県北にある小坂《こさか》鉱山（鹿角郡小坂町）は明治末期には鉱産額日本一を記録するほど栄えた。この隆盛期に同和鉱業の前身藤田組が、鉱山従業員の厚生施設として建てたのが康楽館で、江戸時代後期の歌舞伎小屋の芝居小屋である。

小坂鉱山では一九四五年一月に中国人強制連行者二〇〇人を連れて来ると、この康楽館に収容した。しかし、食料や衣服が十分でないうえに重労働が続き、日本の敗戦で自由になるまでに五四人が死亡している。死体は冬期間は雪が深く外に埋められないので、康楽館内に埋葬した。原因は二八人が栄養失調死、五人が両足凍傷化膿で死んでいる。作業中に凍傷になり、それが化膿して死に到るまでどんなに苦しんだことか。近くに企業病院の小坂病院があったが、朝鮮人や中国人は診察しなかったという。

康楽館は敗戦後小坂町に寄贈された。建物は国の重要文化財に指定され、夏には松竹大歌舞伎が公演され、多くの観客が押し寄せ、高価な弁当を食べて喜んでいる。だが、鉱山資料を展示している町立総合博物館に強制連行の資料は一つもないほか、町史や町の観光パンフレットにも書かれていない。朝鮮人・中国人の強制連行の事実に、厚い蓋をしている。

愛媛県新居浜市の**井華鉱業**（**住友鉱業**）**別子《べっし》鉱業所**は、アジア・太平洋戦争の時は、日本では最大規模の銅生産を誇っていた。別子鉱業所には約一〇〇〇人近い朝鮮人が連行されたほか、北海道の鴻之舞《こうのまい》鉱山からも約三〇〇人が移ってきている。しかし、この朝鮮人たちがどうなったかはわかっていない。

　中国人は三回にわたって六七八人が連行され、四国山脈の北側に面した海抜八〇〇メートルの採鉱本部がある東平《とうなる》の飯場に収容された。冬は積雪が多いうえに、零下一〇度を越す日々が続いたという。日本の敗戦で帰国するまでに、二〇八人が死んでいる。死亡率は三〇パーセント強と非常に高い。死者たちは東平の片隅にある葬祭場で火葬にされ、遺骨は同場に保管された。一九五四年に遺骨は中国に帰ったが、朝鮮人の墓もあったという葬祭場はきれいに片付けられ、平地になっていた。近くに観光施設が建っており、筆者が訪れた二〇〇八年一一月中旬は周囲の山々が紅葉の真っ盛りだった。旧墓地や葬祭場跡を沢山の観光客が紅葉を見ながら歩いていたが、解決していない重い過去のある場所だということを知らせる物は一つもない。

　市立図書館には『新居浜市史』『別子山村史』『住友別子鉱山史』（上・下）など、分厚い立派な本が並んでいた。丹念にめくったが、朝鮮人・中国人強制連行のことは何も書かれていなかった。鉱山跡からも歴史書からも、きれいに抹殺されていた。

＊

　中国人が強制連行された事業所のある市町村に行くと、市役所や役場、教育委員会、図書館などに一度は顔を出した。受付で用件を言うと、たいてい総務課とか産業観光課などにつないでくれた。担当者に会うと戦後生まれだった。町村役場はだいたい高卒、市役所はたまに大卒と思われる人もいるが、中国人強制連行の事実さえ知らない。もちろん体験はしていないし、学校教育でも学ぶことはなかったのだ。それにしても自分が生まれて育った市町村で働いている市町村のエリートたちが、強制連行を歴史として知らないことに納得しかねた。だが、それはわたしが強制連行に熱中しているためそう思うので、日本人の認識はだいたいがそうなのではないかという気もした。

ただ、その他にも原因になりそうなことがいくつかある。どこの市町村でも分厚い立派な市町村史を出版しているが、アジア・太平洋戦争の時に地元であった朝鮮人・中国人強制連行のことを詳しく書いているのは、いくつもなかった。数行で軽く触れているのを合わせても、三割くらいよりなかった。しかも、その記述は一般の人は読めないような固いものので、歴史に興味のある人以外には手に取らないと思われる。また、社会教育のなかで取り上げている所はなかったから、学校教育で学ばなかった若い人たちには、強制連行に触れる機会がなかったことも考えられる。地元で起きた強制連行の事実を、どうしたら地元の人たちに知らせることが出来るだろうかと思っている。

また、強制連行をして働かせた企業はそれぞれ社史を発行している。その社史にも可能なかぎり目を通した。一例をあげると、前にも書いた鹿島組は五事業所で連行者二、五四二人、転入者一、三〇九人を使役し、五三九人の死者を出している。筆者は鹿島組の五冊の社史に目を通したが、どの社史にもただの一字も書かれていない。ただ、『鹿島建設百三十年史』下巻の「年表」の一九四四年の項にある〔本年中に着工した主要工事〕のなかに、「秋田県花岡川河川改修」とある。しかし、もっとも新しい『鹿島建設―百四十年の歩み』の巻末にある「鹿島建設略年表」からは、この一〇文字も消えている。強制連行をした各社の社史の中でその事実をはっきり書いているのはほんの少しで、多くはまったく書いていない。記録しないことで、その企業の強制連行の事実は人びとの中から急速に消えていくことになる。

このような状況なので、市町村に強制連行した企業があったところの図書館には、この関係の図書をそろえているところはなかった。郷土図書の中から探してくるよりないが、最近は財政が苦しくなった町村では、図書館は開いているものの専従の職員がいない所がでてきた。「ご用のある方はベルを押して下さい」と書かれたベルを鳴らすと、しばらくして人が走って来るものの、図書館のことはほとんど知らない。農山村では図書館が機能しなくなってきている。日本人から消えつつある強制連行の現場を歩き、理解を深めるに必要な資料を現地で見ることは、今後いっそう難しくなっていくだろう。

*

約四万人が強制連行された中国人は、日本で約七〇〇〇人が死亡している。この遺骨は八回にわたって中国に送還され、それぞれ遺族に渡ったものと思われていた。ところがその遺骨は、中国天津市の水上公園にある抗日殉難烈士紀念館に保管されているのがわかった。白布に名前が書かれた遺骨が並んでいるのを筆者も見ている。中国がどのような意図で遺骨をまとめて保管していたのかは、すでに関係者がおらずわからない。紀念館はのちに改築された。

日本から送還された遺骨は二、三四五柱で、残りの遺骨は日本の寺院や現場などに保管か埋められていると見られている。「慰霊と取材の旅」でもこの点を注意して歩いたが、遺骨はまったく確認できなかった。**三井鉱山山野鉱業所**（福岡県嘉穂《かほ》郡稲築町　現・嘉麻《かま》市）に強制連行されて死亡した中国人死者の遺骨を保管したという浄念寺で、他人に見せるのははじめてだという「遺骨預り覚帳」を見せて貰った。死亡した人の日付が「昭和一九年九月一日、六日、七日、一二日」と並んでいるのを見て、背筋が凍るようだった。

群馬県の月夜野《つきよの》町では**間組利根川出張所**が東京電力の岩木発電所の工事を、同じく**後閑《ごかん》出張所**では中島飛行機尾島工場の地下工場の建設をそれぞれ請負っている。「押せば倒れ、倒れればしばらくの間立ち上がれないほど体力は消耗し、まったく骸骨の集まりにも似た捕虜だった」（『古馬牧《こめまき》村誌』）という中国人は、二つの事業所で五九人が死んでいる。多数いたという朝鮮人の場合は、連行者数も死者名もわかっていない。中国人の死者は河原に埋められたという噂があり、敗戦後にその現場を調べたが、死体は見つからなかったという。

　月夜野町は夜星の星が美しく、初夏にはホタルが乱舞するところだという。二日間案内して貰ったタクシーの運転手は、少年のころに中国人が空腹でよろめいて歩く姿を見ているが、ホタルのことを「この地で亡くなった朝鮮人や中国人の亡霊が、迷って飛んでいるのと違うかな」と言っていた。

　ことし（二〇〇九年）の一月に東京で**東京華工管理事務所跡**を歩き、足かけ九年間にわたる「慰霊と取材の旅」は終った。これから筆者がやることは、現場の現状と、見て歩いて思ったこと、考えたことを、一人でも多くの人たちに伝えることだろう。お前はいつも過去にこだわっていると非難する人がいる。しかし、わたしたちが生きているいまは、死んだ人たちが生きたいと望んだ未来なのだと思っている。決して過去のことではないのだ。

サハリンの晩秋　残留日本人と朝鮮人連行者を訪ねて

ロシア・サハリン州（旧樺太）の第三番目の都市コルサコフ（旧大泊《おおどまり》）に行き、港を一望できる望郷の丘に立ったのは、サハリンに渡って七日目の二〇〇九年九月下旬の午後だった。例年だとこのころのサハリンは、冬を前にして、肌寒い風が吹くころだという。だが、ことしの秋は晴れた日が多く、わたしが滞在した八日間も雨の日は一日だけで、あとは雲一つなく澄んだ秋日和だった。近年は地球温暖化の影響をサハリンも受け、冬の訪れがおそくなったうえに、積雪も少なくなっていると言っていた。

軍港にはたくさんの船が係留されていた。一九二八年に日本がつくったという桟橋が海にのびていた。赤さびている桟橋に、戦前は出稼ぎや仕事を求めた日本人や、強制連行された朝鮮人たちが下船した。そして敗戦前後には多くの人がこの桟橋から船に乗り、サハリンを去った。また、さまざまな原因で帰国できなかった人たちにとっては、望郷の丘から眺められる恨みの桟橋ではなかったろうか——。

わたしは以前から、一度サハリンに行きたいと思っていた。わたしは秋田県北の寒村に生まれて育ったが、晩秋になると父も含めた村の男たちが群れをなしてサハリンへ出稼ぎに行くのを見ていた。男たちがサハリンへ行くと村は物音もしないほど静かになり、冬に埋もれた。出稼ぎをしていた叔父はサハリンに定住したが、敗戦間際の戦火の中で行方不明になり、帰ってこなかった。

新制中学校を卒業したわたしは、その年の晩秋に北海道へ出稼ぎに行った。原始林の伐採現場では、サハリンから引揚げてきた人たちが働いていた。酒に酔うと、なつかしそうにサハリンの話をしていた。のちにわたしはサハリンに出稼ぎをした秋田県内の人たちから聞き書きをとり、二冊にまとめて出版した（『樺太の出稼ぎ―林業編』『樺太の出稼ぎ―漁業編』秋田書房）。秋田県内出身者がサハリンで、生死がわからないままになっている人が多いことを、この時にはじめて知った。

また、朝鮮人強制連行を調べるようになってから、労働の不足を補うために、多くの朝鮮人をサハリンに連行して、重労働をさせたことを知った。サハリンに行くことを拒む朝鮮人を夜中に船に乗せ、サハリンに連れて行った青森県むつ市などの例もあった。しかも敗戦後に日本は、朝鮮人を祖国に帰す方策をとらず、サハリンに放置した。棄民となった朝鮮人たちのその後の労苦を断片的に知り、胸を痛めつけられた。

サハリンの開発に使われた北海道や東北の貧しい農民たち、強制連行されたうえに棄民にされた朝鮮人の足跡を追ってサハリンを歩きたいと思い続けていた。長年抱き続けていたこの願いがサハリン樺太史研究会調査団に加わる形で実現し、二〇〇九年九月にサハリンに行き、八日間滞在した。

（上）コルサコフ港の桟橋。戦前からのものだという（2009 年 9 月 25 日撮影）。
（下）北サハリンのアレクサンドロスク・サハリンスキー市は、帝政ロシア時代に多数の政治犯が送り込まれた最大の流刑地。流刑囚を悼む慰霊碑が建っている。（2009 年 9 月 21 日撮影）

サハリンでは州都のユジノサハリンスク（旧豊原）のサハリン大学の寮を宿にして歩いた。ユジノサハリンスクに多い街路樹のナナカマドは紅い実をたわわに実らせ、間もなく厳しい冬が訪れることを知らせていた。

＊

サハリンには太古から、狩猟や漁業で生計を立てるニブヒやアイヌといった先住民が住んでいた。一六世紀の末ごろになると日本やロシアが勢力をのばして争った。明治維新後の樺太・千島交換条約でサハリンはロシアの領土になり、千島列島全島が日本の領土となった。

一九〇五年の日露戦争後のポーツマス条約で、サハリンの北緯五〇度以南が日本領土「樺太」となり、それから四〇年にわたる日本の統治が始まった。領有後は林業、水産業、畜産業のほか石炭も採掘され、本土から多くの日本人が渡った。

だが、アジア・太平洋戦争末期の一九四五年八月九日にソ連軍は北緯五〇度を突破。二二日までサハリンの各地で戦闘が続いた。この時に犠牲となった人が多い。この年の一一月現在でサハリンには三七万～四〇万人の日本人（民間人）と、約二万人の日本軍人がいたとされる。

戦闘が始まると樺太庁は、老人や幼児、婦女子などを北海道へ緊急疎開措置をとったものの、八月二三日以降は、ソ連軍が宗谷海峡を封鎖したので中止になった。その後は漁船などでサハリンから北海道に脱出した人もいたが、その人数はわかっていない。シベリヤ収容所に送られた人以外は、一九四六年に結ばれた「ソ連地区引揚げ米ソ協定」で一九五〇年までに日本人は全員がサハリンから引揚げたことになっている。日本政府はサハリンに日本人残留者はいないと言い続けた。だが、民間団体の長年にわたる調査で、二〇〇一年段階でサハリン残留日本人が、約四〇〇人いることがわかった。そのうち約七割が女性だという。日本への引揚げが始まったときに日本政府は、朝鮮人やロシア人と結婚した女性は日本人ではないとして、帰国させなかったのだ。

なぜ、女性たちが外国人と結婚したのかだが、日本の敗戦から引揚げが始まるまでの間、食糧の入手に多くの人が苦しんだ。外国人は食糧を多く持っていたので、生きるために結婚した人もいた。また、ロシア兵に未婚女性が掠奪される事件が頻繁に起きるので、身の安全を守るために親が外国人との結婚をすすめた。ところが引揚げが始まると親は引揚船に乗れたが、外国籍の女性は帰国できないという悲劇がうまれた。サハリンへ置き去りにされたのである。

ユジノサハリンスクのサハリン日本人会の事務所で、副会長の植松キクエさんから話を聞いた。植松さんも朝鮮人と結婚していたので帰国できずに残り、サハリンで生きてきた人である。話をしているうちに涙ぐみ、何度も話が中断した。サハリンで生きた日々は、厳しいものだった。

「わたしはいま、娘や孫たちに囲まれて暮らしていますが、サハリンにはこんな人がまだいるんですよ」と植村さんは、こんな話をしてくれた。

数年前にサハリンの奥地に住んでいるという女性が、「わたしは日本人です」と事務所に来た。

敗戦の年にロシア人と結婚したが、山奥にいたので引揚げのことを知らなかったという。いまも夫は伐採夫、彼女は自給程度の畑をつくり、伐採の助手をしているそうだ。八〇歳近くになるのにどうして働いているのと聞いても、答えなかったそうだ。服装も貧しく、長年使うことがなかったという日本語はたどたどしい。名前は忘れてしまったと名乗らず、また山奥の家に帰って行った。おそらく彼女は、再び姿を見せることはないだろうと植松さん。「連絡とれない奥地には、こんな人がまだいると思いますね」と言っていた。

ユジノサハリンスクでは州立郷土博物館や州立公文書館で資料を閲覧させて貰ったが、残留日本人の資料はないと言っていた。難しい問題を含んでいるこうした資料が、もし保管されていたとしてもすぐ出てくる訳はなく、諦めて後にした。

話は前後するが、サハリンに日本人残留者はいないと言い続けてきた日本政府は、一九七七年になると集団引揚げ終了後にも南サハリンに残留している日本人は、「国際結婚の日本婦人、主要な産業に留用中の技術者及び受刑者と少数の残留希望者等で総数千数百人と推定され（略）、このうち国際結婚の日本婦人は終戦後樺太における朝鮮人の地位及び生活状態が高まるに従いこれらの者と結婚した者が多く、これらの日本婦人のうちには、本邦に帰る父母兄弟等と別れて、その朝鮮人とともに樺太に残留したものである」（『引揚げと援護三十年の歩み』厚生省援護局）としている。国際結婚による任意残留であり、棄民的残留ではないため国の責任はないと回避している。このためもあり、朝鮮人と結婚した日本女性が、故郷の土を踏むまでに半世紀近い歳月を要した。

元気な残留日本人はいま、日本に一時帰国して肉親や知人と会い、またサハリンに帰っている。「この一時帰国を生き甲斐にしているのがほとんどです」と植松さんは言っていた。残留日本人の一世たちの多くは子どもや孫と住み、年金で生活している。だが、サハリンに骨を埋める気持はなく、日本の地で眠りにつきたいと望んでいるという。老いがすすむにつれて日本を慕う思いが強くなっているのだが、では彼女たちにとってサハリンは、いったい何だったのだろうか。

残り少なくなったサハリンの残留日本人は、ほとんどが七〇歳の末期か、八〇歳を越している。

＊

政府によって置き去りにされた、国際結婚した女性たちの敗戦後の歩みは苦難に満ちたものだったが、同じに朝鮮人連行者たちもまたそれにおとらない苦労を重ねた。

日露戦争後の日露講和条約でサハリンの北緯五〇度以南を日本の領土にすると、ユジノサハリンスクに樺太庁を置いた。そして多くの日本人が入植して開発をすすめたものの、労働力が不足した。「一九一〇年、韓国併合ですべての朝鮮人は、『臣民』として日本国籍になり、朝鮮半島などから、多数の労働者がサハリンに送り込まれた」(『ロシア極東1　サハリン』北海道新聞社)。

さらに、一九三七年に日中戦争が始まると、多くの日本男性がサハリンでも兵役にとられ、労働力不足がいっそう深刻になった。そのため、多数の朝鮮人連行者がサハリンにも動員された。それでも不足したので、日本に連行した朝鮮人をサハリンに連れて行った。敗戦の時の在サハリン朝鮮人は三万三〇〇〇人といわれているが、研究者によっては六万人という数字をあげている。

サハリンに連行された朝鮮人は飛行場建設の現場でも働いたが、最も多く働いたのが炭鉱だった。サハリンの炭田は全島の約二〇パーセントと広いうえに、炭質は大半が瀝青炭《れきせいたん》でカロリーが高く、製鉄用コークスに最適だった。サハリンは一九三一年に石炭移入国から石炭移出国になったが、石炭は内地に送られた。この石炭増産の原動力になったのが、朝鮮人連行者だった。

多くの朝鮮人は鉱内で働かされた。鉱内では一日に一〇時間から一二時間も働いた。食事は雑穀や大豆の混じったものを一日五合と塩ニシンが一切れのほか、切り干し大根の煮物が少しだった。重労働と粗食で体をこわしても休みは認められず、現場に追い出された。このままでは生きのびれないと考えて逃亡しても、土地が不案内なのですぐ捕えられた。飯場に連れ戻されると、半殺しのリンチを受けたが、死ぬ人もいた。

また、十五年戦争中のサハリンの炭鉱は、事故が非常に多かった。「日本政府の資料をみても、一九三九年から四三年までの五年間で、炭鉱事故による死傷者は何と約三万二〇〇〇人（うち死者は約五五〇人）に上がっている」（大沼保昭『サハリン棄民』中央公論社）。しかも、「炭鉱事故犠牲者が出るのは、主として朝鮮人労働者の多い炭山であった」（『朝鮮人強制連行強制労働の記録―北海道・千島・樺太篇』現代史出版会）という。だが、朝鮮人犠牲者の正確な人数はわかっていない。ユジノサハリンスク市ジェルジンスキー通りに「サハリン犠牲者死亡同胞慰霊塔」が建っている。

だが、戦局が悪化してきた一九四四年の後半になると米空軍に制空権を奪われ、サハリンから内地むけの石炭積取船の回航が不可能になってきた。そのため軍需省では、サハリン内の需要に当てる炭鉱だけを残し、他の炭鉱は閉山にした。炭鉱の朝鮮人を内地の炭鉱に移動して働かせることにした。九月からは見回り品だけを持った朝鮮人が、「短期間に二万数千人が樺太から移っていった。主な転換先は三井、日鉄系炭鉱からは田川、三池、夕張に、三菱炭鉱からは高島、崎戸のほか一部は千島方面にも行った」（『樺太終戦史』全国樺太連盟）という。田川、三池、夕張、長崎県の高島や崎戸に行った時にサハリンから移った朝鮮人のことも調べたが、詳しい足跡はわからなかった。

ユジノサハリンスク市ジェルジンスキー通りに建っている「サハリン韓人二重徴用鉱夫被害者追悼碑」は、この時に移動した人たちを悼む碑である。碑文には「北海道と九州に移動した朝鮮人は約十五万人と考えられる」と刻んでいる。『樺太終戦史』の二万数千人とは大きく違う。二つの碑に刻まれた犠牲者は、日本が直接の原因をつくっている。サハリン滞在中に二つの碑に花束を供えて詫びた。

＊

ソ連は一九四五年のヤルタ会談後に中立条約の破棄を通告し、対日参戦となった。敗戦直後の八月二〇日、ホルムスク（真岡）にソ連軍の艦砲射撃があったり、二三日には、北海道留萌《るもい》沖でソ連潜水艦の攻撃を受けて沈没、大破した三引揚げ船や、郵便局で女性電話交換手による「九人の乙女の集団自決」（北海道の宗谷岬に碑がある）、将兵など「二週間に四千二百～四千四百人の死者を出した」（金子俊男『樺太一九四五年夏』講談社）というが、この数字が正確とはいえないと同書の中で書いている。それにしても大きな犠牲であった。

しかもこの時に、サハリンの日本人による虐殺事件が起きているのはあまり知られていない。「この混乱の中、樺太の軍や憲兵などの間で、朝鮮人大量虐殺の計画が密かに立てられていた。被抑圧者のつもりつもった恨みが爆発することを恐れてのことであったのだろう。この計画をなんとかくい止めたのが当時の大津樺太庁長官であったと言われているが、上敷香警察署虐殺事件や瑞穂村虐殺事件は阻止できず、それぞれ二十人以上の朝鮮人が軍や警察官や一般市民によって襲撃殺害されている」（吉武輝子『置き去り』海竜社）

その一つ瑞穂村虐殺事件を辿ってみる。ホルムスク（真岡）の東方約四〇キロのところに、僻村チエプラノオ村（瑞穂村）がある。鉄道豊真《ほうしん》線の中部に瑞穂駅があり、のどかな村だったという。

一九四五年八月二〇日にソビエト赤軍がホルムスク港に上陸した。この日から翌日にかけて瑞穂村在郷軍人や青年団員など二二人が集団で、村に住む朝鮮人を軍刀、槍、銃などで殺害した。老人のほか、婦人三人、幼児六人だった。殺害が終わると酒宴を開いて気焔《きえん》を上げ、「酔った細川宏は『ロシア人が瑞穂村にやってくるまでに、鮮人を一人残らず殺してしまえ。鮮人はソ連人の手先でスパイだ。容赦なく切り捨てろ』と気が狂ったように絶叫した」(『サハリンからのレポート』御茶の水書房)という。

この悲劇がソ連当局に報告されたのは約一年後のことで、一九四六年に死体発掘と検死作業が行われた。ソ連の法によって起訴され、数人が軽い量刑を受けただけで、他は日本に引揚げている。

このほかに二〇人以上が殺害された上敷香《かみしくか》警察虐殺事件のほか、「スミルニイフ(旧気屯《けとん》)、ウゴレゴルスク(旧恵須取《えすとる》)などの地で、朝鮮人が日本憲兵、在郷軍人それに極右分子によって殺害されたという風評を聴いては」(同)いるが、実証する記録はないという。当時の南サハリンにはこうした事件がほかにもあったが、埋もれたままになっているとも書かれている。

サハリン滞在の最後に行ったコルサコフでは、軍港やクリリオン(旧西能登呂)岬まで見える望郷の丘に行った。アニワ(旧亜庭)湾の海が眼が痛いほど碧かった。丘の上に「朝鮮人望郷の丘碑」が建っていた。碑は船の形をしていた。日本の敗戦後も祖国へ帰れずに、サハリンで一生を終えた朝鮮人は多いと聞いている。その人たちの無念の思いを込めた碑を見ながら、日本の戦後はまだ終わってないと思った。しかし、わたしの生命はそれほど長くない。生きている間にわたしに出来ることは何だろうと考えた。

丘に立っていると寒さを感じた。アニワ湾に落日が始まろうとしていた。

墓を掘る

夜中に何度も目をさました。そのたびに雨が降っている音を聞いた。大粒の雨がガラス窓を叩いている。

「運が悪いな」

とぼんやり考えながらも、いつの間にか眠っていた。夢のなかで、雨の降る山を歩いていた。

受話器のベルが鳴って起きた。その日の朝、わたしたち四人は午前六時三〇分に起き、七時に朝食をとることにしていた。タオルを持って長い廊下を歩き、浴室に行った。客たちはまだ眠っているらしく、旅館はひっそりしていた。湯舟からガラス窓越しにもみぢ葉が浮かんでいる池を見ると、雨脚は強かった。そのうちに三人とも湯舟に入ってきたが、

「ひどい雨になったものだ」

と言い合いながら、不機嫌な顔をしている。雨だけではなく風もあって、色づいた葉を池に落としていた。

風呂から出ると、鄭団長の部屋で、お茶を飲みながら相談した。昨晩は遅く、「それじゃ明日ま

た」と自分の部屋に別れた時は雨の心配がなかったから、誰も雨の対策は考えていなかった。それが、この雨である。どうしようということになったが、明日からは全員が予定があった。青森空港から外国に行く人もいた。二人は居住地の埼玉県で仕事が待っているという。わたしにも用事があった。濡れても仕方ない、予定通りに今日やろうと話は決まった。

七時に少し遅れて朝食をとりながら、旅館に頼んで古い靴や合羽などを仕度して貰った。秋田県の一一月中旬の雨の日はかなり寒い。旅館から名入りの手拭も何本か貰って首に巻き、使い古しの軍手をポケットに入れた。考えつくままに準備している間に、土建会社に頼んでいた男二人が、軽トラックで迎えに来た。わたしたちも急いで車に乗り、千葉旅館を出発したのが二〇〇六年一一月一四日の朝だった。現場の小坂《こさか》鉱山までは約四〇分ほどある。雨という予期しない出来事もあって、四人の顔は緊張していた。この日まで長い準備をしたのだから、不満に思うのも当然だった。山を一つ越して小坂鉱山に着いても、雨は変わりなく降っていた。曹源院に車を置くと、寺の沢に入った。夏草は枯れて山道は歩きやすくなっていたが、寒気というよりも霊感に体が抱えこまれた感じで、朝鮮人の遺体が埋められているという現場に足がすすまなかった。

＊

秋田の県北を横切るように走っているJR花輪《はなわ》線の十和田南《とわだみなみ》駅から北へ九キロのところにある小坂鉱山（鹿角《かづの》郡小坂町）は、現在は閉山して採掘をしていない。ただ、難処理物である低品位電子基板類などを原料として回収する事業をはじめている。

小坂鉱山が発見されたのは早く、一八六一（文久元）年に地元の人が見つけたという。南部藩によって開発されたものの明治維新で中断したのち政府の所有となり、大島高任《おおしまたかとう》が銀山として稼行した。一八七〇（慶応二）年に独人ネットーを招いたものの官業の実績は上がらず、南部氏に貸与したのち再び官有となったあと、藤田組に払い下げられた。一八九七（明治三〇）年に久原房之助《くはらふさのすけ》が就任すると露天掘りを開始し、設備を充実させたので、採掘鉱石が飛躍的に増加した。銅は日本一、銀は椿鉱山（秋田県）と首位を争ったという。これと同時に他の鉱山から金、銀、銅鉱の買鉱をはじめ、鉱山の業績を上げた。

アジア・太平洋戦争の初期には産銅奨励時代となり、小坂鉱山でも軍需省からこれまでの実績を上回る大幅な生産目標の引き上げを要求された。出鉱は月一万五〇〇〇トン、製錬は最終製品で年産一万トンという大変な増加だった。処理施設と選鉱場拡張に取り組むとともに、動力源の発電所の建設に着手した。ダムをつくり、隧道《ずいどう》を掘り、さらに発電機を設置するのは大変なことだった。

この時に小坂鉱山で最も大きかった工事は、大湯《おおゆ》川上流に堰堤《えんてい》を築き、新しく一、五四〇キロワットの発電を得ようと地質調査をしたのだが、地盤が軟弱でダムをつくれないことがわかった。そのため、大湯川と広森川の水から発電所と農耕用の水を確保したあとの水を隧道を掘って十和田湖に貯め、十和田湖から補給する発電所を新築することになった。

こうした計画のなかで大幅な増産を達成していこうとしたが、兵役で人が不足するうえに、事業用の生産資材の配給が十分でなかった。工事は遅れ、軍需省からは生産目標の達成を矢継ぎ早に催促された。

＊

政府は国家総動員法や国民徴用令などを次々と発令し、軍需工場の人手不足を補おうとした。小坂鉱山ではこの法令で、政策によって整理された商店や小工場の主人や従業員を集めた徴用隊、女性や学生などを集めた勤労報国隊などを地元だけでなく、広く県北から動員して使った。鉱山の仕事にはまったく素人が働くのだから、作業が捗るわけがなかった。だが、働く人を集められないので、現場の監督は叱りつけながら働かせたが、能率はどんどん落ちていった。

これでは戦争を維持できないと知った日本政府は一九三八年に「国家総動員法を制定し、同年七月に国民徴用令を公布して労務動員計画を立てたが、朝鮮人に対しては『募集』『官斡旋』『一般徴用』の形式をとって三九〜四五年まで炭鉱・金属鉱山・軍需工場・土建・港湾荷役などに約百五十万人を日本各地に強制的に連行した」(『戦後史大事典』三省堂)が、わたしたちが一九九六年に秋田県朝鮮人強制連行真相調査団を発足させ、県内の朝鮮人の実態を調べはじめた時には、小坂鉱山の朝鮮人のことはまったくわからなかった。

小坂鉱山で朝鮮人と働いた人だと聞いて訪ねても、「そんな人は知らん」とどなり返されたりした。それでも何度か行っているうちに、金《キム》竜水《ヨンス》さんを知った。一九一七年の生まれで一七歳の時に伯父を頼って日本に来ると小坂鉱山で働き、信用されて飯場も経営した。仕事は順調にいったが、食糧不足の時代になると用意ができないため、鉱山をやめて古鉄商になった。わたしが会った時も古鉄商をしていたが、一九九七年に小坂鉱山で亡くなった。

金竜水さんは小坂鉱山には約三八〇人の朝鮮人がおり、その中で三一人が死んだのを覚えていたが、鉱山をやめてからも何人か亡くなったという話を聞いたという。遺骨は寺の沢に埋めたといって、二度ほど二人で現場を歩いた。墓印の石を探して、斜面を歩いた。組織の仕事をしていた時は、「朝鮮人と中国人の墓参りをしたが、離れてからやめた。もう一五年くらいになる。いまは誰も来とらんな」と、寂しそうにつぶやいていたのを思い出す。

*

金竜水さんに去られてがっかりしていた一九九八年に、一九四六年に厚生省（当時）が作成した『朝鮮人労務者に関する調査』（秋田県）を入手した。秋田県内の二七事業所と、そこで働いた六、七五九人の名簿には出身地や年齢も書かれていた。厚生省が各県に調査を依頼し、県では職業安定所に調べさせ、それをまとめて厚生省に送ったものである。いま調べに歩いても、日本の敗戦直後には書類を焼く煙で、軍需工場のあった空は毎日のように暗かったという話をよく聞いたが、翌年の調査でこれほど詳しい報告ができるほどの資料を各社が持っていたのだ。しかし、このよう

小坂鉱山で死亡した朝鮮人は山に埋められ、その上に川から持ってきた石を一つのせている。

に調査したことを、厚生省は認めていない。

この調査によると、小坂鉱業所には一九四三年＝一七八人、一九四四年＝二〇五人、一九四五年＝九九人の計四八二人（全員が官斡旋・徴用）。小坂鉱山の下請けをした多田組は三年間で三八〇人、十和田湖隧道導水工事を請け負った児玉鉱業には三年間で計九六八人が来ている。多田組と児玉鉱業は自由となっている。合計で一、八三〇人となるが、各事業所ごとに分散して置かれていた。

厚生省の調査では、「小坂鉱山へは四八二人が来たものの一四七人が逃亡、送還が二七人、一時帰朝八人、死亡一人」となっているが、その他のことはわからない。逃亡があまりにも多いわりに、死亡が一人というのも信じられない数字で、全面的に信用できる数字ではない。

この他に資料がないので困っている時に、それから三ヵ月ほどして新しい資料を入手した。日本に強制連行された朝鮮人の日朝合同の調査が、一九七五年七月に秋田県北で五日間おこなわれた。その後も東北各地で調査を行い、『朝鮮人強制連行・強制労働の記録（東北編）』として発行する計画だったようだが、中止になっている。この時に記録された一〇人のメモがあるのを知っていたが、それがようやく手に入った。このなかに小坂鉱山の朝鮮人寮長をしていた川田徳芳さんの聞き書きが入っている。

川田徳芳さんは兵隊から帰ると、二六歳で小坂鉱山に就職した。労務係になり、朝鮮に行っては、朝鮮人連行者を日本に連れてくるのが主な仕事で、その間に寮長をやった。慶尚北道に行くことが多く、四回行っているが、一回に二〇〇人を連れてきた。村役場に集められた朝鮮人を連れてきたが、はじめはよく逃げられたという。

朝鮮人の仕事は三交替制で、残業はよくやっていた。反抗的だと殴ったりはしなかったが、土間にものを持たせて正座させた。それでも集団脱走が多く、ほとんどつかまらなかった。特高に呼ばれてよく怒られたと記録している。

＊

わたしたち調査団の十数年にわたる調査で、県内で朝鮮人が働いた現場は七七ヵ所までわかり、朝鮮人は約一万五〇〇〇人である。だが、朝鮮人たちの労働や生活、事故や死後の始末などはよくわかっていない。記録がほとんど残ってないし、秋田に強制連行された人で生存が確かめられたのはわずか六人にすぎない。また、他県のように調査を早くからやるとよかったが、わたしたちの調査団が活動をはじめた時は、すでに多くの関係者がこの世を去っていた。

小坂鉱山の場合も同じだった。それでも時間をかけて聞き書きをやり、資料を集めて少しずつ明らかにしてきたが、この程度よりわからなかった。ときどき空しく思ったりするが、それでも諦めず、時間があると県北の鉱山歩きをしていた。

二〇〇一年一一月下旬に、小坂鉱山に強制連行された朝鮮人が、埼玉県に住んでいるという話を聞いた。住所を確かめて電話をすると、間違いではなかった。話を聞きに行きたいとお願いすると、数日してから連絡があった。

「いまは忙しいので行けないが、来年の春に東北へ行く計画があるので、その時だったらぜひ会いたい」

二〇〇二年になってからも連絡をとり、五月一九日に鹿角市大湯温泉の千葉旅館で会った。調査団の田中淳さんと行き、夜半まで話を聞いた。翌二〇日は、小坂鉱山をまわったが、いままで不明なところがかなりわかった。

申鉉杰《シン・ヒョングル》さんの話を簡略にまとめてみよう。

＊

一九二三年に慶尚北道の農家の長男に生まれた。一八歳で結婚し、娘が一人いた。二一歳の時に、一七歳の弟に徴用がきた。未成年で日本語もわからない弟の代わりに徴用になって日本に渡ると小坂鉱山に来た。当時は徴用期間は一年だった。忠誠寮に入ったが、高いフェンスに囲まれ、一ヵ所の出入口に監視人がいた。

仕事は運輸部で、線路のポイント切り替えとか、電車とかトロッコの後ろに乗り、ブレーキをかける仕事をした。夏はいいが、冬は寒く、上衣も一枚だけで地下足袋もなく、寒さに死にそうになった。同じに苦しんだのは空腹で、少しの米飯と葉っぱが浮いたお汁、おかずは塩をふったイナゴが一回に七、八匹で、あとは水を飲んで我慢した。空腹で逃亡者が相次いだが、捕らえられると別室で半殺しの制裁を受けて部屋に閉じ込められたが、その後のことはわからない。また、落盤、栄養失調で多くの仲間が死んだと噂に聞いたが、実際に見ていないのでわからないという。

その後、仲間と逃げたが、日本の敗戦後も病気などで帰国できず、日本に残ったまま行商など苦しい生活をした。父が病気で帰ったが、妻は亡くなっており、娘が大邱に住んでいるので会った。現在は東松山市に妻、三人の子や孫と暮らしている。

その後、申鉉杰さんは小坂鉱山に一度来ているが、わたしが県外にいたので会えなかった。しかし、電話はよく貰ったが、「わたしはいま元気に暮らしているが、鉱山で亡くなった仲間たちのことを思うと、夜も眠れない。どんな埋葬をされたのだろうか」

と何度も聞かれた。

金竜水さんが亡くなったいまは、その場所を二度ほど歩いて現場を知っているのはわたしだけになっていた。

「大きく伸びた根曲がりの竹の根元に、墓印の石があるだけです。地元でも忘れられています」

と答えると、

「お骨を掘って、祖国に眠らせたい。鉱山がやらなければ、わたしがやります。協力して下さい」

と言ってきた。

埼玉県で三人の仲間を集めた申鉉杰さんは、二〇〇六年一一月一三日に小坂鉱山に来たので、わたしも行って合流した。午後に小坂町役場を訪れたあと、小坂鉱山（現在は小坂製錬所）を訪ねた。何か問題が起きるのではないかと思っていたが、

「わたしどもはあそこを墓地だと認識していませんので、墓地として掘ることには特別な考えはありません」と、上手にするりと逃げた。責任逃れでもあったが、これで掘る心配はなくなった。その晩は千葉旅館で、明日の成功を祈って一献傾けた。

＊

寺の沢の根曲がり竹は、人をかくしてしまうほど丈が伸びていた。朝鮮人はこの竹林のなかに埋葬されたのだが、それから六〇年以上の月日が過ぎていた。わたしが最初に来てからでさえ、一〇年は過ぎていた。

土建会社の人たちに、斜面に埋められている石と石をつなぐ道のように、チェンソーで竹を払って貰った。ギギィー、ギギィーと激しく音を立てて、ザワザワと笹竹を倒していった。その後で墓印の石をのぞき、土を掘った。笹竹は根も太く固いので、掘りにくいのだ。土建会社の人たちが休んでいる時にわたしも掘ったが、すぐに疲れた。一つの石の下からは壊れた二個の茶碗が出てきたが、骨らしいものは出なかった。雨で掘った土がぬらぬらしているので、手にとって確かめてもよくわからなかった。

昼近くなってから、もう一つの墓印の下を掘った。雨はいっそう強い降りになった。掘った跡に、泥水がたまるようになった。

「これ以上は無理だ。終わろう」

申鉉杰さんがうめくように叫んだ。わたしたちはシャベルなどを軽トラックに積み、曹源院に骨が出なかったと告げて千葉旅館に帰った。浴室で裸になると、下着まで濡れていた。

遅い昼食を終わってひと眠りしたあと、池の見える二階で今後のことを話し合った。相変わらず池に落ちる雨は強かった。

「あそこは濡れ土だから、骨は残っていていいはずだが……」と言うわたし。

「あの当時、鉱山にはコークスが沢山あったから、火葬の時にコークスを使うと、骨は粉になって長く残らないかもしれないな」と申鉉杰さん。

「これまでやったのだから、あとは慰霊の方に力を入れたらどうだろうか」と鄭団長。いろいろと意見が出た。だが、遺骨をまた掘ってみるか、諦めて慰霊碑を建てるなどの運動にするかは、申鉉杰さんにまかされた。秋田の雪が消える春になり、申鉉杰さんがこうしたいと考えたことには、全員で協力することに話はまとまった。その時、わたしの前にきて座った申鉉杰さんは、わたしの目を見つめて言った。

「野添さん、わたしの悲しみ、同胞の口惜しさは、いったい誰にぶっつけたらいいのかね」

わたしは申鉉杰さんの深い怒りと悲しみを宿した目を見つめながら、答える言葉を失ったまま黙っていた。


（付記）

小坂鉱山にはこの他に、中国人連行者が四八二人来ている。下請けも合わせると、八六二人となる。いちばん最初に来た二〇〇人は一九四五年の真冬で、康楽館という劇場に収容された。寒さや食糧不足で五四人が死亡した。だが、雪が深いので康楽館内に土葬し、春になってから寺の沢に改葬している。

また、小坂鉱山には仙台俘虜収容所第八分所があり、英・米・豪の俘虜三五〇人が収容されて強制労働をしたが、そのうち約三七人ぐらいが死亡している。

なお、申鉉杰さんはこれから三年後に亡くなったと、風のたよりで知った。

◆日弁連の調査資料入手

今年（二〇一二）の六月上旬、盛岡市の男の方から電話をもらった。わたしには初めての人で、年輩の方だった。用件は、一九七五（昭和五〇）年に尾崎陸《すすむ》弁護士たちが秋田県北部の鉱山で、戦時中に労働をさせられていた朝鮮人強制連行者を調査した時の資料を持っているというのである。

資料の内容を聞くと、写真が一〇枚ぐらいと、「調査カード」のコピーが二〇枚ぐらいだという。電話を聞きながら、この話は信用できると思った。こういう電話や便りはたまにいただくが、中には信用できないこともある。六月中旬に盛岡市に行き、直接会って資料を見せてもらった。わたしもこの調査カードの写しを持っている。しかし、拾い書きのように簡単なもので、今度のは本物だった。資料の出所は、所有者が言わない時は聞かないことにしているので分からない。

一九三九年から一九四五年にわたり「国家総動員法」の下で、当時植民地であった朝鮮から日本に強制連行された朝鮮人の実態を、敗戦後も日本政府は調査をしなかった。

そのため研究者によって連行された総数も、全国で約九〇万人から約一五〇万人とさまざまである。また、このなかでどれだけの犠牲者が出たかも明らかになっていない。

◆三六年前、県北五カ所で

当時、日本弁護士連合会の人権擁護委員長だった尾崎陞を中心に調査団が編成され、日朝合同で朝鮮人連行者の調査を始めた。一九七二年には沖縄を調査し、一九七三～四年には北海道を調べた。この調査結果は、朝鮮人強制連行真相調査団編『朝鮮人強制連行強制労働の記録―北海道・千島・樺太篇』(現代史出版会)として出版された。内容も深く、強制連行関連の手引書として好評だった。

これに続いて東北地方強制連行真相調査団が編成された。調査団は「尾崎陞弁護士を団長に、評論家の藤島宇内氏、東京都立大の鈴木二郎教授、小池義夫、戸帳順平の両弁護士、朝鮮総連中央部社会局長の河昌玉、金海夫同局員、梁権浩在日朝鮮人科学者協会員、それに李又鳳秋田県本部委員長ら一一人で構成」(李又鳳『傷跡は消えない―朝鮮侵略と強制連行史』私家版)されていた。

調査は一九七五年七月二九日から四日間で、尾去沢《おさりざわ》鉱山、花岡鉱山、小坂鉱山、阿仁鉱山のほかに、休坑している相内鉱山の五カ所だった。この時に一日だけわたしも行ったが、朝鮮人が働いていた県内の鉱山を知らせただけで、調査には参加しなかった。

（上）調査団が撮影した廃墟になった橘寮。朝鮮人連行者を収容した。
（下左）同じく調査団が入ったころの橘寮。
（下右）荒れ果てた橘寮。冬もストーブを使わせてもらえなかったという。

（上）黒鉱を選鉱の際に出る廃滓（はいさい）を貯水した滝の沢第二ダム。中国人連行者の中山寮はこの底に沈んでいる。廃滓はパイプで能代市浅内海岸に運ばれた。いまは埋め立てられている。
（中）写真には「調査団の頃」と書かれていた。調査団が行ったころという意味だろうか。
（下）調査団が行ったころは鉱山の前田住宅もなくなり、その跡地を畑にしていたらしい。

（上）北海道紋別市の鴻之舞鉱山。今も厳重に守られている（著者撮影）。
（中）写真には「戦後小学校になった寮の跡」と書かれていた。調べたが、学校名は分からなかった。
（下）写真には「調査団の頃」とある。花岡に行って関係者に聞くと「堂屋敷坑跡ではないか」と言われた。

この写真には「坑内」と書かれている。

◆戦後の隠匿工作を指摘

調査団は一九七五年八月二日に大館市で記者会見し、尾崎団長が「⑴戦後これらの鉱山で働いた中国人問題がクローズアップされた反面、朝鮮人問題は県や地元、それに会社などの手で隠匿工作が行われたようだ、⑵花岡鉱業所では一九四四（昭和一九）年の落盤で朝鮮人一一人を含む二二人が生き埋めになったままなので、早急に遺体を収容するよう会社に申し入れたい」と発表して調査を終えた。

このあと、調査団が東北の各県で調査をしたのかどうかは不明である。また、この調査のまとめは公表されていない。ただ、調査団に同行取材した朝日新聞秋田支局の記者が、八月八日から五回にわたり「歴史の空白」と題して地方版に連載したので、おおよその内容はわかるものの、朝鮮問題の専門家たちの聞き取りをぜひ欲しいと長年思っていた。その資料を今回入手できたのである。

花岡鉱山の中国人は、遺骨の発掘、遺骨の送還などと話題も多く、慰霊式などもやられている。だが、朝鮮人の場合は、県内に連行された人数さえ不明である。また、実態調査をしようという機運もなかっただけに、東北地方朝鮮人強制連行真相調査団の調査は短期間だったが、県内に与えた影響は大きかった。

◆戦況悪化が色濃く影響

今回の新しい資料で、花岡鉱山に連行された朝鮮人の実態に触れてみる。

資源の少ない日本の戦時経済は、南から輸送船で日本に資源を運び、それで武器や軍艦などをつくって戦うことになった。だが、ミッドウェー海戦での惨敗後は輸送船を敵の攻撃から守れなくなり、日本に資源が届かなくなった。政府は国内の鉱山に「掘れるだけ掘れ、勝つまでは」と増産の指令を出し、国内産の資源で戦争を続けようとした。

花岡鉱山は新鉱脈の開発もできず、経営状態は悪化していた。そこで、一九四二年に国策会社の帝国鉱発が資本参加し、のちに現役の海軍中将が常務として入社、経営は「国＝軍」が握るようになった。鉱山にはさらに増産が要求されたが労働力が不足し、徴用者や勤労学徒のほかに、朝鮮人を連行することにした。

強制連行の朝鮮人が来る前にも、朝鮮人が花岡鉱山で働いていた。東京都立大の鈴木二郎教授が、その一人の李南容から聞き書きを取っている。李は朝鮮にいても仕事がないので、妻や子を連れて日本に来た。各地を点々と移り住んだあと、一九四二年三月二九日に花岡鉱山に来た。桜場飯場に入り、削岩夫として二交替制の八時間労働で、日本人と同じ配給を受けた。当時、畠沢恭一（元県議会議員）が労務課長で、「朝鮮人はわたしの他にいなかった」という。

◆「第一～五橘寮」に収容

日中戦争（一九三七年）が始まった翌年に「国家総動員法」が公布され、さらにその翌年に「労務動員計画」が閣議決定し、八万五〇〇〇人の朝鮮人を日本に移入することが決まった。李南容の証言では、花岡鉱山に「第一回の一〇〇人が慶尚北道から一九四二年七月七日に来て第一橘寮にはいった。三棟の平屋、浴場（他の寮には浴場がない）二から成り、二六〇～二七〇人を収容」した。これが初めての連行者である。

第一橘寮は花岡町前田の日本人長屋の裏にあり、第二橘寮は平屋四棟からなり、収容人員は約三〇〇人。第三橘寮は平屋三棟からなり、収容人員は約二三〇人。第四橘寮は観音堂にあり、収容人員は二六〇～二七〇人。第五橘寮は静養所になっていた。そこには自分で歩けない重病人を入れ、隔離していた。

「一度静養所をのぞいたことがある。七〇人ぐらいいた。常時それくらいはいたと思う。そこでの食事はカユなので、なおさら栄養がない。治療せず、死ぬのをまつ。南京袋のような作業服を着たまま死ぬ。遺骨は持って帰ったのか、花岡の寺にはない。何人そこで死んだのか分からぬが、静養所に入って元気になった人は見ていない」

このほかに玉寮もあったが、寮からあふれた人は日本人長屋に入っていたという。

◆北海道の一団、環境激変

花岡鉱山に初めての連行者が来たあとも、一～二カ月おきに一〇〇人ぐらいが連行されてくると橘寮に入った。多くは朝鮮から直接連れられてきたが、一九四三年には北海道から朝鮮人の一団が来た。

北海道北東部のオホーツクに面して紋別《もんべつ》市がある。ここには全国一の金の生産量を誇った鴻之舞鉱山があり、アジア・太平洋戦争の時には、約三〇〇〇人の朝鮮人連行者が働いていた。だが、日本が国際経済から離脱したため、決済に使う金の増産は必要でなくなった。一九四三年四月一日に政府は、金山の資材や労力を銅などを生産する鉱山に振り向けた。『北海道金鉱山史研究』（浅田政広）によると、この時に花岡鉱山には朝鮮人五二六人（うち家族一三八人）が四月六日に鴻之舞鉱山から出発している。また、選鉱製錬設備なども花岡鉱山に送っている。

この時、朝鮮人のほかに日本人の労務担当者もついて来た。鴻之舞鉱山は作業がきつく、労務管理が厳しい所であった。この日本人たちは花岡鉱山に来ると、労務管理が生ぬるいと怒り、北海道式のタコ部屋的労務管理を実施した。「朝鮮人は甘やかすと仕事をさぼる」と、地元から農民を何人か雇用し、監督を補充した。

◆空腹に耐え、寒さに震え

鴻之舞鉱山からたくさん来たため、朝鮮人が多くなったので、警察の派出所は「部長派出所」になり、部長一人と巡査三人の体制になった。こうした変化は、朝鮮人にも及んだ。

「鴻之舞の人たちが来てからは、手のひらを返すぐらいに変わった。それまでは、炊事場に行っておコゲをもらって食べたりもできたのに、近寄ることも許されなくなった。朝夕も点呼だけだったのが、朝礼をやるようになった。朝、四時半に起こされて整列させられ、帝国臣民の誓詞《せいし》の復唱や、宮城遥拝《きゅうじょうようはい》をやらされた。朝は腹が減って立っているだけでも大変なのに、冬は寒いのに三〇分ぐらい直立不動だ。意味はわからないし、態度が悪ければ殴られた」（金鐘烈の証言）という。

寮生活の環境も悪化した。「（花岡鉱山に）来た当時はストーブであったが、第一橘寮でボヤがあり、それ以後は全部の寮のストーブを取り去った。冬は零下一〇度以下になるのに、坑内の粘土でよごれた地下タビをかわかすこともできないので、凍ってしまった。翌朝、それをはくのに苦労した。飯場で寝る布団は、ぶらさげると海草のような中身が下にかたまる。布団というより、布の袋みたいだった。寒いので、抱き合って寝たが、夜中に何度も目を覚ました」（同）。

◆過酷な労働、乏しい食事

朝鮮から連行された黄彦性が鴻之舞鉱山から花岡鉱山に配置転換になったのは一九四三年四月。第三橋寮に入って坑内運搬夫をした。仕事もきつかったが、食料が少ないのが一番苦しかったという。「食事は皮をむかないじゃがいも、大豆カス、フキを干して切ったものをメシにまぜたのに塩汁だけなので、いつも空腹だった。休みの日に自由労務者たちの飯場に行き、牛や馬の内臓を買って食べた。これでなんとか生きられた」と調査カードに書かれている。

また、シラミなどが体につき、かゆくて夜中に何度も目を覚ましたという。それは第一橋寮だけに風呂があって、ほかの寮にはなかったので、「寮の風呂は混んでいるので、銭湯に行った。しかし疲れ、腹が減っているので、風呂にいく元気がなかった。体がよごれているのに、水でふく程度でやめた。冬は寒いのでそれもやらない日が続くので、シラミ、ノミ、南京虫がふえて悩まされた」という。

仕事の時間が長いうえに、空腹の日が続くので、逃げる人がよく出た。しかし、各所に詰め所があり、すぐに捕らえられた。殴られなかったが、正座をさせられた。これは朝鮮人の習慣にないので、非常に辛《つら》かった。

◆人災だった七ツ館坑落盤

七ッ館坑落盤事故（一九四四年五月二九日）のことも詳しく調査カードに書かれている。「事故は長屋から一〇〇～一五〇mの所から起き、家に居たが大きな音に驚いて出て行ったら、会社の者が縄を張っていて近寄れなかったが、水びたしであった。生き埋めになった死者は朝鮮人と日本人がそれぞれ一一人」「水没のときにたまたま横溝へ押し出された者が一人だけ救出された。閉じこめられた者たちは、支柱用の木材の上に立ったり、座ったりして救出を待った。ノドが乾いたので、小便を飲んだ」（李南容の証言）

救出された朝鮮人は花岡病院に行ったが外科医がおらず、湿布の手当てで終わりだった。証言者が骨接ぎの治療に行けとすすめたが、会社から圧力がかかって行けず、片腕が不自由になった。この人は新井在徳というが、その後どのように生きたことだろうか――。

「花岡鉱山はイモ鉱床といい、鉱脈はイモのように固まっており、それを粘土が包んでいる。乱掘すると落盤するのがあたりまえ」（黄彦性の証言）という。人道竪坑《たてこう》がなく、堂屋敷坑からの連絡坑を往復していた。坑内の伏流水が異常出水の時に、連絡坑の上の花岡川が落盤した。事故ではなく、人災であった。

◆知らなかった中国人蜂起

七ッ館坑落盤事故のことは、花岡鉱山に連行された朝鮮人は知っているのに、中国人の蜂起

（一九四五年六月三〇日夜）のことは知らない人もいた。わたしが二〇一〇年一二月に韓国ソウル市で取材した金又述さんもその一人で、「よっぽど慎重にして、知らせないようにしたんでしょうね」と言っていた。

中国人が蜂起した時に、「午後三時半に坑外に出たところ、帰宅途中の共楽館の広場に中国人が縄でじゅず繋《つな》ぎになっているのを見た。バケツの水をお椀に汲《く》んで順ぐりに飲ませられていたが、列のうしろの方で順番を待っている者が口をあけて欲しそうにすると、憲兵が殴っていた。飯は与えられていなかった」（李南容の証言）と調査カードに書かれている。

朝鮮人は花岡鉱山に延べ四、五〇〇人いたと調査カードにある。わたしが花岡鉱業所から入手した資料も同じである。旧厚生省が一九四六年に作成した名簿には、藤田組・同和花岡鉱業所二一〇八人、鹿島組一二一人、新田飯場一二〇人。これだけ多くの朝鮮人が働いていたが、死者も病人も負傷者も不明。だが、この貧しい資料の行間から、働いた人、病気になった人、死んだ人たちの語れなかった声が聞こえてこないか——。

中国黒竜江省方正県・満蒙開拓団慰霊碑撤去事件
「侵略者の一部」か「日本軍国主義の犠牲者」か

ことし（二〇一一年）の八月下旬、日本の多くの新聞が大きく紙面をさき、中国の黒竜江省方正県に建ったばかりの、日本の旧満州開拓団員の氏名を刻んだ慰霊の石碑が取り壊され、撤去されたと報じた。これに対して、一九八九年に発足した江沢民政権は反日教育を徹底的に実施したが、その「反日教育を受けた世代が世論を形成する主流となりつつあることをうかがわせたと同時に、民族感情を法律より優先する中国の一面を露呈している」（産経新聞・二〇一一年八月七日）と報じている。

長年日本の開拓問題を調べ、また「方正地区日本人公墓」のある黒竜江省方正県に行って調査をしているわたしには、こうした新聞の論調には首を横に振らざるを得ない。ここでは日本の満蒙開拓団の責任について、一言も触れていない。

＊

日本人による満蒙開拓の移民は、日露戦争後に大陸経営の問題がでると構想された。一九〇六年に南満州鉄道株式会社が創立されたが、これは軍事的な侵略であると同時に、資本の進出がはかられたものだ。そのため、初期の満蒙開拓の移民は旧満州（中国東北部）の「東北部一帯を中心として、治安維持・対北方配備の屯田兵的な入植状況で、経済的政治的なねらいに、軍事的な意味を兼ね合わせた」（『北海道戦後開拓史』北海道庁）ものだった。

しかし、満鉄が奥地へと延びるにつれて、鉄道を守るため沿線に沿う形で入植がなされていった。だが、昭和恐慌と凶作の連続で貧困に苦しむ農民の救済が急務になったのと、一九三一年の満州事変と満州国の成立で、経済政策とならんで満蒙移民政策が重視された。日本政府は二〇年間で一〇〇万戸の移住計画を立てた。敗戦までに旧満州に送り込まれた農業移民は二〇万人といわれる。

だが、移民たちが入植した土地は、現地農民たちが耕作していたのを軍が略奪し、農民を追い払ったところに入植させた。また、土地を奪われて仕事のなくなった現地農民を、移住した日本の農民たちが酷使している場合も多い。日本からの移民が多くなるほど現地農民の生活は破壊され、それが原因となって激しい抗日闘争へと発展した面もあった。しかし、このことを知っている移民は少なかった。

八六歳のいまも秋田県内に自分で開墾した畑地で暮らしている佐藤喜久治さんは、一四歳で黒竜江省に移住したものの、敗戦でソ連のハバロフスクのラーゲリ（収容所）に移送された。抑留生活は過酷な森林伐採だった。この仕事に二年半以上も従事し、ようやく生きて帰ると、標高五五〇メートルもある高原で、しかも山道よりない国有林内に入植した。佐藤さんは、「満蒙開拓は国に騙されていったようなものだ。あれは他国への侵略だった」（二〇一一年八月二日談）と語っているが、こう考える人は少ないのではないだろうか。

＊

満州への移民はさまざまな形で進められたが、大別して二つの路線があった。一つは拓務省の計画で、昭和恐慌や凶作で窮乏する農民を、大陸に移住させて救済しようとした。もう一つは日中戦争とも密接に結びついた対満武装移民で、現地の関東軍が計画した。しかも、関東軍がおこなった開拓農民の多くは、ソ満国境近くの奥地に入植させられた。国境を守る兵士であると同時に、食糧を生産する農民であった。しかも、アジア・太平洋戦争の戦局が日本にとって不利になると、入植が続いている北満では抗日戦が激しくなった。それまでの抗日遊撃戦争から、正規戦争へと戦略が転換されたのだ。また、関東軍は内地からの兵士の補充がなくなったので、開拓地の四五歳以下の壮年男子はほとんど召集されはじめた。開拓地に残されたのは、老人、女性、子どもだけになり、一九四五年の春には人手不足で自分の土地も耕せなくなった。そのころから内地では、アメリカ空軍の空襲がひっきりなしに続くようになったが、開拓農民たちには知らされなかった。広島や長崎への原爆投下も、日本に引揚げて知った人が多かった。まして七月二六日に発表された「ポツダム宣言」などは、まったく知らされなかった。戦争は勝利をつづけており、ソ満国境で戦争が起きても、関東軍が守ってくれると開拓農民たちは信じていた。

日本の政府・軍は期限満了後の日ソ中立条約の破棄をソ連が通告してきていたので、交戦状態になった時の準備をしていた。関東軍は国境でソ連と戦っても勝てないと判断し、東南山岳地に陣地をつくって持久戦にもちこもうと計画を変更し、国境方面の兵士を内陸部に後退させた。それと同時に軍や満鉄関係者は、列車で家族を南下させた。何も知らないのは、開拓農民だけだった。

＊

一九四五年八月八日にソ連は日本に宣戦布告し、九日午前零時すぎからソ連国境に集結していたソ連兵は、いっせいに攻撃を開始した。戦況も知らされておらず、突然攻撃を受けた国境近くの開拓農民はもっとも悲惨であった。壮年男子のほとんどを兵士に取られているほか、頼みの関東軍からは見捨てられたなかで、婦女子や年寄りだけで着の身着のままで逃避行に入った。しかも、「サイパン島や沖縄の場合と同様に、軍はみずからが持久戦で生き残ることだけを考え、一般民衆の保護をまったくおこなわなかった。すべての輸送機関は軍の移動に最優先的に使用され、居住民は侵入するソ連と、日本の侵略に対する反感から蜂起した中国民衆の前に放棄」（歴史学研究会編『太平洋戦争史・5』青木書店）された。

旧満州時代の方正地区は自然条件が厳しい地域

で、霧霜期間は一二〇日くらいと短く、厳冬期には土地が一メートル以上も凍り、作物が実る七～八月は旱魃《かんばつ》や洪水に襲われる年が多かった。そのため日本の開拓団が入ったのも遅く、一九四三～四四年ごろに主に九州や沖縄から約一、三〇〇人が、三カ所に入植した。営農も安定しない食料不足の方正地区に、ソ連兵に攻撃された日本の開拓者たちが山や原野や川を越えて避難してきた。方正県に逃げ込んだ開拓者は約一万五〇〇〇人といわれている。

難民収容所に小学校や大きな倉庫などをあてたがそれでも足りず、日本人の子どもは中国人に貰われたり、買われたり、預けられたりした。秋になっても住む場所も食料もない女性たちは、生きのびるために中国人とかなりの人が一緒になった。引き取られたものの田畑をもっている人は少なく、大半が労働者で貧しい家だった。こうして残留孤児や残留婦人となったのは、約四〇〇〇人といわれている。また この年に病気や飢えて方正県内で死亡したのは五〇〇〇人だという。

だが、日本の軍や開拓農民に土地を奪われたり、家族が犠牲になった中国人の家もあったが、子どもや女性にはやさしかった。中国の農村も貧しい時代だったので、また人が増えると生活が苦しくなるのは分かっていながら家に入れたのだ。のちに方正県に行ったときに残留婦人から直接聞いたのだが、結婚した中国人との間に子どもが生まれたものの、生活が苦しいので子どもを背負いながら働き、ようやく生活する毎日だった。

一九五八年に最後の引揚げ船が出ると知らされた時、両親のいる日本へ帰りたいという思いはどの人も強かった。「でもね、あの苦しいときにわが子と同じように食べさせてくれた養父母の恩を、忘れることができなかった」ので残ったという。このとき、子どもを中国に残して帰国した人もいる。

＊

一九四六年の春になると、方正県の耕地や野原一面に死体や白骨が散在していた。日本の開拓農民たちの遺骨であることは知っていた。白骨を集めて捨てないと、田畑を耕作できなかった。近くに雑木林の小高い丘があった。腐乱死体や白骨はそこに集めて捨てられた。中国では内戦がつづき、自分たちの生活を守ることに必死で、白骨を土饅頭をつくって埋葬する余裕はなかった。

一九六〇年ごろから中国北部は冷害に襲われ、深刻な食料不足となった。政府は種子はいくらでもやるので、どこを耕してもよいという指令を出した。その時、以前に遺骨を集めた雑木林の小高い丘も耕されたが、白骨の山だった。敗戦のときに死亡した日本の開拓農民たちの遺骨であることを、方正県の中国人たちも残留婦人たちもよく知っていた。残留婦人の中には肉親を亡くした人もいたので、その中に肉親の遺骨があるかもしれない人もいた。

残留婦人たちは方正県政府に、せめて木の墓でもいいから建てさせてほしいと要望した。人民政府は「この人たちも日本軍国主義の犠牲者である」と、黒竜江省とも相談した。そして国交正常化前の一九六三年に故周恩来首相の計らいで、中国政府による唯一の「方正地区日本人公墓」という墓碑と納骨庫が建てられた。日本軍の犠牲になった同胞の遺骨はまだ各地に散在し、中国の経済事情も苦しいときに……。日本がこのことを知ったのは、方正県の残留婦人が出した手紙からだった。

この地方で肉親を亡くしたり、黒竜江省で営農した体験をもっている人たちは相次いで墓参の申請をした。だが、佐藤内閣が露骨に反中国政策をとっていた時代でもあり、許可にならなかった。一九七二年の国交回復、一九七八年の日中平和友好条約締結とつづいたが、日本人の公墓の墓参は許されなかった。しかし、一九八四年に中国人民対外友好協会黒竜江省分会から初の墓参の公式招待が届き、方正地区日本人公墓掃墓団が編成されて中国に行ったが、わたしもその一人に加えてもらった。

中国に１ヵ所よりない「方正地区日本人公募」（1984 年撮影）

日本人公墓は方正県政府招待所から約七キロ離れた小高い丘にあった。丘一帯にはポプラや松などが植えられ、中日友好園林と呼ばれていた。公墓は高さ約三・五メートルの白花崗岩で、そのうしろに直径約五メートルの円形のコンクリートの納骨庫があった。わたしたちは墓前に日本から持ってきた日本酒、線香、ローソクなどを供え、「黙祷」をした。

夕食のあと、接待所の近くに住む九人の日本婦人が集まった。少女時代に両親と大陸に渡り、ソ連の参戦で方正に逃げ、難民収容所や中国人の家庭に預けられて生きのびた人たちだった。のちに中国人と結婚したが、方正県に残留する約三〇〇人の日本人はほぼ同じような運命を辿った人たちだ。

長い辛酸の日々のあと、いまはその労苦がむくいられ、年金を受け、孫の子守りをする生活をおくっている。九人のうち八人は一度は里帰りをしていたが、一人は兄弟が身元引受人にならないので、里帰りできずにいる。彼女たちの楽しみは、数ヵ月に一回集まって日本の簡単な料理を作って食べ、話をしたあと小学唱歌を歌うことだという。

＊

その後、方正県の日本人公墓とは縁がなくなっていたが、二〇〇九年に日本政府が日本人公墓の維持管理費の支援をはじめたという話が伝わってきた。これまでは方正県が年間約二〇万元（約二六〇万円）の管理費を全額負担していた。管理費のほか、墓参りに訪れる日本人遺族たちのため、約七〇〇〇万元を支出して道路の舗装などをしてきた。しかし財政は厳しく、日本政府に支援を要請したところ、一〇月から四半期ごとに八、七五〇元が支払われることになったという。方正県は故周恩来の承認を得て、日本開拓民の埋葬や墓石を建立し、これまで管理してきたことを考えると、日本政府が支援するのはいいことだ。日本政府もたまにはいいことをする、とわたしは嬉しかった。

それから二年目のことしの八月、旧満蒙開拓団の慰霊碑撤去問題が起きた。方正県政府は「中華民族の人道主義の心を感じ、歴史の教訓をくみ取ってもらう」日中友好を目的に、中国外務省などの承認を受け、七〇万元（約八四〇万円）で七月二五日までに、中国残留日本人孤児の養父母の慰霊碑と、長野・埼玉・山口など各県出身の旧満蒙開拓団員の死亡者約二五〇人の氏名を刻んだ慰霊碑が「日本人公墓」のそばに建てられた。ところが八月五日から六日早朝の間に、開拓団員の慰霊碑だけが撤去された。碑をハンマーで砕いた一人は、「開拓団も日本の侵略者の一部、記念すべきではない」という批判を言っていたという。

現在、新聞報道の一部にしか接していないのでこれ以上の詳しいことはわからないが、「満蒙開拓団員も中国侵略の一翼を担った」という指摘は正しい。江沢民政権で反日教育を受けた「過激行動をとる人」（産経新聞・二〇一一年八月七日）たちではなく、むしろ現在の日本に対する警笛と見た方が正しくはないだろうか。

　中日戦争からアジア・太平洋戦争にかけて、日本軍の手で中国の南から北部に強制連行され、鉱山などで重労働をさせられた中国人は約一千万人ともいわれている。中国社会科学院によるとその調査もほぼ終わり、いま資料の印刷に入っているというから、わたしたちの手に届くのもそれほど遠いことではない。また、中国人強制連行などでも、日本政府は責任をとっていない。さらに満蒙開拓者たちの碑は日本の各地に建てられているが、その行動を「侵略」と刻んで反省しているのは一基も見ていない。

　なお、八月三一日に就任した野田佳彦首相は、A級戦犯は戦争犯罪人ではないという見解をとっている。野田首相は、年内に訪中するとも伝わっているが、こうした動きのある中国で、なんと発言するのだろうか。

大陸の花嫁　長谷山アイさんと、いわさきちひろ

二〇一一年に「秋田魁新報」の文化欄に連載した「続々県内戦争の記憶を訪ねて」に、手紙や電話などを一〇〇人近くの読者からいただいた。そのうち六人が満蒙開拓に行き、無事に帰った人たちからで、どの人も八五歳をこしている。主な内容は、「わたしたちの苦労は忘れられたと思っていたが、よく書いてくれた」というものだった。日本の敗戦で満蒙開拓（現中国東北部）で耕やしていた田畑や肉親を失い、体一つになって引揚げて来た。国内でまた開拓の仕事をして難儀をした人が多い。人生の晩年を迎えたいま、ようやく安堵した生活をしている人たちからの便りだった。連載のなかで三回、開拓団の鎮魂碑のことを書いている。

満蒙開拓のことを調べているわたしは、これまでも沢山の開拓者から聞き書きをとっている。今回感想を寄せてくれた人たちの思いにも強く引かれたので、正月すぎから時間を見つけては訪ねて行き、話を聞いている。一月初旬には旧八沢木《やさわぎ》村（横手市大森町）の長谷山アイさんを訪ねた。昼でも夕方のように暗くなるほど、雪の降る日であった。

アイさんは一九二四年一一月四日に、旧八沢木村中坊に生まれた。父は大工で、そのほかに沢田

が少しと、畑もほんの少し持っていた。アイさんの上に二人の男の子がいたが、早く亡くなった。八歳下に弟がいた。昔の農家の子どもは小学校に入るともう田畑や、家の手伝いをしたものだ。高等科を終わると、毎日田畑や山の仕事を、朝から晩までドロまみれになって働いた。それでも食べれない日があったので、小遣いは貰ったことがない。家では二〇ワットの裸電球が一つだった。

「こんな生活はイヤだ。何とか逃げだしたい」

とアイさんはいつも思っていた。

二〇歳になった春に、満州（中国東北部）で大陸の花嫁を募集しているという話を聞いた。当時、内地から沢山の満蒙開拓青少年義勇軍が満州に送られて訓練を受けていた。この人たちが訓練を終って開拓団に入る時は、配偶者を必要とした。その人たちを満州開拓女子訓練生とよび、満州の訓練所で「青年義勇隊の若き拓士の配偶者」として、「現地に即応するための心身の鍛練と、理想農家の建設に挺身する婦人」（「満州開拓女子訓練生募集要綱」）を養成することになったのだ。

角間《かくま》川に行って生徒募集の説明会を聞いたアイさんは、満州に行こうと覚悟を決めた。

「お国のために行く」と近所の人たちには言ったが、「働いても食べれない村から逃げて、満州で新しい生活を築こう」と考えたのだった。しかし、知らない土地へ一人で行くのは心細いので、同じ集落に同級生がいたので誘うと行くというので、二人で大陸に渡る準備をした。

一九四四年五月に同級生と村を出た。東北出身者約四〇人は新潟から船に乗り、大陸に渡った。

1944年5月、入植前に新京の忠霊塔前で撮影した写真。左の拡大写真で前列左の後ろに立ち、少し顔が隠れて映っている人がいわさきちひろではないかという。

関東の人たちは東京で一緒になり、日本青年館で壮行会をあげて大陸に渡り、新京で一緒になった時は五〇人ほどになっていた。忠霊塔の前で写真を撮影した。それが一枚残っているのは、アイさんが秋田の実家に送ったからだ。

「この写真の右側から五人目に、白い襟のシャツを着た人の左側にいるのが、いわさきちひろなんです。東京から来た人たちと東京で一緒になったとき、かなり大きいキャンバスを持った人がいるので、わたしらは大陸の花嫁になるために来たのに、この人は絵を描くに来たのだべか。おかしな人が来たものだ」

とアイさんは思ったという。

＊

いわさきちひろは一九一八年に、三人姉妹の長女として生まれた。小さい時から絵を描くのが好きだったという。母の文江が教師をしていた東京府立第六高等女学校を（現三田高校）を卒業すると、岡田三郎助に師事してデッサンや油絵の勉強をはじめた。二〇歳のとき、東京拓殖銀行大連支店に勤める人を婿養子に迎えて結婚したちひろは大連に渡った。しかし、夫の愛を拒んだため夫に自殺され、遺骨を胸に内地に帰った。その後ちひろは書や油絵を学びながら暮らしているうちに、アジア・太平洋戦争が敗戦になる一年前の春、満州に行く女子開拓団と一緒に行き、現地で書や裁縫を教えないかという話がでた。文江は教師をやめて大日本連合女子青年団の主事になり、大陸に花嫁を送る仕事をしていた。日本は戦局も不利になり、食料も不足するようになっていたので、関東軍の守る満州が安全だと考えた。開拓団の近くに陸軍病院があり、事務員として妹の世史子とその親友二人も行くことになった。

また、書道を教えている人の親戚の森岡大佐は、勃利《ぼつり》に駐屯する戦車隊の部隊長であり、熊井竹代訓練所長は仕事を通して文江と親しかった。心配することもなく、ちひろは勃利に行く開拓団員の一員として、知人や友人の振る日の丸の小旗に送られて旅立った。

だが、勃利開拓女子訓練所に着くと、ちひろが考えていた夢は潰れたことだろう。アイさんが語るように、訓練所に行ったものの食料がなく、近くの開拓団や陸軍病院をまわり、もらって食べた。白飯はなく、大豆とかイモの入ったご飯が多かったという。おかずは大根漬けとか野菜の浮かんだ味噌汁が多く、肉とか魚はたまにより出なかった。

娘たちが五〇人もいるのに、五ェ門風呂が一つだけだったから、あまり風呂には入れなかった。アイさんたちは大きな建物に入ったが、一つに五〇人は入りきれないので、一〇人ばかりべつの建物に移ったが、ドアもちゃんと締まるようになっていなかった。

ある晩、泥棒に入られて三人ほどが作業服などを盗まれた。盗まれた人は皆から少しずつ分けてもらってやっと着た。馬車で盗みに来たのを、日本の警察はぜんぜん気がつかなかったのだ。次の日に警官がまわって来ると、「作業服を盗まれた人は、俺が嫁にもらってやるから名前を言え」と言うので、あの時は本当に腹が立ったとアイさんはいう。

しかも行った時は、掘っただけの井戸が一本あるだけで、それも凍っていて使えなかった。毎日使う水も、近くの開拓団へもらいに行った。内地の説明会で聞いた話とはまるで違うので、アイさんたちも大変であった。この時はちひろも一緒だったから、都会育ちの人には大変だったろう。おそらく耐えられない日々だったのはないだろうかと、アイさんは思ったそうだ。

熊井所長は偉い人だとは聞いて行ったが、そうでないところもあった。アイさんの言うには、「わたしたちは開拓団に行ったんですが、熊井所長は巡査の所へ一緒に行った人を嫁にやったり、義勇軍訓練所の先になっている人へ訓練所の人を嫁にやったりしているので、どうなっているのだろう」と思ったそうだ。また、自分の気にいらない人は、他の開拓団へやったりしたが、そんなこともちひろは見ていたはずだ。

ちひろが開拓団にどれだけの間いたのかは、わかっていない。ちひろが毎日の生活が苦しくなって森岡大佐のところに駆け込んだのか、ちひろのことを心配して見に来た森岡大佐が、ちひろが置かれている状態が悪いので引き取ったのかはわかっていない。

訓練所に入所してから八〜九日たった朝だった。熊井所長は毎朝のように全員を集めると、長々と訓辞をする人であった。その朝も台に上がると、いつもと違って全身で怒るように、

「ちひろを部隊長が連れて行ったというので行くと、髪を洗ったちひろが部隊長とさし向かえで朝食を食べているではないか。けしからん」

と何度も叫んだ。

アイさんたちはそれまで、ちひろのことは何んにも知らなかった。熊井所長の訓辞を聞いても、なんで怒っているのかわからなかった。その後ちひろは、訓練所には来なかった。あとで聞いた話だが、ちひろは部隊長の営舎にいたようだが、その部隊長が南方へ行くことになり、妹たちと一緒に東京へ帰した。その部隊長は南方で戦死したという。

ちひろが勃利にいたのは、約三ヵ月くらいだった。

アイさんたちは開拓団訓練所で農業の勉強をしたり、仕事を習ったりすることになっていた。しかし、訓練所には食料がないので、あっちの開拓団に二人、こっちの開拓団に三人と強制的に割り当てられて行った。開拓団に行っても決まった仕事がないため、開拓団でも困っていた。牛乳配

達などもやった。陸軍病院にも行き、負傷兵の体温を測ったりもした。アイさんたちが行ったころから、医者も看護婦たちもどんどん南方に行くので、病院には患者がいても世話をする人が不足なので、アイさんたちも病院によく行った。それにしても、食べる物も支度できないのに、娘たちを五〇人くらいもまとめて連れて行ったのだから、ひどいものだと思った。

そして一一月三日に、集団結婚をすることになった。開拓団で一回か二回くらい合った人もいたし、見たこともない人と決められた人もいた。もしそれを拒否すると、「憲兵をつけて秋田に返すが、その後はどうなるかわからないからね」と所長に脅された。それでも結婚するのはイヤだという人がでて、一人の女は頭がおかしくなって内地に帰された。もう一人の女も所長が決めた人とは結婚しないと言い張り、家からカネを送らせて帰った。イヤだが所長に強く言えず、結婚したのも何人かいた。アイさんの結婚相手になったのは同じ秋田県の醍醐村出身の畠山吉男という人で、アイさんより一歳上の二二歳だった。義勇軍として行った人だった。「いい人でしたので助かりました」とアイさんは言っていた。

集団結婚式の時に着る花嫁衣裳は、それぞれ自分たちでつくった。カーキ色の生地一反（約一二メートル）を渡されたので、自分で裁断し、ズボンと上着を縫った。胸にはこれも自分でつくった造花をつけた。

結婚式は勃利県の神社の境内で開かれた。新郎新婦が三〇人ずつ、テーブルを挟んで向かい合った。白装束に身を包んだ宮司が御幣《ごへい》を振って祈祷し、子どもが酒をついだ。男女が杯を交わすと、結婚式は終わった。

アイさんたちはそれから虎山開拓団（黒竜江省牡丹江市）に行った。勃利から虎山の間は汽車が走っていた。虎山駅から三キロばかり行った所に開拓団があった。麦を少し刈ったり、ジャガイモを少し植えたりすると冬になった。雪は積らないが、寒い所だった。

翌年（一九四五年）になっても召集はなかったが、五月ころになると次々と開拓団の人たちに召集がきて、幼児と女だけになった。アイさんの夫にも召集が来た。約六カ月一緒に暮らしただけだった。一人になったが、それでもジャガイモを植えたりした。

この年にも勃利開拓女子訓練所は花嫁を募集した。新京まで来たものの、勃利に行けないでそこにいた。運よく熊井所長と一緒になり、所長は「嫁にけねばダメだ」って走りまわっていたという。敗戦になって開拓団がなくなっても、そうやっていたと後で聞いた。

八月一二日の昼近く、関東軍のトラックが開拓地を通りかかり、「ソ連軍がすぐそこまで来ている。一時間待つから早く支度して来るように」と言われた。身の回りの物だけを持って乗った。近くの林口の町は火の海だった。トラックは途中でガソリンがなくなり、兵士たちと一緒に野山を歩き、胸までつかる川を渡って逃げた。ほとんどが女と子どもで、食べ物がなくなると母親の乳が出ないので、子どもは餓死した。

逃げて歩いた二四日にソ連軍に投降し、日本の敗戦を知った。日本の戦車は耕耘機くらいよりなかったが、ソ連軍は一〇倍もある大きい戦車に男や女が三人も乗り、ダクダクダクと走っていた。投降すると関東軍の兵舎に入れられた。それから新京に行き、ハルピンに行く汽車に乗る時は寒くなっていたので焚火をすると、何万という虫が飛んできた。奉天で冬を越し、春に女と子どもが早く帰ることになった。アイさんたちもその団体に入り、コロ島から船に乗って舞鶴に着いた。秋田に来たのは五月で、田んぼで稲が青々と育っていた。

家に帰ってまた百姓をやったが、父が四九歳で亡くなり、その後に爺さんが亡くなった。その後で家を継ぐアイさんと弟の間で遺産相続の問題が起きた。昔は家を継ぐ人が財産を持って家が潰れないようにした。新しい法律では田んぼから屋敷まで二つに分けるので、一軒分の財産はわずかになり、生活は苦しくなった。弟は分家になった。

満州で一緒になった人はどうなったのか、三年たっても帰らなかった。アイさんがいた虎山開拓団にいた人が弁天村（現・湯沢市）に帰っていた。アイさんと付き合っているうちに婿に入ってもいいということになり、一緒になった。夏は少しばかりある田んぼを耕したり、近くに働き口があれば働きに行った。冬になるとこのあたりの人はみんな出稼ぎに行った。アイさんの夫も日野自動車に行ったが、出稼ぎの給料はよかった。

還暦が過ぎたころから、いくらか生活も落ち着いた。皆で連絡を取り合って勃利会をつくり、いちばん最初は東京の九段会館に集まった。それからは場所をかえて年一回集まっては、あの当時の話をした。そのときに、ちひろの話がでた。しかし、ちひろはもう亡くなっていた。

「ちひろさん元気だったら、いちど勃利会に呼びたかった」

と、皆で話して残念に思った。

アイさんはちひろのことが忘れられないので、「ちひろの絵を一枚分けて下さい」と手紙を出したところ、ちひろ美術館の人たちが画集を持って家まで来た。あまり立派なものなので町の図書館に寄付した。「いまでもあると思うね」と、アイさんは言っていた。

記録と小説　戦後開拓の証を求めて

対談録❷

熊谷達也　一九五八年生。宮城県仙台市出身。一九九七年「ウエンカムイの爪」で作家デビュー。二〇〇四年『邂逅の森』は山本周五郎賞と直木賞のダブル受賞。『荒蝦夷』や『迎え火の山』など東北地方や北海道の民俗・文化・風土に根ざした作風で知られる。（ウィキペディアより抜粋）

「光降る丘」との出会い

熊谷　僕は『家の光』（家の光協会）に宮城県栗原市栗駒沼倉《くりこまぬまくら》の耕英《こうえい》地区をモデルとした小説「光降る丘」を連載しています（二〇一二年四月号まで）。

平成二〇（二〇〇八）年六月一四日の岩手・宮城内陸地震で大変な被害を受けた集落で、戦後の開拓地です。昭和二二（一九四七）年から原生林を一本一本倒し、草を刈り払って家を建て、荒れ地を耕地に変えて、文字どおり生活を切り開いてきた。それが地震でめちゃくちゃになった。ここはどんな人たちがどう作り上げ、その人たちはいかにして生きてきたのか――。平成二〇年一一月に初めて現地に足を運んで以来、月一回ほどのペースで通ってお話を聞いています。約四〇世帯あって、開墾の鍬《くわ》を入れた開拓一世が一五人ほど健在ですが、みな八〇歳以上。その体験談を聞くほどに、戦後開拓とは何だったのかという思いが深まりました。調べる中でまず出会ったのが野添憲治さんの『開拓農民の記録』（ＮＨＫブックス）です。約四〇年前に全国の開拓地に足を運んだ野添さんが見聞きしたことは、おそらく耕英の歩みとも重なるでしょう。ぜひじっくりお話を伺いたいと思っていたんです。

野添　戦後開拓の歴史はもう忘れ去られようとしています。それを小説の題材にすると聞いて、最初たく縁がないだけに、逆に興味をそそられました。

野添　敗戦になると戦災に遭った人たちが故郷に帰ってくる、兵隊や軍属が帰還する、さらに旧満州やサハリン、朝鮮半島からの引揚げ者もいて人口が急増しました。その受け入れと食糧増産のため、農林省は昭和二〇（一九四五）年一一月に緊急開拓事業実施要綱を策定して開拓事業を進めたわけです。そして昭和四九（一九七四）年には開拓行政に終止符が打たれて、開拓は一般農政に組み入れられた。全国どこでも開拓地の条件は悪くて、政策が無計画に進められたから、開拓民は言葉に言い尽くせない苦労をしたんですよ。

私が全国の開拓地を歩いて聞き書きしたのは開拓行政が終結に向かう昭和四五（一九七〇）年から。そこにNHKブックスから執筆の依頼があったので、「ぜひ開拓をテーマに」と希望した。それが『開拓農民の記録』です。昭和五一（一九七六）年、文筆に専念して初めて出た本だから思い出深いですね。じつは非常にびっくりしましたよ。えっ、何で今って、私が聞きたいくらいです。

熊谷　地震から間もないころ、どんな小説を連載するかという打ち合わせの席で、『家の光』の担当編集者が、「被災した耕英という集落は戦後の開拓地なんです」と教えてくれました。「栗駒山の中腹で冬は雪深いし、開墾に非常に苦労したけれど、高原イチゴの栽培で成功しました」と。この雑誌は農家を対象としていますから、農業という観点から耕英のことをよく知っていたんですね。僕は被災した栗原の隣、登米《とめ》市で育ちました。登山やバイクツーリングで栗駒山は身近な存在でしたし、レストハウスのある「いわかがみ平」の下の方に集落があるのも知っていた。でも、そこが開拓地だとは知りませんでした。僕の実家の辺りは田園地帯だから、農家と言えば先祖代々の土地を守って米を作ってきた人たちというイメージしかない。比喩的に「開拓」という言葉を使うことはあっても、実体験としてはまっす。北海道から九州まで集中的に取材したのは昭和五〇（一九七五）年後半ですが、それ以前の取材地も含めると五〇カ所ほど訪ねています。東北は近いからいつでも行けると思って、地元の秋田以外はあまり足を運ばなかったんだな。でも宮城県の耕英といったら、入植地の条件が特別過酷だとしてよく知られた存在でしたよ。

熊谷　すぐそばに高山植物の宝庫があるほど標高が高くて、冬は雪が二メートル以上積もりますからね。集落の歴史については昭和六〇（一九八五）年に地元の人たちが作ったガリ版刷りの冊子『風雪とともに』があるだけで、まとまった資料はありません。今、耕英には開拓二世が五〇代なかばを中心に一〇人ほど、さらにその下、三〇歳前後の三世の若者が四人います。一世の方たちが高齢になってきたこともあって、今のうちに集落の歴史を活字として残しておきたいと切実に考えていたようです。だからみなさん喜んでお話をしてくださいました。

野添　このところ私は、昭和四〇年代に調査した開拓地を再度訪れているんです。九割ほどが廃村になっていますね。跡地は植林してあればいいほうで、たいていは荒れ放題。家や田んぼの痕跡、畑の畝《うね》は見えるものの、雑木やカヤが生い茂っています。今度、サハリンへ行って戦前の日本人入植地跡を訪ねる予定でいます（※「サハリンの晩秋」参照）。

熊谷　野添さんはなぜそれほど開拓地に関心を持たれたのですか。

野添　ちょっと長くなりますよ。私は昭和一〇（一九三五）年に秋田の県北、藤琴村で生まれました。白神山地を越えたら青森という行き止まりの村の小作農でした。私の生まれた翌年、母の兄・佃由五郎一家が満蒙開拓団の一員として満州に渡りました。伯父夫婦、伯父の妹二人と両親、計六人でハルビンの東安省林口県に入植したんです。私が国民学校のころ満州の祖母が三回ほど訪ねてきましたよ。自分たちの生活は安定して、一人日本に残してきた娘、つまり私の母のことが心配で様子を見に来たんでしょう。私はこの祖母が大好きでね。家に泊まっている間べったりくっ付いていました。しかし祖母は敗戦後、日本に引き揚げる途中で亡くなりました。帰ってきたのは伯父夫婦だけ。向こうで生まれた三人の子供も亡くした伯父たちは、私の家にいったん腰を落ち着けてから親戚の山小屋を借りて暮らし、次に院内岱《いんないだい》という開拓地に入植しました。土はあまりよくなかったが、村の中心地に近いという点ではよかった。歩いて五〇分くらいです。よく私も手伝いに行きました。

伯父たちはここで一三年間さんざん苦労した末に見切りを付けて、昭和三五(一九六〇)年に一家で南米パラグアイに移住していきました。そして伯父はその二年後に胃がんで亡くなった。満蒙開拓に行って、逃避行の末に帰ってきて、戦後開拓もうまくいかず、それで渡った南米なのにね。そんな家族の歴史が、開拓の聞き書きを始める理由のひとつです。

もうひとつ、私自身の体験もあります。私は新制中学を卒業してすぐ出稼ぎに出ました。北海道から奈良県まで一三ヵ所ほど、山奥の飯場に泊まって木を伐採する仕事です。休みの日は里に下りるんですが、たいてい一番最初にある集落は戦後の開拓地でした。飯場を建てる間、開拓農家に泊めて貰って世話になったこともあります。

熊谷　パラグアイにも取材に行かれていますね。

野添　残された伯母や従兄弟たちの暮らしぶりを知りたくて、伯父が亡くなって一四年目の昭和五一(一九七六)年に行きました。最初の入植地がどうにもならなくて、さらに奥地に入植した翌年でした。原始林の中に家だけがぽつんとあってね、風土病もあるから大変苦労していました。パラグアイには高知県幡多《はた》郡大正町の人たちが分村計画によってたくさん移住しています。分村計画というのは開拓史における特異な形態です。満蒙開拓から帰ってみると村の人口が増え過ぎて耕地が足りない。それで集団移民したわけです。でも、私が行ったころ、入植地はもう墓場みたいでした。みな土地を捨てて出て行ったんです。夢破れた高知県の開拓民。そして三回の開拓を経験して一生を開拓政策に翻弄され、どこにも受け入れられることなく死んでいった伯父。もしかしたら伯父もあと二〜三年辛抱して日本にいたら高度経済成長の恩恵を受けてもっと楽な仕事に就けたかも知れない。パラグアイに行かなくて済んだだろうにとも思いますが、まあ、それは後になっての話です。

こんな体験があったものだから、私は憤怒に燃えて、機会あれば開拓地を訪ね歩くようになりました。パラグアイに二回、ブラジルに一回、移住者の家に泊めて貰って話を聞きました。オレのうちにも来い、こっちにも泊まれとみんな声を掛けてくれるんですよ。酒飲まないと叱られるから、おおいに飲みながら話を聞きました。

熊谷　地震直後、耕英には全国から新聞社やテレビ局の人間がどっと取材に入りました。だけど、ここが戦後の開拓地だと知っても、若い記者にはまったくぴんとこないらしい。一世の方がしみじみ言っていましたよ。孫のような記者から「なぜこんな山奥を開拓したんですか」と質問されて言葉に詰まった。それに答えるには戦前の話から教えないといけない、そんな時代になったんだよな、と。

野添　なるほどねえ。遡れば開拓というのはずっと昔からあったんです。明治の初めは帰農士族のための開拓政策、次に北方警護も兼ねた屯田兵の北海道開拓、そしてブラジルへの集団移民。大正時代は北海道への移住ブーム。昭和になると凶作や恐慌の救済のため、あるいは大陸経営の目的で満蒙開拓が始まりました。一九四五年の敗戦間際には、東京から北海道へ拓北農兵隊が送り込まれました。戦災に遭って食えない人がいっぱいいたでしょう。軍部は国内決戦を決めていたから、足手まといになりそうな人たちを北海道に渡らせたんです。都庁が音頭を取って大きな新聞広告を出し、開拓民を募りました。中には青函連絡船の中で敗戦の玉音放送を聞いた人たちもいます。この開拓団をモデルにしたのが開高健の小説『ロビンソンの末裔』です。小説と同じように与えられたのは劣悪な土地で、成功した開拓地なんてありません。私も昭和四〇年代に行ってみましたが、ひどい土地でした。そして戦後は耕英のような緊急開拓が全国各地で始まったわけです。

希望の大地

熊谷　耕英の入植者には二系統あります。ひとつが宮城県南端の山間部、丸森町の旧耕野村の人たち。やはり満州への分村が実施された村です。昭和一七（一九四二）年から何度かにわたり集団で渡満して、敗戦を迎えて命からがら戻ってきた。でも耕野村には耕地が少ないために、元村長が奔走して入植適地を探したんです。もうひとつは少し遅れて入植した栗原・登米地域の農家の次男、三男たち。聞いてみると僕の実家の近くから入植した人もいます。戦後開拓の入植地はみな国有林や共有林ですね。おしなべて人里から遠く離れた、農地には適さないやせた土地です。

野添　それは農地解放の前だったから。開拓適地を選定する農地委員会の委員はほとんど地主だったので、自分の土地を開拓に提供するのを嫌がった。しかし事業は急を要する。そこで、利権が複雑でない国有林や共有林に入植させた、というのが一般的です。「光降る丘」でも、入植地は国有林のど真ん中で、木を一本倒したらやっと太陽が見えたという話がありましたね。

熊谷　一世の方たちはみな「最初はとにかく暗かった。木を一本倒すごとに空が広がった」と口を揃えます。今の耕英は大きな空が開けて栗駒山がすっきり見える。明るく爽やかな風景ですから、原生林だったころのことはなかなか想像できません。僕は入植当初に一世たちが行き来した道を案内して貰ったことがあります。駒の湯温泉に通じる孕坂《はらみ》という山道です。ちょうど紅葉の季節で天気もよかったのでハイキングとしては快適でしたけれど、毎日登り降りするにはきつい。しかも今のように整備されてはいない道を、女性でも数十キロの炭を背負って麓に通ったんです。麓の集落まで行くのにゆうに三時間は掛かったそうです。

野添　きちんと現地調査して土地を選定し、定着後の暮らしまで考えるのが当然なのに、国はその過程をおろそかにして入植を許可してしまった。電気や電話、道路が整備されるのはずっと後、昭和四〇年代に入ってからですから、開拓民は長らく苦しむことになりました。とはいえ、当時は三町歩、四町歩と土地が手に入るのは大きな喜びでした。開拓した土地は全部自分のものになったら相当いい暮らしができるという希望があったんです。

熊谷　それもよく聞きました。土地を持つなんて里にいたら無理だけど、開拓地ならできるからやって来た、と。

野添　土地のない農民が土地を手に入れる喜びは半端じゃないんです。私の家も小作でしたからよく分かります。農地解放では四反歩少々が我が家のものになりました。金を納めて手続きをしてきた翌朝、親父の姿が見えない。探しに行くと、まだ明けきらない田んぼの中にぽつんと立つ親父がいました。じっと田んぼを睨んでいるんです。おそらく嬉しくて嬉しくて朝まで眠れなかったんですよ。

熊谷　耕英では先遣隊として入った人の半分以上が、その年のうちに厳しい気候と労働に耐え切れず出て行きました。最盛期には九〇世帯以上が暮らしていましたが、常に入植する人がいる一方で、去る人もいた。入植地に留まって安定した生活を築いた人と、耐えきれずに離れていった人の分かれ目っていったい何でしょうね。

野添　うーん、何だろう。だいたい三年が節目なんですよ。最初の一～二年は労働がきつくとも何とか暮らせる。払い下げられた木で炭を焼いて売ったり、一反歩開墾するごとに補助金が出たりしますから。ところがその先が問題。伐り出した丸太を出荷する道路もない、炭を焼く木も伐り尽くした。換金作物となる野菜はなかなか採れない——。そこで離農する人が増えました。出て行った人は開拓よりもっと楽な仕事にあり付いたかも知れない。そして我慢して留まった人が苦労を重ねました。果たして我慢強いのはよいことなのか、今でも分かりません。

聞き書きに歩き始めたころはひどい暮らしの家をたくさん見ました。玄関には戸がなくて藁を編んだゴザが掛けてあるだけ。それをぐいっと開けて中へ入ると、部屋の中には窓もない。そこで火を焚くもんだから煙で目をやられちゃう。まあ、そういう暮らしでも必ず酒はある。何より、希望がありました。長い戦争で抑圧され、あるいは故郷で次男三男として鬱屈したものを抱えていた分、まったく新しい土地で新しい人生を始める大きな希望があるんです。これは強いです。熊谷さんが話を聞いた八〇代の人たちは、そんな感情を抱いた最後の世代の人たちです。

熊谷　話をしていると一世のみなさんは明るい。たくましいんです。大変な苦労を重ねて、今回の地震ではまたえらい目にあったのに、根っこには楽天的な部分があります。苦境に立ったとき落ち込んでしまうだけの人は残れなかったのでしょうね。ふたつの地域から集まっているから諍《いさか》いもあったんじゃないかと想像して男の人たちに話を振ると、いや、そんなことなかったと否定します。でもおばあちゃんたちに聞くと、昔は飲むとすぐに喧嘩が始まったんだ、でも次の日になるとケロッとしていたんだよって（笑）。

野添　開拓に限らず、生活が苦しかったり先行きがぼんやりして見えないと、男は飲んで暴れるんです。苦労に引っ張られないで、明るくしていかないと生き延びていけない。本当の苦労は人を楽天家にするのかねえ。

熊谷　激烈な体験をした人ほど開拓の厳しさに耐えられたのかなとも思います。一世の中には、一家で開拓に渡った満州で召集され、シベリア抑留を経て故郷に帰り着いてみれば家族全員が死亡していたことを知らされて、天涯孤独の身で耕英に入植した人もいます。こちらが根掘り葉掘り聞くから思い出しながら訥々と語ってくれるんだけど、普段はあまり話したことがなかったようです。三世の若者たちと飲んでいたとき、「あそこのおじいさんって戦争でこうだったんだってね」なんて話をしたら、「えっ、そうだったんですか」と驚かれてしまいました。一世同士でさえそうみたいです。『仙台学』前号ではそれぞれの聞き書きを紹介したんですが、それを読んで、「あの人がこんな苦労をしてたのか。六〇年付き合ってるけど知らなかった」って。

野添　人に喋られない体験をしている人はなんぼでもいるんです。悲惨な体験した人ほど喋らない。開拓地を歩いているころ、夜になればみんなで酒飲みになるけど、喋んない人はとにかく喋んない。ホントに話を聞きたかったら、その人が一人でいるとき酒を持って聞きに行ったもんです。そうだ、開拓地を去った人と残った人の違いという話に戻ると、はっきり言えるのは家族の存在です。入植したその年か翌年に結婚して、子供を持った人は留まって頑張ったように思います。

しかし、男は自分で開拓の道を選んだわけだけど、女の人はそうじゃないですね。たいてい「あそこの何番目がどこどこの開拓さ入って嫁欲しがっているから、お前、行かないか」ってお世話する人に言われて、どんなところかよく分からないまま嫁に来た。実際に行ってびっくりしても、実家へ戻れば親に怒られる。どこもそんなもんだと思って開拓に残ったっていう女の人、いっぱいいますよ。そうして夫婦になって一生暮らしをともにするんだから人間って面白いね。開拓村をずいぶん歩いたけども、離婚して奥さんだけが帰ったという話は一回も聞いたことないです。やっぱり女性は根が強いんですねえ。

開かれた目

熊谷　耕英も初期は他の開拓地と同じく伐採した木で炭焼きをして暮らしを立てていました。でも、次の段階がたぶんよそとは違う。残った原木を利用したナメコ栽培に成功したんです。おがくず栽培に押されて危機を迎えたものの、次は夏でも気温が低いという気候を利用したイチゴの露地栽培で生活が軌道に乗りました。昭和三八（一九六三）年ごろのことです。もちろんその他にも酪農とか鶏卵、高原ダイコンなどいろんな試行錯誤をしていますが。

野添　ナメコはいい着想でした。今は観光地になっている長野県の小海《こうみ》線野辺山《のべやま》駅の近く、日本で一番高い八ヶ岳麓の村では早くから高原野菜で成功しました。首都圏への出荷に便利な地の利もありましたけど、寒冷な気候という条件を生かした作物を見付けたのがよかった。浅間山麓では酪農に成功しました。しかし、土地の条件をうまく活用することができなかった開拓地は、木を伐り尽くしたら出稼ぎに出るしかないという流れになりましたよ。

熊谷　田んぼを作りたいと願っても、品種改良が進んでいない時代ですから無理な場合も多かったでしょう。

野添　今思えば私が会った開拓農民はみんな、最終的には米を作りたいと夢を語りました。だけど、やっと田んぼにしたところでちょうど減反政策が始まってダメになった。米に執着しないで別な作物を考えればよかったんですが。米にたどりつく前に成功した所が、最後まで残ったのです。

熊谷　開拓民の工夫や努力をくじく要因のひとつとなったのが農政のあり方ですね。政策がめまぐるしく変わるものだから開拓民は翻弄された。耕英でも県から奨励されて酪農に着手しました。補助金を利用して乳牛を買い入れたんですが、そもそも開拓道路が途中までしか来ていないから、冬になると商品である牛乳を里まで下ろせない。早々に酪農に見切りを付けました。でもそれがよかったようです。

野添　酪農でつぶれていった開拓は全国各地、非常に多いです。長崎県の西彼杵《にしそのぎ》半島にも取材に行きましたが、同じように酪農で手ひどい目にあった。政策として一律に北海道から九州まで酪農をやらせ、しかも運搬のための道路整備も、収乳車が行くような手立ても取らなかった。私の伯父も酪農で失敗しました。国の開拓事業に対する補助金はだいたい三年で打ち切られますが、三年ではものにならないですよ。逆に何かをやるたびに赤字ばかり増えて、離農せざるを得なくなる。結局は農政に振り回されて生きる希望と生活実態を失っていくというのが、開拓地が崩壊していくパターンです。個々がどんなに希望を持って意欲を見せても、最後まで補助金政策の中から抜け出すことができなかった。

熊谷　補助金の事務処理も大変だったようですね。耕英では当初、補助金が耕野村を経由して入っていたために会計が混乱していたそうです。入植者を対象とした助成金を懐に入れて姿を消す人もいたとか、いろんな話を聞きました。

野添　どんな小さな開拓地にも開拓農協がありましたが、組合長の負担たるや相当なものでした。役人が視察に来ればお世話しないといけない。煩雑な手続きや交渉ごとのために県庁の開拓課に出向かないといけない。組合長が肝心の農作業に時間を割けないのも悩ましい問題でした。どこでも県庁の近くには県内の開拓農協が出資して作った開拓会館ができて、いつでも泊まれるようになるのは後のことです。生き残った開拓地に共通するのは、自分たちの独創性で何かを生み出したことです。国の方針に沿って助成金を得ていちおうやってみるけれど、しがみ付かない。見切りを付けるなら早い方がいい。国の補助はあってしかるべきだけれど、それだけで生き延びることはできません。開拓の歴史を見れば断言できます。秋田県内にいる私の知り合いで生き延びているのは、花卉《かき》栽培をやっている人たちです。高原の花は発色がいいですよ。私の大好きなリンドウなんかすごく素敵な色になります。

熊谷　昭和四〇年代初め、耕英は豊富な水を生かしてイワナ養殖にも成功しています。熱心にあちこち聞きに行って、いろんな情報を集めて研究して、工夫してやってきました。それは今もうまくいっています。また、イチゴ栽培が軌道に乗ったのは最も高い値の付きそうな東京の大田市場に出したから、という話も印象的です。寒冷地だから他の地域とは出荷の時期がずれることを逆手に取って、大田市場で高値が付くタイミングを図って出荷した。県内への出荷に囚われなかった。地震前日も集会所に集まって、大田か仙台か、どっちに出荷するかと相談していたのだそうです。

野添　いっぱい失敗して失敗して。歩いて歩いて。開拓で成功している人たちは、どうもそういう人たちですね。

熊谷　独創性を持ったところが生き残るというのは、現代の平場の農業経営にも通じますね。だけど、創意工夫という点からすると、開拓民は稲作農家の上を行っています。一世の人たちなんて今でも常に、次のことを考えているんですよ。

開拓農協の組合長を長らく務めた鈴木共明さんという八五歳のおじいちゃんがいます。まさに耕英の生き字引です。入植当時からのできごとを詳細に記録していて、記憶力も抜群。何か質問すると「それは何年のことだ」、「つまりこういうことだ」、「これからはこうなのだ」と論理的な答えがぴしっと返ってくる。満州に出征してシベリアに抑留され、復員後に耕英にやって来た。コスモポリタン的な世界観を持っているんです。前年と同じように田植をし稲を刈り、田んぼを守ってきた稲作農家には、あまりいないタイプです。開拓民は代々稲作中心でやってきた農民とは、物事の捉え方が明らかに違いますね。

野添　秩父騒動の話を思い出しました。明治一七（一八八四）年、自由民権運動と連動して農民が武装蜂起した事件です。歴史学者の井上幸治さんや色川大吉さんが分析しているんだけど、あそこは繭《まゆ》の生産地です。繭の価格はニューヨーク相場。色川さんたちが秩父に調査に入ったとき、旧家の蔵の中から英字新聞がたくさん出てきたそうです。山村で繭を作りながらも目はニューヨークを向いていた、それが事件の基本的要因なのではないか、と。運動は騒動で終わりましたが、根底には時代の先を見る目があったんですね。いつの時代も少し先を見る、開かれた目は大切です。それは守りの態勢でいては出てきません。

農村の行方を示唆する

熊谷　耕英でも他の開拓地同様、出稼ぎに頼っていた時期がしばらくありました。そんなときイチゴ栽培によって、出稼ぎ生活から脱出できたんです。イチゴがうまくいかなかったらそのまま出稼ぎが続いていたかも知れません。

野添　夫が出稼ぎに行っている開拓地では四～五年は奥さんが頑張って畑を耕すけど、一〇年にもなれば土がどんどんダメになって、奥さん一人で手に負えなくなります。ましてや専業出稼ぎとなれば盆と正月、お祭りくらいにしか帰らないから、換金作物を作れなくなる。出稼ぎにのめり込んでしまうと開拓地を離れていく、という図式です。

熊谷　耕英では生活サイクルも独特です。雪が多くて冬は何も作れなくなるうえ、子供を学校に通わせるためもあって、約三分の一の人が山の麓に家を建てています。一一月なかばに山の家を雪囲いしたら麓の家に降りて、ゴールデンウィークごろ山に戻る。山と里を行き来する暮らしです。

野添　たいてい開拓民は子供が学校に入ったときに人生設計が狂うんですよ。道路は悪い、学校は遠い。親が送り迎えするのも大変だからと、教育環境を考えるがゆえに離農する人もずいぶんいました。自分が苦労しているから子供だけは学校に入れてやりたいという親心でしょう。今ならば里の親戚の家に下宿させるとか、楽に通学できるところに家を建てて、ばあちゃんや嫁さんが付いていくとかしているところもありますが、私が聞き書きに歩いたころはまだそうやっている人はいませんでした。

熊谷　開拓途上で離農していくというケースもまた、現代の農村地帯が過疎化で後継者不足に悩んでいる事情を先取りしていますね。僕の地元でも後継者がいなくて、人に頼んで田んぼをやっている農家がたくさんあります。土というものは自分で耕さないとどんどん質が変わって、穫れるお米の味も落ちるみたいです。

野添　それは当然です。すでに昭和三〇年代の開拓地では、一種の過疎化現象が起きていました。昭和三五（一九六〇）年に農業基本法ができて、三六（一九六一）年から高度経済成長が始まります。そして秋田県の場合は昭和二九（一九五四）年から集団就職列車が走るんですよ。集団就職の列車がなくなったのは昭和五〇（一九七五）年ごろでしたか。その間、農村や山村から中卒の「金の卵」を大量に運びました。

能代の集団就職について調べたら、最初に集団就職で首都圏に出たのは開拓地の子供たちでした。それから対象が純農村の子供たちに移って、人口がどんどん都市に吸い上げられて過疎に拍車が掛かりました。日本の農政、そして地域がダメになる過程を、開拓地は一五年から二〇年先取りして示してきたということでしょう。しかし、目の肥えている人に、それが見通せなかったのだろうかね。

「オレのことを書き残してくれ」

野添　ブラジルでドイツ人の開拓地を取材したときは面白かったです。彼らはもう祖国には帰らないと決意して渡ってくるから何でも持ってくる。パラグアイでは珍しいスグリの木がたくさんある家があったので、どこから持ってきたのと聞けば「故郷からだ」と言う。それで毎年いっぱいジャムを作ったりしているんです。ところが日本の移住者は、一旗上げて帰るという思考の人がほとんどです。私の伯父もパラグアイへ出発するとき、村長に言ったセリフが「一〇年したら息子たちを一人前にして大金持ちになって、息子の嫁を貰いに帰ってくる」でした。

開墾の仕方もドイツ人と日本人では違います。日本人は二〇とか三〇ヘクタールという広大な土地を買うとまず道路脇の木を切って家を建てて、畑にして金になるものを作る。一方、ドイツ人は土地を買ったら、半年か一年掛けて原生林の中を歩いて調べるんだそうです。どこに家を建てたらいいか、どこに道路を通すか、どこに水があるか。暮らしぶりもそのとおり堅実で、ジャムや豚肉の塩漬けなどを大量に作って地に掘った木の蔵に保存しておく。早く金になる木を植えようとして失敗し、肉屋から肉を買って食べる日本人と対照的です。

熊谷　故郷に錦を飾るという言葉がありますが、ふるさとが気になってしようがないのが日本人の特徴なんですね。

野添　日本の童謡はみんな故郷を恋《こ》う歌だもの。だけど、土地に対する愛着とか思い入れって何なんだろうね。私は自分の生まれ育った村を二八歳で離れました。貧乏だったので、いじめられたり蔑《さげす》まれたりした思い出ばっかりです。山や川を見れば子供時代のことを思い出しますが、それ以上のものはない。でも故郷を恋う童謡を歌うのは好きです。正月やお盆が近付けば東京にいる娘に電話して、「おい、来るのか。なんだ来ねえのか」とがっかりしたりもする。故郷に対する私の気持はちょっと複雑なんだな。

パラグアイに最初に聞き書きに行ったとき、「NHK紅白歌合戦」を録音したテープを持参したんですよ。年配の日本人は「これがあれば労働がどんなに大変でも一年暮らしていける」ってすごく喜んだ。どこかから持ってきたポンコツ機械の周りにみんな集まってきて、歌を聞いているうちに泣き出すの。このとき私、三人のドイツ人家庭も訪ねたんだけど、故国を懐かしがる気配は微塵もなかったですよ。他の国からの移住者と比べても、ことに日本人は故郷を思い、早く金を儲けたいと思っています。同時に、地に足が付いていないというか、足元をすくわれて失敗する危険性もはらんでいるようです。だけど今、開拓地から都会に出て行った人は開拓地を故郷だと思っているかな。帰りたいと思っているのかな。

熊谷　戻れる条件があれば、つまり生活が成り立てば戻りたいと考えている人はいるでしょうね。ちょっと興味があります。こうやって考えてみると、戦後開拓には、これから日本の農業はどうなっていくのか、農政はどうあるべきなのか、あるいは僕らはどう生きていったらいいのか、考えるヒントがたくさん隠されているような気がします。開拓者たちからいろんなことを学べそうです。

野添　その前にまず重要なのは、記録することです。戦後、膨大な数の人が日本の山の中に入植して暮らしを立て直そうとしたけれども、多くの場合、努力が報われなかった。今は荒れ地やスギ林になっているところで、かつて暮らし、死んでいった人がたくさんいたんです。せめてそこに生きた人たちの努力の形は残さないといけない。私が開拓地を歩いていた四〇年前、「オラのことをよーく書いて残しておいてけれナ。オラが死ねばなんも残んない。オラは書けねえから、あんたが書いてけれ」と何人からも言われました。その言葉がずっと胸の底にあります。

時が流れ、開拓の痕跡なんてこの世から消えてしまうにしても、人間が戦った足跡だけは同時代に生きた私たちが記録する努力をしなければ――。そう強く思います。記録さえ残していれば後の世代の人も学ぶことができる。今は戦後の民衆の生きた姿をいろんな場面で検証する時代に入っています。これまで誰も手を付けられずにいて、あと五～六年もしたら証言者がいなくなって全然分からなくなってしまうことが、日本中至るところに転がっています。戦後開拓の姿を残すのもそのひとつです。熊谷さんは小説という形で残してください。

熊谷　最初に耕英を訪ねたとき、「きちんと活字になったものは何もないんだ」としみじみ言われました。そこから僕の取材は始まっています。実は、いつまでもこの村が生き続けてほしいと願う一方で、もしかしたらやがて消える運命にあるのかも知れないとちらりと思います。耕英に暮らしている人たちの中にもどこかそんな思いが潜んでいるのではないかとも感じます。生きた証を活字として残してほしいという切なる思いに応えるのが、外から入って行く我々の使命なんですね。

野添　「光降る丘」は、戦後開拓一世の話を実際に聞いて書かれる最後の文学作品になるんじゃないでしょうか。『ロビンソンの末裔』と同じように、末長く読まれる小説になるようにと願っています。取材された人たちも本になったらきっと喜ぶでしょう。いつ本になるんですか。

熊谷　連載が終わるのは二年後ですから、その後です。開拓一世の方たちにもっと早くお話を聞いておけば、もっと早く書き始めればよかったと悔やんでも、これはかりはしようがない。このタイミングで話を聞けたのも地震という巡り合わせがあってのことですからね。本になったとき一世のみなさんにも読んでほしい。お元気でいてくださるといい。きょうは貴重なお話をありがとうございました。

（『仙台学』第九号より）

冬から春へ

みちのく四季だより

干柿

山里をかこんでいる山々が紅葉をはじめると、里の寒さはきびしくなる。それでも青々と澄んだ空に日が登っている時は秋日和だが、日が山に沈むと寒さが骨身にしみて、秋が深まってきたことを知らせる。道で会っても、「山が化粧をはじめたね。雪がくるまで忙しいね」と口早やに挨拶して通りすぎる。

いまは農作業が機械化されたので、紅葉がはじまるころは稲の収穫も終りに近づいている。だが、田んぼを機械が走らなかったころは稲の収穫もおそかったので、稲が田んぼに生えているうちに雪が降ることがあった。そのころは軍手なども貴重なものだったので持っている人も少なく、素手に稲刈り鎌を持ち、稲穂の雪を払いながら刈ったものだと古老たちは語る。また、稲を田んぼのハサに掛けているうちに雪に降られることもあり、農作業は難儀をきわめたという。その当時の山里の人たちは、紅葉の美しさを見て堪能することもなかったろう。

「いまの農家はいいのう」と、古老たちが羨ましがるのも無理がない。

だが、田んぼの作業は機械化されたものの、畑の仕事はたくさん人の手を必要とする。兼業で日中は勤めている人が大半なので、秋の日が降り注ぐ日曜は、家族が総出で畑に行く。いまでも田んぼの作業が終ってから畑の収穫をするので、山に紅葉が訪れてからの仕事になる。豆類などは早く終わらせ、大根やキャベツ、ハクサイなどの菜類の取り入れはおそくなる。おそくはなったと言っても、紅葉が里に下るころには終っている。

最近、農山村で珍しい風景を見るようになった。わたしたちが子どものころは大切なおやつだった干柿づくりが、ほとんどやられなくなった。忙しいので干柿をつくる時間がないのか、子どもたちが食べなくなったからつくらないのか、雪が降っても柿が取られずに木に残っている。風景としては美しいが、食べる物が不足ななかで育ったわたしには、取らずに残っている柿を見ると、その当時のことを思って心が痛んだ。何度か貰って帰り、自分で干柿をつくったりした。

ところが数年前から、農家の軒下に干柿のカーテンが見られるようになった。高度経済成長が終わり、失った物を再び見直すようになったのか、身のまわりの物を大切にするようになったのかはわからないが、わたしには嬉しいことだった。

釣瓶落《つるべおと》しの秋というが、干柿が軒下に吊されると間もなく初雪が降る。道の霜も固くなり、朝などは踏んでも割れたりしなくなった。何度も降っては消え、消えては降っているうちに本格的な冬になる。冬が訪れるのを前にして山里の人たちは必死に働くので、晩秋から冬になるまでの間は、月日が過ぎ去るのも忘れている。釣瓶落しの秋とは山里の人びとの暮しにぴったりのことばだが、逆に冬から春になるのは長い。最近は山村の冬の行事が少なくなっただけに、とくに長く感じられるのだろう。

冬から春へ

雪との共生

田んぼや畑の収穫が終わり、庭の木々にはコモが囲かれて冬を迎える準備ができるころになると、岳山に白く積もっていた雪が里山にやってくる。木枯らしと一緒に音をたてていた霰《あられ》の季節が去るとみぞれが降るようになり、やがて雪が舞うようになる。北国の森ではこれから約半年間、雪との共生がはじまるのだ。

冬の森は雪で埋まり、ところどころに針葉樹の

みちのく四季だより

杉や松などが黒々と茂っている。遠くから見ると単純に見えるが、冬の森も結構豊かなのだ。初雪のころから長く降り積もった雪が落着くと、おにぎりと温かいお茶の入ったリュックサックを背負って山に行く。目的の森に着くと、カンジキをつけて入って行く。

秋に人が取らなかったり、まだ鳥たちが食べていないブドウ・ソゾミ・夏ハゼの実などが、つるや木に成っている。取って食べると凍っているが、完熟しているのでうまい。ナイロンの袋に取ると家に帰り、凍ったまま食べたあと、漬物の味付けにしたり、多い時にはジュースをつくる。茶碗に降ったばかりのきれいな雪を入れ、その上にジュースをかけて氷菓子をつくることもある。冬になっても森は、さまざまな恵みをあたえてくれる。森に近い畑にも、秋に取り残した恵みがある。小粒の黒い小柿や、赤く熟した柿が木に成っている。昔は小柿が甘くなると木に登り、あらそって食べたものだし、柿はシブ抜きをしたり、干し柿にして食べたものだが、最近は食べないで木に残している人が多くなった。手間がかかるので手がまわらないという人もいるが、店で売っているリンゴやミカンのようにうまい。身近な畑や森にある恵みは、大切にいただきたいものだ。

冬の森はまた、夏とは違った姿を見せてくれる。わたしたち森の近くに住む人は冬の間に一回は、樹氷を見に山へ出かけて行く。一〇人近い団体で早朝に車で出かけ、麓から山に登る。雪の深い山を登るのは大変なので、先頭の人はすぐ交代する。ラッセル役の時は、汗で全身がびっしょりになる。しかし、樹氷が連なるところへ行った時に晴天で、遥かに遠くの山まで見える場所に立って、おにぎりを食べる時のおいしさは格別だ。登りの苦しさも、日ごろのうっぷんも忘れて、心の底から大声で叫びたくなる。年によっては、目の前の樹氷も見えないような吹雪の日になることもあるが――。

　里に帰ると宿にしている家に集まり、「乾杯」する喜びが待っている。

マンサクの花

　雪国の野山は松や杉などの針葉樹が黒々と茂っているほかは、白一色の雪の世界だと思っている人が多い。遠くから野山を見ていると、日本の雪国は墨絵の世界が多い。

　だが、雪の積もった雑木林を歩くと、まだ寒さのきびしい吹雪が舞っているころから咲く花がある。黄色い線形の花を咲かせるマンサクだ。花が枝いっぱいに満つるように咲くため、豊年満作の「満作」から取ったのではないかとも、雪の積もっている野山で真っ先に咲くので、「まず咲く」からきた名前ではないかともいわれている。吹雪いている雑木林でマンサクに出会うと、「春が来た」と思って胸が熱くなる。

　冬に咲かせるだけに、マンサクの枝や樹皮はしなり強いうえに、腐りにくい。最近のように針金などの土木資材が豊富になかった昔は、樹皮で蛇《じゃ》籠《かご》をつり、川に沈めた。また、野山で枯木などをしばる時は、縄のかわりに枝をそのまま使った。樹皮で編んだ蓑《みの》もあった。マンサクは山村に生きる人たちを支えてくれるが、花が満開になるころに春一番（春の風ともいう）が吹き荒れる。

　野山でマンサクが咲くころに、海岸の藪ではヤブツバキが咲きはじめる。椿とも書くが、冬がはじまるころには、もうつぼみがふくらんでいる。海から横なぐりの強い風が、塩分をたっぷり含んだ雪を運んでくる真冬に、あまり風のあたらない藪のなかや防風林で、ヤブツバキが咲きはじめる。雪を受けながらひっそりと咲く。昔、秋田県の男鹿半島の人たちはツバキが咲くと枝をつけたまま切り取り、背負って秋田市へ売りに行った。春の訪れをつげるヤブツバキを、人びとは争って買い求めたという。

ヤブツバキはほとんど自生であるが、時には庭木として植えられているのを見ることがある。太い枝では擂《す》り粉木《こぎ》がつくられたが、固い木なので適しているようだ。また、冬になると菓子屋で「ツバキモチ」が売られた。丸いモチの下にツバキの葉をつけただけの素朴なものだが、甘いものが少ない時代だったので、よく売れていた。

南から暖流で運ばれて根づいたのがヤブツバキで、日本海の北限は青森県夏泊《なつどまり》半島。太平洋の北限は岩手県大船渡市の綾里《りょうり》半島。陸のなかを北上したのがユキツバキだが、これは秋田県の田沢湖が北限になっている。アジア・太平洋戦争前は沢

みちのく四季だより

山自生していたものだが、戦時中にその多くが炭に焼かれて消え、いまは少しだけ残っている。

マンサクやヤブツバキの花が盛りになると、春彼岸がやってくる。送り彼岸の夕方には、山から伐って運んだ木に沢山のワラを結びつけて火をつけ、「爺さんや婆さんや、明るいうちにダンゴ背負って行きなさい」と子どもたちが歌った。こうやって遠くの地からやって来た亡き爺さん、婆さんを送ったのだが、いまは山村の集落からこの行事は消えてしまった。

ただ、秋田県北を流れる小阿仁川では毎年三月二一日の夜に、集落の入口で「万灯火《まとび》」を焚く風習がいまも残っている。赤々と燃える火に包まれて、その年の豊作と無病息災を祈るのだが、この行事が終わると雪国も春である。

山菜が芽を出す

立春がすぎると暦の上で春がはじまるが、北国の森はまだ真冬である。雪におおわれた野山や村里の上空を、遠く中国やシベリアで生まれた風が、日本海上の湿りをたっぷりと含んだ空気を運び、日本に大雪を降らせる。ときどき春が近づくと、大陸から黄砂を運んできたりする。

森の冬の終わりは、動物たちの交尾期である。熊のように穴の中で出産するのもいるし、鳥たちは春になってから交尾をするが、野兎などは真冬に交尾をする。最近は野兎がぐーんと少なくなり、森でもなかなかみられなくなったが、昔は沢山いた。野兎は寒の月夜に、大きな群れをつくって舞いながら交尾するといわれている。

わたしは森で暮らした期間が長かったので、ぜひその現場を見たいと思ったが、見ることはできなかった。しかし、その跡は何度か見ている。雑木林のかなり広い平地が、野兎の足跡で固くなっていた。マタギに聞いた話では近くの森から何百と集まって交尾する様子は、宴のようだと言っていたが、それが各地の森や山林で繰り返されるのだという。

野兎の交尾が終わると雨になる。昔の人は「寒の雨」と言ったが、強い風が吹き、一日だけの年もあるが、数日にわたって吹き荒れる年もある。降った雨や融けた雪水が沢に集まり、冬の間は細い流れだった小川を、音をたてて流れ下る。川岸の雪も運んで流れるので、その音は山合いにこだまする。山里に住む人たちは、「山に春が来た音だ」と目をかがやかせる。

寒の雨が降ったあと、急な山の斜面で雪のなだれが起こる。遠くから沢伝いにその音が聞こえてくると、山の人たちの血が沸騰する。なだれのあった地帯に、もっとも早く山菜が芽を出すからだった。冬のあいだ青物（山菜）が食卓から消えていた山の人びとは、山菜が採れるのを待ち焦がれているのだ。

なだれの音が響くようになると空は青く澄み、山脈は蒸気でかすむ。山ではブナ大木の根元の雪が丸く解け、梢では芽ぶきはじめると固い殻が雪面に散らばり、春の色になった。

このころになると里では、畑や田んぼの耕作がはじまる。女たちは山菜採りに野山に行ったり、市日に行くと苗を求めて帰り、畑に植え付ける。長い冬のなかで待っていた春は、喜びと一緒に忙しい日々も同時に運んで来る。

みちのく四季だより

つばめの巣

野山を埋めていた雪が消え、昔の農民たちが田打ち桜と呼んだ辛夷《こぶし》が咲くころになると、山村にはつばめが訪れる。田んぼの上を敏速に飛ぶ青く黒光りしたつばめは、南の国から春を運んできたと喜ばれた。つばめは家の軒下や屋内に巣をつくってひなを育てるが、害虫を食べるのは昔から知られており、「つばめが巣をつくる家は長者になる」と言って、つばめの営巣を歓迎し、大切に保護した。

わたしが生まれて育った山村の家にも、毎年のようにつばめが屋内に来ていた。古い巣に入るのもいたし、新しく巣をつくるつがいもいた。せっせと泥などを運んで巣をつくるつばめがいつでも出入りができるように、父は入口の戸にはまっているガラスを一枚はずした。秋になってつばめが南の国に帰るとガラスをはめていた。

　子どものころ、ことし来たつばめは昨年と同じつがいだろうかと疑問に思ったことがある。母に聞くと、この家に来た時からつばめはいたから、「同じつばめじゃないの」と言った。つばめの寿命は五～六歳というから、何代にもわたって同じ家に来ていることになる。

　ある年、ひなが生まれて一日中ピイピイと親に餌をせがみはじめたころ、夜中に梯子をかけて巣に近づいた。夜中のつばめは静かにさわると、鳴き声をたてない。一羽の足首に糸を輪に結んだ。翌年の春、待っていたつばめの一群が屋内に飛んできたが、足首に糸は見えなかった。

　二年目に母に相談して赤い糸を貰い、二羽のひなの足首に結んだ。長い冬が去って春とともに訪れた一羽に、いまにも消えそうな赤色の残っている糸が見えた。母と何度も見ては、「やっぱりつばめは同じ巣に来るのだ」と喜んだ。

　つばめは秋になると、電線などに沢山集まって鳴き交わしながら身づくろいをしている。夜中に集団で何千キロも離れた南の国に飛び立ったらしく、朝には一羽も見えなかった。

　ところが集団がいた電線の下に、一羽のつばめが横たわっていた。拾って掌にのせると、足指をきりっと固くにぎりしめて死んでいた。一緒に南の国へ行けない悲しさがこめられているように思えて、胸がしめつけられた。わたしはやわらかい胸毛を取ると紙の箱に入れて保存した。翌春につばめの一群が帰ってきた時に、夜中に梯子をかけて登り、紙の箱から毛を出していくつもの巣に入れて親子の再会をさせた。

　かつては身近に沢山いたつばめやすずめが、山村では少なくなってあまり見かけない。

冬から春へ

第四章 みちのく銃後の残響

東日本大震災私記

　三月一一日の朝、起きて窓を開けると、夜に降った雪が厚く積もっていた。雪をのせた木の枝が、重そうに曲がっている。春の濡れ雪なので、もう少しの辛抱だと思ったが、体調がよくないので、雪と寒さはもうたくさんだと思った。

　それでも朝食前に、松林を三〇分くらい歩いた。午前は家にいた。午後は歩道の雪が消えたので、自転車で能代文化会館に行った。会がはじまってまもなく、突然、会館全体が激しく揺れた。停電で暗くなった中を、「地震だ！」と約一五〇〇人が叫び合い、入口に走った。パイプ椅子の倒れる音が響く。わたしも何人にもぶつかって外へでた。広場を囲んでいる桜の老木が、根元から大きく揺れている。女の人が何人か抱き合い、大声で叫ぶように何か言っていた。

　長い揺れがおさまっても、広場の人たちの動揺はまだ続いている。どの人の顔も蒼白く、声が震えている。家に携帯電話をしたが、つながらない。〈家が倒れたのだろうか〉と、気の弱いわたしは、悪いことばかり考える。

　会が中止になり、自転車で家に急いだ。途中、電柱も家も倒れておらず、車も走っている。〈わりと軽い地震だったのかな〉と思いながら、ペタルを踏んだ。

　これまで覚えがないほど強い揺れだったが、わが家の被害はゼロに等しかった。本棚から二～三冊が落ちており、台所の食器棚から落ちた物はない。停電で暖房は止まり、電話はつながらない。テレビを見られないので、地震の規模はわからないのが心配だった。小型ラジオは電池が切れているのか、ザーザーと鳴るだけだ。近い人、遠い人に何度も電話をしたがつながらない。

停電しているので石油ストーブは役にたたず、家の中は寒いため防寒コートを着て帽子をかぶった。幸いなことに、水道もガスも止まってないほか、中型の懐中電灯が一個と、太いロウソクが一〇本ほどあった。

夕方ごろ、自転車で市街に出た。スーパーは停電で休み。コンビニは客の長い列があった。近づいて店内を覗くと空になっている棚が多く、これから並んでも買える物はないようだ。一つも買えずに家へ帰ると、「米と味噌があるから、冷蔵庫が空になるまでは当分大丈夫」という家内の声に元気付けられた。

暗くなったころ、勤め先から娘が帰ってきた。震源地は岩手県の太平洋側で、かなり被害がでているらしいという。市役所でもこれくらいの情報よりないのだ。家内が明るいうちに食事をつくっていたので、ロウソクの灯で夕食をとった。夜が更けると寒くなったので、湯タンポにお湯を入れて布を巻き、家族三人が足をあたためた。カーテンの間から外を覗くと、町は暗闇で光りがひとつも見えない。ふと、アジア・太平洋戦争の末期、アメリカの飛行機に空襲されるからと、夜になると裸電球に黒い布を被せて薄暗くした居間で、息をひそめて暮らした少年の日々を思い出した。

翌朝は粉雪が降っていた。停電がつづいているので寒く、熱いお茶や味噌汁を飲んで体をあたためた。昼近く、新聞が次々と配達になった。新聞で大震災の概要がわかり、その大きさにあ然となった。東京電力福島第一原発の事故（正しくは人災）はまったく予想していなかったので、衝撃的だった。地震や津波の被害は局地的だが、原発の被害は広範におよび、深刻な災害になるだろうと思った。

この日の午後七時すぎに電気が復旧したので、わたしはテレビの画面に釘付けになった。津波が荒れ狂ったように陸地に押し寄せ、建物や立木、船などを飲み込んでいく映像は、アクション映画もおよばぬ迫力だ。さらに、福島原発の爆発事故の被爆者が運ばれていく映像に、〈これが安全と叫ばれてきた原発の正体か〉と、わたしは目を疑った。原発に対するわたしの認識は、この程度の甘いものだった。

わたしはこの時に、体調を崩していた。浅春にはなったものの繰り返し襲ってくる寒さに、老体は耐えられなくなっていた。何時間も震災の新聞やテレビを見て〈ひどい〉と心で叫んでいるうちに、体調はさらにおかしくなった。我慢ができなくて夜中に知り合いの医院の戸を叩き、点滴を受けてその晩は入院した。病室には石油ストーブを置いていた。翌朝も二時間の点滴を受け、

「震災に熱中するな」

と、院長に背中を叩かれて医院を出た。

体調が少し回復したので、自転車で市内をまわった。スーパーやコンビニは営業をはじめていた。スーパーの入口には、「がんばろう日本」と印刷した、大きな看板が吊るされていた。コンビニには、

「負けるな日本」と印刷されたのが、何枚も貼ってある。電気が回復した翌日から開店したパチンコ店にも、「私たちも復興に協力します」と書いた大きな看板がある。広い駐車場は、車でほぼ埋まっていた。大型トラックの積荷にも、「がんばろう日本」の布が貼られていた。ひと晩入院しただけで、世の中が変わっていた。

家に帰って新聞をひろげると、広告や記事に「日本は強い国」などが載っている。テレビのCMや番組にも、同じ言葉があふれていた。その直後にテレビドラマによくでる俳優が、被害地らしい瓦礫をバックに、宮沢賢治の詩「雨ニモマケズ」を朗読していた。「欲ハナク／決シテ瞋ラズ」や、「一日ニ玄米四合ト／味噌ト少シノ野菜ヲタベ」を堂々と読んでいるのを娘のインターネットで見た。のちに現地へ行った時に調べると、この時には玄米も味噌も野菜も手に入らず、空腹だった被害地の人たちがかなりいたそうだ。また、揺れる日の丸の旗を背にし

た若者が、「がんばろう日本」と叫んで両手を振っているテレビを見たのもこのごろだ。その後になると、婆さんたちの踊りの会のポスターや、商店の大売出しにも使われ、どこに行っても見られるようになった。この原稿を書きはじめた九月末にも街角のあちこちに、この貼り紙がまだ沢山見られる。

確かに震害は復興しなければいけない。だが、看板や新聞、テレビ広告に出てくる「がんばろう日本」とか「日本は強い国」でいいのだろうか。この言い方はアジア・太平洋戦争の時の「撃ちてし止まん」とか、「欲しがりません　勝つまでは」の国家イメージと差がない。敗戦の後、日本は進歩したのだろうか。日本は再び戦争をする国になってきていると思っていただけに、正しいことを叫んでいるように見える裏で進んでいる危険な動きに、心が寒くなった。

＊

マスコミで繰り返し報道される震災や原発事故の悲惨な光景を毎日のように目にしながら、一日も早く被害地に行って自分の足で歩き、自分の目で確かめたいと思いはじめた。しかし、わたしのような年寄りが被害地に行っても手伝うことは出来ないし、瓦礫の片付けに頑張っている人たちの足手まといになるのではないかと心配もした。だが、この惨事を自分の目で見ておきたいという思いは強くなった。この願いは四月二九日から五月一日にかけて実現した。

知人の車に乗って十和田から高速を走り、盛岡市に降りると国道一〇六号を宮古市に向かった。連休で遠くから見舞いに来る人が多いだろうから車で混んでいるにちがいないと思ったが、車は少なかった。

約二キロほど先に見える海から津波が押し寄せ、宮古市街地を呑み込んだのだ。閉伊《へい》川を逆登りした津波は、三キロ奥の民家を押し倒していた。市内はトラック一台がようやく通れる道の幅で、両側は瓦礫の山だった。機械の音もするが、瓦礫を片付けているのは主に人だった。震災から約二ヵ月がすぎ

岩手県宮古市姉吉漁港は12世帯（約40人）の小さな集落だが、全員が漁師。人災はなかったが、船と浜の物は全部海に持って行かれた。（2011年4月29日）

ようとしているのに、瓦礫を一つ一つ手で積み重ねても捗るわけがない。こんなに貧しい国だったのかと、怒りが込み上げてきた。

海の見える浄土ヶ浜に行き、遅い昼食をとった。海は碧く澄み、沖を大きな船が走っていた。

午後、旧田老町（現・宮古市）に行った。三陸海岸の集落は、昔から津波に痛めつけられてきた。そのなかでも旧田老町は、湾の入口部分が深いうえに周囲が絶壁なので、津波が押し寄せると湾口で回し波の現象がおこり、内側に大きな被害がおきることが知られている。

旧田老町の津波が具体的にわかるのは、近代になってからだという。一八九六年には一、八五六人が死亡し、罹災生存者はわずか三七人だった。この津波の教訓で防潮堤が計画されたが、実現しなかった。

一九三三年の昭和三陸津波では死者五四八人、行方不明者三六三人、家族全滅六六戸という被害に、防潮堤の計画が具体化した。戦争で工事は一時中断したが、一九七五年に陸側の堤防が、一九七八年には海岸側の堤防が完成した。堤防は海岸と陸側に二重に築かれた。X字型に整備された高さ一〇メートル、総延長二・四キロと国内最大級の規模を誇り、「万里の長城」の異名を持った大防潮堤は、一九六〇年のチリ地震津波ではその威力を発揮し、町を守った。

わたしは旧田老町の堤防が完成してから、何度もリアス線に乗って見に行った。旧田老町に下車してX字型の堤防を歩き、町役場に行って工事の話を聞いたりした。津波に対する知識がほとんどなかったわたしは、〈チリ地震津波も押し返したのだから、これで田老町は大丈夫だ〉と考え、田老町の歴史に津波被害が書かれることはもうないだろうと思った。

旧田老町に着き、瓦礫の取り除いた細い道を走り、中心部で下車した。周囲は瓦礫の山で、窓を打ち抜かれた二～三階建ての建物が、ところどころに傾いて残っていた。荒れ果てた被害地には誰もいない。風が吹くと、ゴミが渦巻いた。陸側の堤防に上がると、海岸側の堤防は大きく傾き、打砕かれている所もあった。〈全滅だな〉と思って立ち尽くした。

日傘をさし、普段着で堤防を歩いて来る人がいた。大下トキさん（七二）である。昭和三陸津波の時に家は流されたが、のちに父が高い所に家を建てたので、今回は被害を受けなかった。だが、津波の恐ろしさは子どもの時から両親より聞かされてきたので、市の防災行政無線が津波予測を伝えたとき、家から五〇メートルほど高い所にある山神社に逃げたという。

「立派な堤防に守られているので安心し、わたしが神社に着いた時も、町の中を歩いているのが何人もいました。早く来ればいいのにと見ていたら、津波がどーんと来ると堤防を越えたので、そのまま見えなくなったのです。チリ地震津波が悪い記憶になってしまったのかね。津波てんでんこって言うからなあ」と語る。「てんでんこ」とは、津波が来たら親も親戚も構わず一人で逃げろ―という、三陸の津波に襲われる地方に伝わる言葉だ。

旧田老町では今回の震災で、死者一五三人、行方不明が六〇人を超えた（四月二九日現在）。万里の長城のような大防潮堤に囲まれ、安心して逃げないで犠牲になった人が何人いるのだろうか。自然災害に対応できる完全な手法を、人間はつくれるのだろうか。

この日は山田町でようやく民宿を見つけて泊まり、翌日から大槌町、釜石市、南三陸町、大船渡市、陸前高田市と南下した。このあたりは何度も来ているのでよく知っているが、津波に押し寄せられた所は、以前の姿が消えていた。三陸に行くと、いつも宿にしている大船渡市の碁石海岸に行った。碁石海岸に沿って並んでいた四～五軒の民宿がすぽっとなくなっていた。わたしが泊まる民宿は庭の木もなく、玄関のコンクリートだけが白く残っていた。

この時は震災地に三日間滞在して帰った。もう少し見ておきたいという思いもあったが、宿泊や食事に困ったのも早く帰った一つの理由だった。震災後三カ月になろうとしているのに、コンビニでは弁当、おにぎり、パンなどは、運よく配送のトラックが着いた時に行くと手に入るが、その時以外は袋に入った菓子とか飴などよりなかった。宿もなく、最後の日などは宿を探して遠野市まで行き、それでもなく花巻市に行ってようやくホテルを見つけたのは午後七時を過ぎていた。

わたしは七月一一日にも、北部の震災地を歩いた。青森県八戸市に行ったので用事を片付け、野菜農家の知人の車で太平洋の海岸に沿って南下した。種差《たねさし》海岸の葦毛崎《あしげざき》展望台に立った。広大な海、岩、草や花、松の緑などが素晴らしい。

「ここから先が種差海岸の遊歩道で、いまの季節がいちばん花が多いんだ。約二〇〇種類の花が咲くといわれているんだが、大震災の時に津波をもろにかぶってね。花はどうなるんだろうと心配したんだが、ほとんど咲いたみたいで、ひと安心というところです。でも、塩害は来年はどうかなと、心配しています」と言う。

さらに南下して大須賀浜に行くと、砂丘に沿って並ぶ高さ一〇メートル前後の黒松が、赤茶色に染まっている。岩手県の海岸でも、津波が押し寄せた砂防林の松の葉は、同じように赤茶色だった。

「津波による塩害です。波を被った面積はもっと広いので、被害はさらに拡がる心配があります」と知人は言う。

松の樹木や葉に海水や潮風がかかると赤茶色になり、樹木の内部の水分が脱水するとやがて枯死する。とくに東日本大震災では、大量に土壌へしみこんだ海水を根元から吸い込んでいるため、枯死する木が多い。「倒木には害虫が発生して価値がなくなるほか、害虫が新しい木に移るので、早めに処理しなければ」と知人は言っていたが、市ではまだ実態調査さえしていないという。

大震災が発生してから四カ月、福島原発など衝撃的な事実が次々と明らかになり、被害地ではその対応に追われている。そのなかで、松林の塩害などはいまは直接に痛みにならない。だが、砂防林の消滅はやがて内陸部の破壊につながる。いまは小さな被害だが、このままにしておくと大きな被害につながると現地を見て考えた。

＊

直接には大震災や福島原発の事故などの被害は受けなかった秋田県内にも、さまざまな影響はあった。建築資材が大手に押さえられて入荷しないため、工事ができないので工務店が倒産したり、震災不況で小売店や飲食店が休業したりした。この人たちも犠牲者だが、未曾有の大震災を受けた三陸海岸や、福島原発の事故の被害を受けた福島県内の人たちの苦労を現地で見てきただけに、比較にならない災害の重みである。

東日本大震災のあと、三陸海岸に二回行ったほかは秋田県内で暮らしながら、新聞やテレビ、ときには週刊誌を丹念に追いながら、震災の進行を見てきた。

ところが七月になると、それまでは離れているので無縁だろうと思われてきた福島原発の影響が、秋田県内にもあらわれてきた。高濃度の放射性セシウムに汚染された稲わらを餌にしていた福島県浅川町の農家の二頭分の肉が、六月下旬に秋田市内の食肉卸業者を通して県内の小売店一八店舗に出荷されていた。見つかった時はほとんど消費されていたが、残っているブロックを県で調査したところ、放射性物質濃度が一キロ当たり国の暫定基準値（五〇〇ベクレル）を下回る二四〇ベクレルとわかった。県生活衛生課は、「今回流通した肉は、食べても健康に影響はない」と発表した。翌日から県内の小中学校や幼稚園・保育園の給食センターでは、牛肉の使用を控えた。ところが、福島県で調査すると、浅川町の農家が肉用牛に与えた稲わらからは一キロ当たり最大九万七〇〇〇ベクレルの放射性セシウムを検出したという。この数値を水分補正した結果、国の暫定基準値の約七三倍になった。それでも県生活衛生課は、「健康への影響はない」という発表を改めなかった。

八月に入るとこんどは、秋田県内の畜産農家から青森県内に出荷して食肉処理された牛の肉から、食品衛生法の暫定基準を超す放射性セシウムが検出された。基準の約一・五倍の一キロ当たり七八一ベクレルで、宮城県登米市の業者から買っていた。

同じころ、放射性セシウムに汚染された稲わらを食べていた岩手県産の肉牛二頭分が、県内に流通していたと県で発表した。二市一町の食肉店で売られ、全部が販売されていたが、この時も県では「健康には影響がない」と発表している。

八月中旬には、ホームセンター・コメリ（本社・新潟市）が能代市、山本郡の四店舗で販売した栃木県産の腐葉土から、高濃度の放射性セシウムが検出された。県教育委員会の調査では八月一日までに三二校・園が計二三八袋を購入し、一八五袋が使われていた。腐葉土は小中校や保育園児たちが、花壇に花を植える時に使っていた。一般の家庭や農家がどれくらい買ったかはわかっていない。

福島原発は当時「福島のチベット」と呼ばれていた過疎地に建てられたが、秋田の過疎地には早くから首都圏の焼却灰などが運び込まれて来ていた。九月県議会の福祉環境委員会に県が示した資料では、千葉、埼玉、神奈川、茨城、栃木、静岡、長野の七県三〇施設から運び込まれている。東日本大震災だけでも、総量二万二、八三〇トンと多い。このうち、千葉県流山市から運ばれた焼却灰は、国基準の三・五倍の放射性セシウムが含まれていた。さらに同県松戸市からの焼却灰には、国基準の一・三倍も含まれていた。この問題は県議会の福祉環境委員会でも取り上げられ、「基準超の灰が埋め立てられたことがわかった以上、掘り返して撤去すべきだ」と何人かの議員が要望したが、「掘り返すとセシウムが拡散する恐れがある」として応じなかった。現在は運び込みが中止になっているが、社長たちが陳謝に訪れた時に再開を要望している。

＊

福島原発の被災者は一一月六日現在で、秋田県内にも二〇〇〇人近くが避難している。能代市内のホテルにも一〇人くらい来ているので、何人からも話を聞いた。地震や津波の被害者はいまは苦難のドン底にいるが、やがては大半がふるさとの地に帰って生活ができる。だが、福島原発の被害者たちは、半減期が約三〇年と長い放射性セシウム１３７との闘いがいつまで続くかわからない。国もきちんと答えるのを避けている。一度自分で原発被害地を歩き、福島原発と向き合う必要があると考えるようになった。

九月下旬に知人と二人で福島県に向かった。東北自動車道の国見インターチェンジから伊達市に入り、国道三九九号を走った。伊達市と飯舘村の境界を示す標識のある峠付近で下車した。知人はロシアとウクライナ製の二台のガイガーカウンターを持っ

原発20キロ警戒区域の「立入禁止」の看板。福島県の飯舘村。（2011年9月23日）

ており、地上一メートルで計測すると「ピピピッ」と連続音をたてた。毎時四〇マイクロシーベルトだ。近くの湧き水が溜まっている上一センチでは、毎時九〇マイクロシーベルトになった。飯舘村は計画的避難区域に入っているが、あまりにも高いのに身震いをした。

峠を下ると道に沿って民家があるが、住民は避難しているので人の姿は見えない。黒い小犬が車の音で家の間から飛び出してきたが、声も上げない。五〇戸くらいの集落を通ったが、物音一つしない。商店もカーテンを引いたままだ。

板見の集落で、車を洗っている人を見つけた。巻野三男さん（六〇）で、秋彼岸なので父と家内を連れて墓参りに来たが、これから避難所に帰るのだという。七人家族だが、現在は四カ所に分かれて生活しているという。巻野さんは運転手をやりながら一〇ヘクタールの稲作をしてきたが、ことしは作付けができなかったうえに、畑で野菜もつくれなかった。

「早く家で家族が一緒に暮らしたい。村民は何も悪くない。電力のせいでこうなっているんだから、早くなんとかして欲しい」と力を込めて言うと、避難所に車を走らせた。

国道三九九号はほとんど車が通らない。ときどき警察のパトカーと、警官を乗せたマイクロバスとは何度も擦れ違った。福島第一原発から二〇キロの地点にある警察検問所から先には行けないので、車から降りた所へ車体に「防犯パトロール実施中」と書いた車が走ってきた。飯舘村をパトロールしている村民の車で、五〇人が交代で二四時間見張りをしているという。「パトロールをする前は村内に人がいないものだから、泥棒が集団を組んで来ると、手当たり次第に盗んでいた。いまはそんなことはない」と言っていた。村から日当が出ているというが、「わずかな額で、暮らしていけるカネではない」そうだ。

東日本大震災が起きたとき、被災地の人たちが見せた必死になって生きようと我慢する強さや被災者を支える姿は海外からも称賛された。ブリュッセルで開かれたサッカーの女子ワールドカップ（W杯）での日本の初優勝を欧州のメディアは、プレーの正確さや粘り強さを、東日本大震災を克服しようとする大きな力が勝利を呼び込んだとまで伝えている。被災地の人たちの苦労や生き方を、海外の人たちが称賛してくれたのは嬉しい。だが、その裏にはもう一つの悲劇があった。

福島第一原発の事故のため、二〇キロ圏内は四月二二日に警戒区域に指定され、立ち入りが禁じられた。五月一〇日に一時帰宅が始まると、留守宅や事務所の空き巣被害が次々に見つかった。金庫や結婚指輪を盗まれた人もおり、五〇軒に一回は被害にあっている。被害を受けた住民は、「原発事故で住民が自宅を離れているために発生している問題だ。責任は東電にある」と賠償を求めたが、「東電は賠償しない」と答えているという。この問題は計画的避難区域や緊急避難準備区域にも拡がっているが、被害総額はわかっていない。

田村市都路《みやこじ》町で酪農を営む木幡貞徳さん（六四）に会った。家族を郡山市の避難所に置き、毎日軽トラックで通っている。事故が起きる前は黒毛和牛を五頭飼育し、二・五ヘクタールの水田を耕やして暮らしてきた。事故の後は、「飼料に自家産の稲わらはやめて、カナダ産の牧草を農協から買って牛に与えているので高くつく。事故前は一頭五〇万円前後だった仔牛の値段が、いまは一二万円ほどに落ちたので採算がとれない。コメも野菜も作付けしなかったので、いまは買って食べている。この先のことを考えると夜も眠られないので、最近は体の調子が悪い」という。三日前には事故後初めて病院に行き、検査を受けたと言っていた。

国道三九九号をいわき市に向かって走った。道路の両側や農家の庭に、ヒマワリが花を咲かせていた。ヒマワリは放射性物質を吸収する性質をもっているという噂がひろまったことがあった。その時に住民たちが、除染を目的に植えたのだろうか。だが、ヒマワリにはそのような性質がないことが、のちに報道で伝えられた。人影のない川内村のあちこちに咲く大輪のヒマワリを見ていると、被害者の痛ましい願望が伝わってきた。

＊

福島第一原発の事故被害地から帰ってまもない九月三〇日に、原発事故から半径二〇〜三〇キロ圏の緊急時避難準備区域を一斉に避難から解除すると、対象の五市町村の首長に指示したこの地域を走って測定すると、避難区域設定の目安の年間二〇ミリシーベルトをはるかに上回っていた。しかも、放射能に汚染された土を取り除く作業や生活に必要なインフラの整備もこれからであり、避難所から住民が自分の家に戻れる条件は整っていないのに避難の解除である。

この原稿を書いている一一月九日に避難地域の

町村に電話で聞くと、五市町村の集計は出ていないが、自分の家に戻ったのは、二〜三パーセントではないかと言っていた。

東電も政府も、国民の生活に目線を据え付けた政策は取っていないことを如実に知らされる。また、日本以外の国ではこうした原発事故が起きると、選挙で議席が動くという。ドイツの地方議会選挙がそうだったし、イタリアの国民投票もそうだ。しかし、日本では議席が動かないのはどうしてなのだろうか。

（二〇一一年一一月九日・記）

回復が見えない岩手県釜石市（2012 年 3 月 5 日）

「原発つくらんでも山と海を守って暮らしたい」　大間原発と熊谷あさ子さん

◆ひとりで原発建設を止める

本州の最北端にある青森県下北半島は、マサカリの形に似ているので、マサカリ半島とも呼ばれている。この半島の先端にある下北郡大間町は、人口約六、八〇〇人の多くが半農半漁で生計をたてている。「大間マグロ」や「大間コンブ」でよく知られているが、普通はワカメ、イカ、ウニを獲る根付け（沿岸）漁業の盛んな所である。

この大間町へ一九八〇年代に、大間原発を建設することが決まった。そして用地取得が開始された。しかし、建設予定地の九九パーセント強は買収したが、用地のまんなかにある一パーセントが買えないので、原発建設はいまもストップしている。

その一パーセントの土地で畑を耕していたのが熊谷あさ子さん。大間町で夫や四代目漁夫の長男と太平洋側の三沢沖までイカ釣りに出かけたり、昆布を取って砂浜に干したりするかたわら、約一ヘクタールの畑を耕してきた。そこに突然原発建設の話がとび込んで来た。「そんなもの（原発）を作らんでも、山と海を守って暮らすのが一番。漁がいつまでもできるためには、原発はいらない」

と、あさ子さんは土地を売るのを拒否してきた。

そのあさ子さんが数年前になくなったあと、長女の小笠原厚子さんがその意志を継いでいる、という話を聞いたのは昨年（二〇〇九年）だった。わたしは下北半島に、ときどき行っている。昨年も朝鮮人強制連行者の調査でむつ市に行き、数日滞在した。だが、熊谷あさ子さんの話は聞かなかった。わたしの盲点だと気がついた。真冬に行くのは難しいので、雪が落着いてから厚子さんと連絡をとり、浅春が訪れたころに大間町へ向かった。

わたしの住む秋田からでも、大間町は遠い。JR奥羽本線で青森駅に行き、東北本線に乗り継ぎ、野辺地《のへじ》駅から大湊線に乗って下北駅に下車。さらにバスで約二時間かかるが、四〇分もすると乗客はわたし一人になった。「お客さんはどこまで行くの」と運転手が聞くので、「大間の白砂海岸停留所」と言うと、「あそこはなんにもない所ですよ」という。「赤い上衣の女性が立っていますから……」と言っても、不思議な顔をしていた。

停留所に赤い上衣の小笠原厚子さんが立っていた。バスから降りて一〇〇メートルほど歩くと、厚子さんの畑に行く農道の入り口が封鎖されていた。厚子さんの姿を見ると、国策会社・電源開発株式会社（以下、電源開発）の警備小屋から中年の警備員が来ると門扉をあけた。厚子さんと一緒でないと、電源開発の許可がなければ入れないというのだ。車が一台通りぬけれるほどの農道が柵に囲まれている中を、厚子さんの後について歩く。畑仕事に通うあさ子さんが車で通った農道で、いまは車のない厚子さんが歩いて通っている。約三〇〇メートルほど行くと、畑と「あさ子ハウス」があった。ここも鉄の柵に囲まれている。柵の間から津軽海峡と、遠くに白雪に輝く北海道の山々が見える。厚子さんがハウスの鍵をあけているのを見ながら、鉄の鎖で囲まれた畑で働くのは、精神的な圧迫を受けてたいへんだろうなと思った。

国道からあさこハウスまでの約100メートルの農道は、鉄の柵に囲まれている。

◆札束は人の心を変える

いまでも大間町は、「大間マグロ」でマスコミの話題になることが多い。マグロはクロマグロで、勇壮な一本釣りである。バブルの時は東京の築地市場にはこばれ、一本二〇〇〇万円という値段がついて世間を驚かせた。これはほかの港で一本もマグロが上がらなかったというまぐれと、正月の祝儀相場がかさなった値段で、いまは一本六〇〇万円ぐらいが相場だという。それでも正月にむけて何本も獲る漁師がいて、新聞を賑わせている。だが、これは一発勝負の漁法で、普段は根付け漁業の豊かなところである。

半農半漁で生計をたてる人が大半の大間町に原発の話が持ち込まれ、大間町議会がその誘致を決議したのは一九八四年一二月だった。あさ子さんの畑のあるあたり一帯が、事前に一度も話し合われることも、なんのことわりもなく、勝手に原発の予定地にされ、八五年一二月には大間町に建設が決まったのだ。しかし、「この大間原発が計画されたころは、プルトニウムを燃料とする『新型転換炉』(ATR)のはずだった。が、これは『高速増殖炉』とともに、技術的に行き詰まって中止。急速、『改良型沸騰水型』(一三八万三〇〇〇キロワット)で、プルトニウムとウランの混合酸化物(MOX)を全炉心で燃焼させる、フルMOXに変更となった。MOXの装荷率がたかまればたかまるだけ、危険性がたかまることになる。それよりも問題なのは、そのころはたして、絵に描いたような『核燃料リサイクル』が実現されているかどうか。六ヶ所村の再処理工場がプルトニウムを生産しているか、MOX加工工場が無事に稼働しているかどうか、それはだれにもわからない」(鎌田慧『痛憤の現場を歩く』)のだ。しかも「電源開発は、もともと九つの電力会社へ電力を供給する国策会社だった。だから、経産省と九電力は、工事費だけで四、七〇〇〇億円(それ以外に送電線設置費が三〇〇〇億円)もの巨費を費消する原発を国につくらせ、これから処理に困るプルトニウムを消化する受け皿にしようとした」(同)のだった。その原発を建設する場所に、大間町が選ばれたのである。

一九九〇年七月に用地取得が開始されると同時に、町民を集めて説明会(公開ヒヤリング)が何度も開かれた。原発がつくられることに町民はおどろき、海が汚れて漁ができなくなる、畑を作れなくなるといって反対した。名物の大間マグロも、東京の築地市場の関係者に、「大間に原発ができたら、半分の値段でも買わない」といわれ、マグロ漁には死活問題になることもわかった。

しかし、電源開発の切り崩しと、町の有力者たちに押し切られ、漁協も一五〇億円の補償金で漁業権を放棄した。最初は反対していた人達も、町のエライ人《さん》に説得されたり、原発の建設予定地になったところは、高い値段で土地を売りはじめた。札の束を見せられると人間は弱い。最初は原発に反対していた人たちも、次々と土地を売った。

だが、電源開発では建設予定地一三二ヘクタールのうち九九パーセント強の土地は買収したものの、用地のまんなかで畑を耕しているあさ子さんは、「そんなものを作らんでも、ここの自然にあふれた山と豊かな海を守って暮らしたらいい。お金持なんかにならんでも、この村のものみんなが普通のくらしをして、仲良くくらせるのが一番じゃ」（前原あや文、Ｙｏｓｈｉｋｏ絵『風の中を今日も行く――ハルコおばさんの願い』）と、土地を売るのを拒否した。カネさえ出せば土地は売るものだと思っていた村役場や電源開発の人たちは、あさ子さんの言葉に驚いた。「あの女は少し気が狂っているじゃないか」と言い合ったそうだ。

原発の運転がはじまると、電源三法交付金七二億円と固定資産税四三〇億円、合計五〇二億円がはいると計算していた町では、計画が狂った。町長や議長などの名前で、「用地の買収に協力しなさい」という手紙をあさ子さんに送ってきた。その手紙を無視して買収に応じようとしないあさ子さんが朝に畑に行くと、役場と電源開発の若い男が二人来て、「畑を売って下さい」と言った。「売る気はまったくありません」とあさ子さんが言うと、その二人は次の日から毎日、朝に山の畑に来ると晩に帰るまでずっと見張っていた。親子三人で船に乗り、海へ魚獲りに出た時はついて来ないものの、浜で昆布を干したり、畑にいる時はいつもそばで見張った。

家に帰ると、こんどは夜に町長や町の幹部、町会議員たちが連日のように押しかけ、「土地を売りなさい」と要請した。あさ子さんは精神的に疲れたので、「あなたの行為はストーカーだからやめなさい」と、弁護士を通して配達証明つきの手紙をだした。町長や町の幹部が行けなくなると、今度は県会議員が毎日のように来て、嫌がらせ的にあさ子さんへ畑を売るように迫った。

◆正念場迎える大間原発

自分たちの力ではあさ子さんの考えを変えることが出来ないことを知った町長や電源開発では、次の手を実行してきた。それはあさ子さんや一家を孤立させることだった。電源開発ではあさ子さんの友人、知人、親族などに説得料を渡し、「町のためになるのだから、畑を電発に売ってくれ」と言わせた。これを拒否すると、「今度はあさ子さんに近づかないよう、話かけないよう、無視するようにと、まるで『村八分』のようにされて、精神的に追いつめるということをした。この間までお茶飲みやカラオケにと仲良くしていた人たちが、手の平を返すような態度を取りはじめた」

らしていくのは大変なほかに、お茶飲み仲間からも相手にされなくなったあさ子さんは、どんどん追いつめられていった。（『風の中を今日も行く』）のである。人口約六、七〇〇〇人の狭い町で、町の有力者たちに楯突いて暮

一九九五年によき理解者で、働き手だった夫が病死した。ちょうどそのころ、あさ子さんは畑の隅にあるビニールハウスでイチゴを育てていた。その日もハウスに行き、バケツを持ってイチゴにかける水を汲みに近くの沢に行った。ところが、数日前まで清水が湧いていた沢の水が枯れていた。沢を登って行くと、電源開発の工事をしている会社が、山を削って水の流れる方向を変えてしまっていた。水がなければイチゴだけではなく、キャベツも大根も死んでしまう。あさ子さんが畑をつくれないようにすると、土地を手放すだろうと考えてのことだった。

それから数日後に、軽トラックに積んで遠くから運んできた水をイチゴにかけているあさ子さんの所に、電源開発社長が部下をつれて突然やってきた。そして、

「わたしは七月に社長をやめます。そのまえに一基だけでもいいからつくらせて下さい」と頭を下げた。「あとは風力発電にします」とも言った。だがあさ子さんは、「一基でも二基でも同じだべよ」と言って相手にしなかった。

＊

あさ子さんは一九三七年に、大間町の半農半漁の家に生まれた。母が三人も代わり、六年生の時

には父に死なれ、祖父の養女になって育っている。厳しい環境で育った分あさ子さんを強くしているると同時に、畑作も漁業も豊作と大漁の時は少なく、凶作や不漁を何度も経験してきたので、両方を手がけることが生活していくうえで大切なことをあさ子さんは身をもって知っていた。この生活の積み重ねを子孫にも伝えたいと考えているので、畑や海を壊さないで残していこうと思っていた。町民たちはあさ子さんのことを、「あさ子は狂っている。黙って素直に電源開発からカネを貰い、老後を楽に暮らせばいいのに」と言うが、あさ子さんは「自分だけいい暮らしをしたいとは思わない」と、電源開発の執拗な攻撃にも負けず、畑を売ろうとはしなかった。

あさ子さんの畑は建設予定地の一パーセントと少ないが、原発の建屋部分に予定されている重要な位置にあった。この部分が未買収だったにもかかわらず、青森県は公有水面埋め立てを許可し、国では農地転用を許可した。だが、土地問題が解決しないと原発の用地内での本格的な工事はできないので、大間の近くに原発用の港の工事に着手した。あさ子さんの土地を求めるために、知人を通して「一億円で土地を買いたい」という誘いが持ち込まれた。これまで買収した土地の金額の五倍の価格だが、あさ子さんは応じなかった。脅迫電話やハガキなどが再びひんぱんにあさ子さんを襲い、苦しめはじめた。

その次に電源開発では、「熊谷さんが原発建設予定地内に共有している、共有地を分割するよう訴訟をおこした。いま青森地裁で裁判がはじまっているが、熊谷さん側の主張は、共有地が分割され、売買されると、自分の畑に通えなくなる、だから権利の乱用にあたるというものである。電源開発は、いま、通路を制限的、かつ恩恵的に与えている（警備員と監視カメラつき、熊谷さんへの面会者の制限など監獄的な恩恵）が、いつ一方的に廃止されるかわからない。ほかの共有者を籠絡して、共有地を分割、売買させるのは権利の乱用であり、まして危険な施設を設置するためなのだから、当初の土地の共有関係の目的、性質に照らして、不合理である、と主張する熊谷さん」（『痛憤の現場を歩く』）。だが、青森地裁は二〇〇五年五月、あさ子さんが売却を拒否している原発予定地内の共有地の明け渡しを命じた。だが、あさ子さんは私有地の売却ともども拒否して、仙台地裁に控訴した。

あさ子さんはこのごろから、「ここまでやってきたんだもの、死ぬまでやるべさ」と覚悟を決めた。これまで心配をかけるからと函館にいる長女の厚子さんと四代目漁師の長男には知らせていなかったが、積極的に教えるようになった。また、イチゴのビニールハウスの隣にログハウスを建て、そこで生活するようになった。「この畑に骨を埋める覚悟で頑張るよ」と、子どもたちにも言った。住所も畑に移した。将来はペンションを建てて宿泊者たちに、ハウスで採れるイチゴを供したり、長男が海で獲るイカやウニ、マグロを食べて貰うようにするのが夢だった。

あさ子さんが畑を売るのを拒否してから、三〇年近くなろうとしていた。たった一人の地主が抵抗を続けているので、大間原子力発電所はまだ操業できないでいる。その恩恵をもっとも大きく受けているのは漁師たちで、大間マグロや大間コンブはいまも評判がいい。これがもし原発が稼働して放射能が空中に漏れるようになると、大間マグロは半値になっても買わなくなるだろうといわれている。

ところが二〇〇六年五月の中旬、畑から帰ったあさ子さんは身体の不調を訴えて大間病院に入院した。その後むつ市のむつ病院に転院したが、一九日になくなった。ツツガムシに刺されたのが原因といわれている。

いま、あさ子さんの建てた「あさ子ハウス」は一九五四年生まれの長女の厚子さんが函館から移って住み、母が残した畑を耕している。「母の思いや信念を胸にきざんで、後を引き継いでいきたい」と頑張っているが、下北半島に吹く風は厳しい。

下北半島には、大間原発建設に反対する一坪地主の会がある。「大間原発建設予定地の一部に二区画で一九七〇平方メートルを一九九六年一〇月に購入しました。この土地を、県内外の反原発グループと個人に一坪づつ購入してもらう『一坪地主運動』を展開」(山田清彦『下北「核」半島危険な賭け』)してきた。ところが電源開発は、その土地を原発建設計画の線引き外として計画を進めているが、その土地に「原発反対」の大きな看板を掲げている。

大間原発の闘いは、これから正念場を迎えようとしている。

上関原発予定地を訪れて　身の丈の生活を大切にする

山口県上関町《かみのせきちょう》は、瀬戸内海にのびている室津半島と、長島、祝島、八島の三つの島からなっている。室津半島と長島はアーチ型の上関大橋で結ばれているが、祝島と八島は離島なので定期船が走っている。約三、五〇〇人が暮らす上関を経て黒潮の流れは瀬戸内海へと導かれている。外洋と内海の出会うこの希少な自然環境は、絶滅危倶や新種希少種など多くの動植物が生息している。

この上関町長島の四代《しだい》地区・田ノ浦に、中国電力が上関原発立地計画を立ち上げてから三〇年になる。だが、豊かな漁場で生計をたてる漁民たちの反対などで工事は進んでいない。しかも、中国電力が強行した建設工事用の杭打ちに、座り込みで抗議した地元住民に怪我人がでるなど、中国電力は着工を強めている。現在は東京電力福島原発事故で工事は一時中断しているものの、日本で最後の新規立地といわれる上関原発は、いつ再開されるかわからない。

さらに、太陽光や風力を活用し、原発でつくられた電力に頼らない生活を、反対する人たちはめざしているという。筆者はこれまで足を運んできた反原発の闘いの中には、こうした発想はなかった。筆者の住む秋田から上関町までは遠いが、ぜひ自分の目で確かめたいと思いはじめたとき、

祝島の港近くに建っている反対の看板。

上関町の市民団体「長島の自然を守る会」（会員約一八〇人）が、日本自然保護協会の第一一回沼田眞賞の受賞が決まったことを報道で知った。中国電力の上関原発予定地周辺の自然の豊かさを、研究者や学会と連携して調査し、訴えてきたことが評価されたのだという。

二〇一二年一月下旬、山陽本線柳井港《やないみなと》駅で下車し、柳井港から定期船に乗った。この日は終点から一つ手前の四代港に下船すると、上関原発予定地を訪ねた。港から歩いて町の中心をぬけると家はまばらになり、庭先には白いスイセンが咲いている。集落がとぎれると道はせまくなった。周囲はうっそうとした森になり、樹上から鳥の声が降る豊かな自然が続く。やがて海に突き出た先端部にでた。約四キロ先の正面に祝島が見え、崖の下は上関原発の埋め立て予定地田ノ浦だが、工事が中断しているので物音もなく静かだ。黒潮が流れている海は藍よりも碧い。漁をしているのだろうか。白い船が五、六船ほど見える。崖にヤブツバキが咲いている。風がないので暖かい。石に座って豊かな自然を眺めながら、以前に見た映画「祝《ほうり》の島」（纐纈《はなぶさ》あや監督）を思い出していた。

こんな美しい所に、なぜわざわざ原発を造ろうとしているのかと思った。いや、こうした所だからこそ、原発の予定地にしたのだ。国の原子炉立地審査指針は「原子炉から一定の距離までは非居住区域であること」「その外側も低人口地帯であること」を要件としている。だが、東京電力福島原発の事故の後、それでは不十分であることが明らかになった。事故後、従来八～一〇キロ圏の「防災対策重点地域（EPZ）」を、国際原子力機関（IAEA）が提案する五～三〇キロの「緊急防護措置区域（UPZ）」に拡大する原子力防災指針の改定が進んでいる。

一九九六年に中国電力は出力一三七万キロワットの改良型沸騰水型二基の建設を、山口県と上関町へ正式に申し入れた。国では二年後に建設買収について法律を改悪し「調査海域を三キロ」にし、四キロ先の祝島を調査海域からはずした。これで祝島の人たちの口を封じたが、指針が改正になると上関原発はどうなるのだろうか。

その日は四代に泊まり、翌朝の船で祝島に到着した。

＊

上関町が中国電力によって「上関原発」の予定地に発表されたのは、一九八二年だった。それまで中国電力では、山口県の響灘《ひびきなだ》に面した豊北町（現・下関市）を原発の予定地にしたが、漁民たちから激しく抵抗され、撤退した。中国電力は日本海側の三ヵ所の自治体にも原発の立地要請をしたが、地元の反対で成功しなかった。そこで中国電力では、他の原発立地予定地とは違う「上関方式」を取り入れることにし、まず上関町の町民たちを原発視察旅行に連れて歩いた。

「本土の方では、一九八二年以前から毎週のように中電の招待で地元の婦人会などが原発予定地に『飲めや遊べや』の視察旅行に行き、帰りにはお土産までもらってくるといったことが続いたそうです。『なんだかおかしいね』と言っているうちに誘致の話が出て、それ以後はもっとあからさまになったようです。また原発に反対する人が一緒に行かないと、いろんな嫌がらせがあったとも聞いています」（高島美登里「自然エネルギーの活用で地域の自立をめざす祝島」『マスコミ市民』二〇一一年二月号）

中国電力は町民に飲ませ食わせの原発視察旅行をさせる一方、町の有力者たちに周到な根回しをしたうえで、上関町議会に原発立地予定地の誘致決議をさせ、中国電力に立地をお願いする形をとった。そのうえで中国電力が、上関町に立地計画を持ってきたのだった。中国電力は一九九八年に山口県と上関町へ正式に建設を申し入れた。祝島漁協は原発反対を決議したが、他の推進派漁協は早期実現の陳情書を提出した。二〇〇一年には二井知事も上関原発を事実上受け入れ、国の電源開発基本計画に組み込まれたので、建設地の買収が本格的にはじまった。

このころ、上関原発が行政と中国電力が一体となり、それに司法までが加担して進められていることがわかる事件が起きた。上関原発の建設予定地に、地元の八幡宮が所有する山林、原野一〇ヘクタールがある。この土地はもともと「ひとびとが自由に山菜や薪や牛馬の飼料をえられる『入会地』だった。とりわけ、鰯を釜でゆでてつくる『いりこ』には、大量の薪が必要とされていた。土地の名義が神社のものになっていたのは、神社は土地を売り飛ばすことなどはない、との住民の信頼感によっている。この土地は、もともとある住民のものであって、神社の所有地ではなかった。神社名義で預かっていただけなのだ」（鎌田慧『痛憤の現場を歩く』）

神社の土地は中国電力の当初計画の二〇パーセントを占める面積で、第一号炉の炉心、発電タービン建屋の建設をする重要なところだった。だが、宮司の林春彦（当時六八歳）は、中国電力からの買収を拒否した。ところが、何者かが偽造した「退職願」が山口県神社庁に出され、林宮司は解任させられた。林宮司は訴訟したが、裁判では偽造を認めたものの、請求は棄却された。しかも、こんどは神社本庁が林宮司を解職すると、ほかの神社の宮司を替わりに任命し、代表役員変更を登記した。交替した宮司により、神社地は中国電力に売られた。林宮司は地位復権の訴訟中の二〇〇七年に死亡した。翌年、二井知事は予定地の公有水面の埋め立てを許可した。「地元の合意が条件」としたが、地元とは町議会のことであり、住民は無視された。しかし、林宮司が訴訟中には、解任に反対する署名が八万五〇〇〇筆も集まったという。町民たちの心の中には、行政や中国電力のやり方を認めていないのが多いのを知らされる。だが、その思いがすぐ行動にあらわれないのは、どこの原発反対の地でも見られた。

*

祝島は上関の南西の海上に浮かぶ、周囲一二キロの火山でできた岩の島だ。島全体がハートの形をしているので、ハート島と呼ぶ人もいる。島の歴史は古く、万葉集にもその名が見られると「上関町観光ガイドブック」に書かれているが、祝島港の近くに万葉の歌碑があった。現在、島の人口は五〇〇人弱。六五歳以上が七割を占める過疎の島だ。祝島の漁師は一〇億円以上におよぶ漁業補償金の受け取りを拒み、約四キロ先の対岸の田ノ浦で中国電力が進める上関原発建設計画に三〇年にわたって反対しながら、昔ながらの島の生活をしている。

祝島に渡ってすぐ、対岸の田ノ浦の上関原発建設予定地を見た。真正面に見える。だが、対岸の長島からはまったく見えない。もし工事がはじまって巨大な発電タービン建屋などが建ったら、祝島の人たちは大きい心理的な圧迫感を背負うことになるだろう。

上関町の人口三、五〇〇人のうち、賛成派と反対派の比率ははっきりしない。ただ、上関原発が浮上してから九回の町長選挙があり、毎回賛成派と反対派の一騎打ちだった。得票を見ると推進派が八割、反対派が二割。町議会員は定数一二人で、推進派が九人、三人の反対派のうち二人が祝島、一人が長島の人となっている。真正面に上関原発建設予定地があって漁民の多い祝島は、九割が反対派と見られている。

その他に祝島がまとまったのは、「広島の被爆者が島にいらしたことと、原発への出稼ぎ労働者が多数いらしたことです。冬の祝島は海が荒れて漁ができないので出稼ぎに行くのですが、その中に原発の定期検査に行っていた方が一一人くらいいたのです。その方たちは、現場の管理が極めて杜撰な実態を体験しました。防護服を着て入っても三〇秒くらいでアラームが鳴りますので、それを無視して仕事を終えてから出るといった危険をおかしてきました。その方々が原発の危険性を説得されたようです。一方、原発推進で動いた有力者は、なかば意地で固まってしまわれたみたいです」（石塚さとし「自然エネルギーの活用で地域の自立をめざす祝島」『マスコミ市民』二〇一一年一一月号）

上関原発に反対する運動は、「原発に反対する上関町民の会」（この中に「上関原発を建てさせない祝島島民の会」も入っている）、「長島の自然を守る会」「原水禁山口県民会議」の三つで「反原発三団体連絡協議会」をつくっている。このまわりに、さまざまな全国組織や、市民グループや個人が集まっている。

主な活動は、二カ月に一回、上関町内の全戸にビラを配布、同じペースで情報交換、一〇〇万人署名運動（二〇一一年八月一日に提出）、国、県、中国電力への申し入れなどもしている。また、埋立のためのブイ設置には、三〇〇人が座り込みの支援行動をした。一昨年の反原子力デー（一〇月二五日）の前日の「原発いらんin上関集会」には、雨の中を一〇〇〇人が反対集会に集まった。これに対して中国電力は二〇〇九年に「原子炉設置許可申請」をするかたわら、「損害賠償を求める訴訟」「公有水面での妨害を禁止する仮処分申請」などを矢継ぎ早に付きつけている。

＊

上関原発に反対する祝島には、あまり知られていないがもう一つの運動がある。「祝島自然エネルギー100%プロジェクト」といって、「原発から再生可能エネルギーに切り替えよう」と強調している。具体的に氏本長一（氏本農園）から聞いてみよう。

氏本は一九五〇年に祝島に生まれ、高校を卒業して北海道の帯広畜産大学を出ると牧場を運営した。だが、五年前に父が亡くなり、祝島にUターンすると耕作放棄地で豚の放し飼いをはじめた。豚肉は祝島の新名物になり、東京のフランス料理店などに出荷している。だが、島内に自らが育てる豚肉を提供できる場所が欲しいと思っていたとき、広島市から島に惹かれて移り住んだ芳川太佳子（三七）と思いが重なり、共同経営で食堂を開いた。いまはランチタイムのみの営業で、島の食材だけを使った定食で遠来の客をもてなす。

「私は農民なので、島内の食料自給率を高める取り組みや、祝島の食材だけのメニューで地産地消の郷土料理の食堂を発足させた。ご飯もかまどで炊き、煮物や焼魚も島の薪でやっている。私たちが今やろうとしているプロジェクトは、足元にあるエネルギーで賄える範囲で暮らそうという、身の丈こそが一番安心な暮らしだと広めていくことです」（氏本）という。氏本は原発に反対する上関町民の会に入っている。

上関原発を建てさせない祝島島民の会の山戸貞夫は、島の自然エネルギーについて、「私の自宅には一七年前から太陽光パネルをつけていますし、さらに三、四軒くらい設置する了解がとれています。小型風力発電メーカーのゼファー社が、小出力の風車を一年間無償で提供してくれるという申し出もあります。厳しいけど徐々に進んでいこうと思います。一朝一夕にできることではありません。原発に反対だから、原発を使わない電気に切り替えればいいという運動ではありません」という。敗戦後の日本が進んできた「生活の豊かさ」と「便利な暮らし」に必要なのは電気で、その電気を量産してきたために原発という落とし穴に落ちてしまったことを反省しなければいけないのだ。「身の丈の暮らしを大切にする」というのが、上関原発の反対運動の中心にある。日々の暮らしを考えることから、反対運動が続けられている。

＊

中国電力はいま、「祝島漁協の漁業補償無効確認訴訟」をはじめ、四代地区の人たちからの「共有地入会権訴訟」、「神社地入会権訴訟」などで訴えられている。しかも、昨年の「3・11」の福島原発の事故の後には、山口県内の一二の自治体で、上関原発の立地を「中止」また「凍結」を求める議会決議が採択されている。決議した主な意見書の内容を見ると、「安全性確保まで慎重な対応を」(山口市)「現状では安全性確保が困難であり中止」(周南市)「国の安全基準が示されるまで凍結」(岩国市)などがある。なかでも萩市議会では、原発政策の見直しを求めた全会一致の意見書を可決している。これに対して上関町議会は白紙撤回動議を否決するなど、推進の姿勢を崩していない。

上関原発に対して、県内の市・町の議会が次々と意見書を決議していた二〇一〇年六月二六日に山口県の二井知事は、原発予定地の公有水面埋め立て免許の延長を認めない方針を表明した。中国電力は二〇〇九年一〇月に着工しており、埋め立て免許は着工から三年間と決められており、ことし（二〇一二年）の一〇月までに完成しなければ失効することになる。しかも現在は工事が中断しており、再開のメドは立っていないので、期間的に難しくなっている。しかも、今年度から立地対策交付金が入ってこない可能性があり、今後町当局は苦しい立場に置かれるだろう。だが、国では「安全性が確認された原発は再稼働を進める」と焦っており、「上関は新設だから」と気を抜ける状態ではない。力が試されるのはこれからである。

［敬称略］

みちのく銃後の残響

補章

重き黒髪

二〇〇二年の春先に、知人の車でふるさとの山へ山菜取りに行った。朝はからっと晴れていた天気が昼に曇り、小雨になった。春先の雨は冷たいが、雨具は持っておらず、車を置いた場所も遠い。どこか隠れるところはないかとさがしながら山道を走って下ると、神社が見えた。「あッ、そういえばここに神社があったな」と、遠い記憶がよみがえってきた。

神社に着くと、カギのかかっていない戸をあけた。最近は人が来ていないとみえて、中は黴臭かった。部屋に上がると畳がぶよぶよしたが、小降りする雨をさけるにはいい場所だった。少し寒くなったので、リュックサックから水筒を出してお茶を飲んだ。

目が馴れてくると、薄暗い部屋が見えてきた。神殿に行く格子戸に、黒い物がいつくも吊るされていた。「何だろう」と思って近づくと、女性の頭髪だった。手でひとにぎりほどの黒髪が一〇束近くも下がっているが、上はゴミで白くなっていた。

髪を束ねたところに折りたたんだ古びた紙がさしてあるので、抜き取ってひろげると男女の名前が書いてある。最初は「恋の願かけをしたのかな」と思ったが、同じ姓なのでそうではないようだ。二枚目の紙をひろげたとき、わたしは思わず声をあげそうになった。名前に見覚えがあった。かつてわたしが住んでいた隣の集落の夫婦で、男は兵隊にとられて戦死した。長男がわたしよりも三歳ほど下で、同じ分校に入ったのを覚えている。ここまで思い出したとき、

「そうか。これは出征した夫が無事で帰ることを祈って、供えた妻の頭髪なのだ」

と気がついた。

女たちは兵隊に召集された夫を、「万歳、万歳」と歓呼の声で叫び、日の丸を振って送り出した。また、召集を受けた本人も、「お国のために、死んで参ります」とか、「いったん出征したからにはこの体が粉々になっても戦います」と勇ましく出て行った。しかし、それは表の部分のことで、裏では「戦争に行って死にたくはない」「戦争で夫に死なれ、子どもとだけ残されたくはない」というのが本音だったことを、さびれた神社に残る髪の束は知らせてくれた。

その日は知人と一緒だったので雨の晴れ間を見て帰り、五月初旬に一人で行った。車がないので、バスから降りて、三〇分ほど歩いて神社に着いた。この日は時間があるのでゆっくり調べたが、髪は八人分あり、全部に名前がついていた。だが、供えた年月はわからなかった。

帰りに集落の知り合いに寄ったが、髪を供えた八人は全部が亡くなっていた。その八人のなかで、二人の夫は戦死しているという。家を継いだ息子が村に残っているのも三軒だけで、あとの五人は村を去っているという。敗戦後の五八年は長い。

「夫よ。死ぬな、生きて帰って来い。わたしを未亡人にするな」

と願い、女の生命である黒髪をばっさりと切って神社に供えた女たち。また、その行動を見て見ぬふりをし、表の顔では戦争に協力し、「天皇陛下、万歳」と叫び続けた村人たちの心は、いまどこに、どんなふうに受け継がれて、残されているのだろうか――。

跋文

【跋文】体が欲している　野添憲治を聞き書きして

相馬　高道

食べ物の話をするとき、半開きだった野添憲治さんのまぶたはパッと開く。生き返るようだ。好物を尋ねると「おいしいものは何でも」と返ってくる。

私は二〇一一年の年明けから二ヵ月にわたって野添さん宅に通い、子ども時代から現在までの歩みを聞き書きした。帰りには、本人が各地から取り寄せた「おいしいもの」をいただくこともしばしばだった。

北海道宗谷本線・音威子府《おといねっぷ》駅の立ち食いそば屋で出す真っ黒なそばの時もあるし、山形県の果樹農家が無農薬で栽培している洋ナシの時もあった。どこで知ったの、と尋ねたくなる品もある。インターネットのグルメサイトでちょちょっと探して注文できる時代だが、デジタル世界から最も遠い場所にいる野添さんだ。取材で実際に足を運んだ場所で見つけ、まめに取り寄せているのである。食いしん坊でなければたどり着けない味もある。

例えば「なんこ鍋」だ。野添さんは取材で出掛けた北海道積丹半島で、地元の人から「歌志内になんこ鍋という郷土料理がある」と聞いた。翌日には列車とバスを乗り継いで歌志内市まで行き、市役所で教えられた公営温泉で昼に「なんこ」の陶板焼きを食べ、夜は「なんこ」料理を出す居酒屋とスナック五軒すべてを回って味わった。それらは、記憶していた味そのままだったという。

秋田の県北地方で「馬の腸」を「なんこ」と呼ぶことは、野添さんから教えられた。これを軟らかく煮込み、みそで味付けしたのが「なんこ鍋」である。鉱山労働者たちが精をつけるために好んで食べた。金属鉱山が集中していた県北ならではの食文化だ。しかし秋田では鉱山の衰退とともに知る人は少なくなった。一方で、秋田の鉱山労働者たちが北海道の産炭地に移り住むようになったことで「なんこ鍋」も津軽海峡を渡り、炭鉱で栄えた歌志内に定着し、いまは郷土料理として受け継がれているのである。

野添少年にとって、なんこ鍋はごちそうだった。町の中心地に市が立つと、露店では白い腸がざるに山盛りになって売られていたという。もちろん肉より格段に安い。母親は、なんこを買い求め、「わらづと」に包んで持ち帰った。煮る前によく洗わないと臭みが残るので、野添少年は家の近くを流れる藤琴川に入り、痛いぐらい冷たい水の中で長い腸をしごくように念入りに洗った。それをぶつ切りにして、コトコト煮込む。同じ匂いが、どこの家からもしたものだという。

馬が足の骨を折った、となれば集落じゅうの者が集まる。農耕馬としてはもう使い物にならない。手慣れた男が、まさかりで馬の眉間をバンとたたいて殺す。その場で皮をはぎ、解体が始まる。肉は町の肉屋に卸して現金にする。内臓はその場にいる者たちで山分けする。作業を見つめる野添少年にも、いくらかの分配があった。こうやって、なんこ鍋にありつくこともあったという。

「おいしいものを食べるのに手間がかかるのは当たり前なんだよね」と語る野添さんは、いまも、おいしいものを食べるために手間を惜しまない。歌志内まで足を延ばすのもそうだが、これはという漁師や農家を見つける嗅覚は鋭く、知り合った後は彼らへの義理を欠かさない。ただの食いしん坊ではない。どこか切実さがあるのだ。子ども時代のひもじさへの、あだ討ちのようなものではないか、と思う。

＊

野添さんは秋田県山本郡藤琴村（現藤里町）で生まれた。青森県中津軽郡西目屋村と接する山村で、天然秋田杉の大産地であり、昭和三十年代までは銅や鉛を産出する太良《だいら》鉱山があった。

田んぼが七反、畑が少々という小作農の長男で、妹と弟がいる。小学二年のときに父親が出征すると、一家の暮らしは途端に苦しくなったという。母だけで田んぼを作るのは無理だったので、小作地を減らし、牛を売り払い、野添少年は小学三年から山仕事に出るようになった。もちろん伐採作業などまだできない。丸太の雪を払ったり、樽丸（桶や樽の材料となる杉板）を背に担いで山から下ろしたりという作業だ。稼ぐために小学校は休みがちだった。

農村は戦時中も食う物には困らなかっただろうと思われがちだが、田んぼの少ない農家は、自分の家で食う分にも事欠いた。米を借りに歩いても手に入らず、母親と二人、夜中に畑まで出掛け、真っ暗な中、手探りでジャガイモを掘ったこともある。

生のニシンなどが集落に届くと、まず大人の男がいる所帯や、声の大きい者たちに配分され、野添さんの手に渡されるのは腐りかけた残り物だったという。そんな大人たちの振る舞いを目の当たりにして、「ひどいじゃないか」と思うこともあった。

父親は戦地で病を得て帰郷、働くことができなかったから、一家の暮らしはますます苦しくなる。野添さんは戦後、新制中学の一期生として入学するが、山仕事のため学校にはほとんど行かなかった。継ぎだらけの服を着ていたから、あだ名は「ほころび」だった。

「相当ひん曲がった心」(本人の弁)を満たしてくれたのが、詩や俳句や短い文章を書いて新聞に投稿することだった。山師だった曽祖父が商品相場を知るために新聞を取っていて、小さいころから新聞には親しんでいた。当時、秋田県内で発行されていた中学生新聞に「どんより曇った冬の空　雀が鳴いてとんで行く　春よ来い来い　呼んでるように鳴いている」「絶えず鳴くすずめの声やきょうの雪」などの作品が載っている。

食えなかったことへの恨みに加え、集落や学校での疎外感は、身体感覚として野添少年の骨の髄まで浸透し、後の文筆活動のバックボーンになったのではないだろうか。

*

『戦没農民兵士の手紙』(岩波新書)をめぐる論争も、その身体感覚から発している。出征した農民兵が家族に出した手紙について、知識人たちは、「君（天皇）のため笑って散ります」「白木の箱が届いたら、どうか泣かずに褒めてください」などの文面を取り上げ、農民に疑問もなくこう書かせた国家や支配層に批判の目を向けた。

これに対して野添さんは、「遺族たちは身内の戦死を悲しむ一方で、遺族年金で家を新築してニンマリもする。そんな二つの面が同居できるということを知識人たちは知らない」と雑誌『思想の科学』（一九六一年十一月号ほか）で批判し、知識人の同情と、その背後にある優越感を痛打することになった。しかし本人の思いは、「農民が無知だったからすべてを許されるわけではない。農民兵士一人一人に責任を問わなければいけない」ということにあった。

＊

花岡事件を取材する執拗さは、敗戦直前の自分の体験から発生している。花岡事件とは、一九四五年六月、北秋田郡花岡町（現大館市）の花岡鉱山に強制連行されていた中国人労働者が蜂起した事件だ。約千人いた中国人のうち、日本人補導員らによる蜂起以前からの虐待と鎮圧後の拷問などで四百十八人が死亡した。戦後、被害者や遺族らは使役企業に損害賠償を求めて提訴し、二〇〇〇年に企業側が被害者救済として五億円を出すことなどで和解した。

花岡から山ひとつ越えれば藤琴村だ。小学生だった野添さんは、藤琴の山に中国人二人が逃げ込んで騒ぎになったことを覚えている。この二人は間もなく捕まり、後ろ手に縛られ、役場前の地べたに座らせられた。

子どもたちは連れだって見物に出掛け、二人につばを吐きかけたり、砂をぶつけた。野添少年も初めて見る「敵」を心の底から憎み、「チャンコロのバカヤロー」と叫んだ。

それから十七年後、民話の採集で立ち寄った花岡の民家で花岡事件というものを初めて知る。小学生だった自分が砂をぶつけた二人は、蜂起後に逃げてきた中国人だったのだ。これをきっかけに、生存者を捜し求め、インタビューを重ね、訴訟にも深くかかわっていく。

野添憲治を聞き書きして、印象深い言葉を引用しよう。

「日本人としての責任、のような言い方をすると遠いところの話みたいだが、自分の身に置き換えてみると、危機感が迫ってくる。花岡の労働現場や、逃亡後の山狩りでは、中国戦線から復員した者たちが特に中国人を厳しく虐待した。もし私がもう少し早く生まれていて、兵隊として中国戦線に投入されていれば、花岡の補導員たちと同じようなことをしただろう、と」

書く題材も、おいしいものも、あの太った体が切実に欲しているのである。

（そうま　たかみち　秋田魁新報社編集委員）

注・野添さんに聞き書きした秋田魁新報の「シリーズ　時代を語る」は二〇一一年二月一四日から三月一八日まで三〇回連載。三月一二日―一四日は東日本大震災による特別紙面のため休載。

あとがき

敗戦後でまだ世の中があまり落着かなかったころ、新制中学校を卒業したわたしは大人の一団に入って日本の各地へ出稼ぎに歩いた。山奥の飯場に泊まり、木材の伐採の仕事である。行く時は一緒だったが、ひと冬とかひと夏を働いて家に帰る時は、一行と別れて一人になった。五～六日間をかけて行きたい所に行き、歩きたい所を歩いて家に帰った。交通なども便利な時代ではなかったし、旅館に一人で泊まるのは贅沢な時代なので泊まらなかった。急行には乗らずいつも鈍行で、秋田から奈良まで三日もかかったこともある。泊まりは駅か学校の宿直室、夏は駅前の広場で寝ることもあった。

出稼ぎをやめ、家の近くで働きながら昔話の採集に歩くようになってからも、この方法で各地を歩いた。山村を歩いて最後のバスに乗り遅れると、食事と泊まりはたいていの家で保障してくれた。「こんな訳で帰れなくなった。どうか泊めて下さい」と頼むと、「いいよ」と引き受けてくれた。カネをあまり持っていない身でかなり歩けたのは、この方法がとれたからだった。はじめての家に入っても、「よく来た。まずあがって茶を……」と言われた。漬物もでた。世間話をしているうちに、昔話へと話は移っていた。そして昔話のほかに、むらの暮らしや人の生き死にのことなどを沢山聞いた。普通だったら道端に落ちていても、誰も気がつかない事柄だが、婆さんや爺さんが語ると、聞く人の胸の中で生き物のようにそれらの話が動くのだ。

こうした生活が出来なくなってきたのは、日本が高度経済成長をはじめてからだった。急行のほかに特急も走るようになり、駅舎も立派になったが、駅舎の中に最後の列車が発車した後もいると「今日は終わりだ」と叫ばれ、外に出された。学校の宿直室は村の青年たちと若い教師の議論の場であり、ときには酒を飲んで交流する社会教育の場だったが、教育委員会の力が強くなってから監視が厳しくなり、青年たちの学校の出入りは禁止になった。

山村では出稼ぎや誘致工場へ働きに行く人が多くなり、老人たちも遅くまで働くようになった。よそ者とのんびり話をしている時間がなくなった。さらにテレビが家庭に入ると、朝起きてから寝るまで消えることがなかった。知らない家を訪ねても、テレビに熱中しているので相手にして貰えなくなった。その後は他人の家を訪ねることがいっそう難しくなった。山村でも玄関に鍵をかけるようになったし、知らない人が集落を歩いていると警戒されるようになった。はじめての山村に行ったとき、車で来た警官に身元を調べられたことが二度ある。「あやしい人が来ている」と電話をしたのだろう。こういう関係になると、昔のようにはじめての家に行って話を聞くということがとても難しくなった。

時代はどんどん変わってきたが、わたしはいまでも他人から話を聞くのが好きで、各地を歩いている。この著に収録している中にも、難しいなかで話を聞き、まとめたのが何編かある。難しい時代になったが、これからもやっていきたいと思っている。

本書の編集は、板垣誠一郎さんがやって下さった。発行して下さった松田健二さんとともに深く感謝したい。

二〇一二年五月五日

野添 憲治

◆初出紙（誌）一覧◆

・**コウのただ一つの後悔**（『山脈』第81号、山脈の会、2006年8月）
・**能代空襲への出撃**（「北羽新報」 2009年1月19日～20日付）
・**破綻への曳航～松下造船能代工場～**（「北羽新報」 2010年3月15日付～4月5日付）
・**知られざる東北の技**（講演録）（『地域から世界へ―山形のモノづくりを通して』山形県生涯学習文化財団、2011年9月）
・**青猪忌　真壁仁を語る**（講演録）（『地下水』第48号、山形農民文学懇話会、2012年4月）
・**わが「聞き書き」四〇年**（『別冊東北学』第1号、東北芸術工科大学東北文化研究センター発行、2000年9月）
・**多喜二の母～小林セキの思い出～**（「北羽新報」 2010年12月4日付～27日付）
・**正月が消える**（『別冊東北学』第6号、東北芸術工科大学東北文化研究センター発行、2003年7月）
・**にかほのカナカブ**（原題「秋田県仁賀保町の「カナカブ」」）（『別冊東北学』第8号、東北芸術工科大学東北文化研究センター発行、2004年8月）
・**「能代市」の地名を守る**（『山脈』第80号、山脈の会、2005年12月）
・**花岡事件　中国を訪れて**（『科学的社会主義』第151号、社会主義協会、2010年11月）
・**中国人強制連行の現場へ～慰霊と取材の旅から～**（『企業の戦争責任　中国人強制連行の現場から』社会評論社、2009年12月）
・**サハリンの晩秋～残留日本人と朝鮮人連行者を訪ねて～**（『山脈』第86号、山脈の会、2010年10月）
・**墓を掘る**（『山脈』第82号、山脈の会、2007年6月）
・**無告の歴史～花岡鉱山の朝鮮人強制連行～**（「北羽新報」 2011年11月3日付～23日付）
・**中国黒竜江省方正県・満蒙開拓団慰霊碑撤去事件～「侵略者の一部」か「日本軍国主義の犠牲者」か～**（『月刊マスコミ市民』NPO法人マスコミ市民フォーラム、2011年11月）
・**大陸の花嫁～長谷山アイさんの話～**（『北のむらから』第297～299号、能代文化出版社、2012年4月～6月）
・**記録と小説　戦後開拓の証を求めて**（『仙台学』第9号、荒蝦夷、2010年5月）
・**東日本大震災私記**（『山脈』第88号、山脈の会、2012年3月）
・**「原発つくらんでも山と海を守って暮らしたい」**（『科学的社会主義』第145号、社会主義協会、2010年5月）
・**上関原発予定地を訪れて～身の丈の生活を大切にする～**（『科学的社会主義』第167号、社会主義協会、2012年3月）
・**重き黒髪**（原題「黒髪の重さ」）（『密造者』第58集、2002年7月）
・**みちのく四季だより【夏から秋へ】【冬から春へ】**（農林中央金庫農林水産環境統括部発行『ぐりーん&らいふ』2005年93号～2011年120号まで「森の暮らし」として連載分より抜粋。）

著者紹介

野添　憲治（のぞえ・けんじ）

一九三五年、秋田県藤琴村（現・藤里町）に生まれる。新制中学を卒業後、山林や土方の出稼ぎ、国有林の作業員を経て秋田総合職職業訓練所を終了。木材業界紙記者、秋田放送ラジオキャスター、秋田経済法科大学講師（非常勤）などを経て著述業。

著書に『企業の戦争責任』『遺骨は叫ぶ』『秋田県における朝鮮人強制連行』など多数。著作集は第一期『みちのく・民の語り』（全六巻）、第二期『シリーズ・花岡事件の人たち　中国人強制連行の記録』（全四巻）がある。

一九九五年、『塩っぱい河をわたる』（福音館書店）が第四二回産経児童出版文化賞を受賞。

二〇一〇年、『企業の戦争責任』『遺骨は叫ぶ』（社会評論社）が平和・協同ジャーナリスト基金（ＰＣＪＦ）の第一六回奨励賞を受ける。

みちのく銃後《じゅうご》の残響《ざんきょう》

無告《むこく》の戦禍《せんか》を記録《きろく》する

2012年6月20日　初版第1刷発行

著　者　野添憲治

発行者　松田健二

発行所　株式会社 社会評論社

〒113-0033

東京都文京区本郷2-3-10

電話　03（3814）3861

FAX　03（3818）2808

http://www.shahyo.com

印刷製本　倉敷印刷株式会社

本書の無断転写、転載、複製を禁じます。